D0556183

MALINCHE

JOSÉ LUIS TRUEBA LARA

MALINCHE

OCEANO

MALINCHE

© 2020, José Luis Trueba Lara

Diseño de portada: Music for Chameleons / Jorge Garnica
Fotografía del autor: cortesía de FES ACATLÁN / Ramón San Andrés R.

D. R. © 2020, Editorial Océano de México, S.A. de C.V.
Homero 1500 - 402, Col. Polanco
Miguel Hidalgo, 11560, Ciudad de México
info@oceano.com.mx

Primera edición: 2020

33614082937839

ISBN: 978-607-557-233-8

Impreso en México / Printed in Mexico

Este libro es para Patty y Demián.
A ella por ser la mirada que todo lo puede,
a él por ser la presencia que todo lo cura.

Nunca se perderá, nunca se olvidará,
lo que vinieron a hacer,
lo que quedó asentado en los libros de pinturas,
su renombre, sus palabras-recuerdo, su historia.

HERNANDO DE ALVARADO TEZOZÓMOC,
Crónica mexicáyotl

Digo y afirmo que lo que en este libro se contiene es muy verdadero.

BERNAL DÍAZ DEL CASTILLO,
*Historia verdadera de la conquista
de la Nueva España*

I

El Descarnado se acerca sin que nadie pueda notarlo. Cuando llega la noche y se mete en los cuartos, los tablones del piso no rechinan para anunciar su presencia. Sus pasos son como las sombras, como el vaho de los diablos que se arrastra sin que nada pueda detenerlo. Él es el único todopoderoso, el que siempre gana, el que a todos se carga. A la hora de la verdad, nadie puede oponérsele. Los colibrís disecados y los cascabeles que los hombres búho le arrancan a las serpientes se vuelven ceniza al sentir su aliento espeso y garrudo. Delante de él no pueden llamar a los rayos ni espantar a los enemigos con el recuerdo de su veneno. Por más que quiera, no puedo verlo, pero sé que está mero enfrente de mí. Apenas nos separan unos pasos y sus cuencas vacías están fijas en el último paso de mi destino. La oscuridad que me perseguía me alcanzó sin que pudiera meter las manos ni ofrecerle mis caricias. Él no es como los que fueron mis hombres, al Huesudo no le bastan mis labios ni mi carne.

Él sabe que la raya de mi vida está a punto de acabarse y que su lengua afilada recorrerá mi cuerpo. Antes de que me muera, mi parte seca se humedecerá con las babas que jamás florecerán. El Descarnado viene por mí y no hay manera de evitar que se trague mis almas para zurrarlas a mitad de la nada. Los hechiceros me señalaron con la mirada de los tecolotes y el hilo de mi existencia comenzó a desgarrarse. Yo tengo la más negra de las enfermedades y apenas puedo esperar la llegada de la mala muerte que se lleva a los malditos para condenarlos por lo que resta del tiempo.

No importa lo que digan los ensotanados que hablan mal las palabras bonitas, ahora sé que los viejos sacerdotes jamás mintieron: la muerte no se anuncia con las trompetas de los ángeles ni con la luz que brota de las nubes, su figura no puede ser sentida por los que tienen la vida por delante, y su hediondez se disimula con la peste que se mete entre las rajaduras de los postigos que enceguecen las ventanas. Desde que los teules ganaron, el Huesudo sabe que el calor se ensaña con los orines que terminan regados en la calle. El Dios Calaca siempre tortura a los que alguna una vez tuvimos las narices limpias, a los que nos cubríamos el rostro con un ramo de flores para no sentir el olor de la sangre y la podredumbre que alimentaban a los amos de todas las cosas. El Siriquiflaco necesita obligarnos a recordar la pestilencia que se pegaba al cuerpo de los blancos y nos penetraba como si fuera un cuchillo.

Ahora lo sé. La memoria me dará el último latigazo antes de que la vida se apague en mi carne. El aire se me saldrá del pecho mientras en el corazón y en el hígado me retumba todo lo que quería olvidar. El pasado me arderá por última vez. No puedo irme sin recordar que ellos ganaron, que nosotros somos sus perros, sus esclavos, sus putas que sólo nos ponemos en cuatro patas como si fuéramos yeguas listas para ayuntarse. Sobrevivir quizá no fue la decisión correcta.

Al final del camino, de nada sirvió que yo fuera su lengua, que mi cuerpo siempre estuviera dispuesto y que todo lo hiciera para seguir viva. La muerte llega y nadie puede jalarle la rienda. El caballo en el que viene montada no reconoce la brida, sólo puede sentir las espuelas del Siriquiflaco clavándose en sus ijares. Mi destino no fue el mismo que tuvieron los aliados de los teules y algunos de los antiguos nobles: ellos ganaron tierras y yo, aunque tuve algunas, seguí siendo una esclava.

14

Yo no soy como la hija de Montezuma que, después de que fue penetrada por don Hernando, se pavonea entre los blancos para atraerlos con el olor del oro y las negras manchas de la plata. A estas alturas, aunque mi hombre cargue el pendón el día de san Hipólito para celebrar la derrota de los mexicas, yo sólo vuelvo a ser la que siempre fui: una india a medias que sólo espera la muerte.

*

El que no tiene carne está ahí, pero ninguno de los que viven en la casa puede sentir cómo su piel se transforma en el cuero de un guajolote desplumado. Sus nucas no han sido tocadas por la respiración carroñera, los vellos de sus brazos jamás se han erizado y la luz de sus ojos aún no se opaca por las tinieblas y las nubes que se quedan atrapadas en las pupilas. Si ellos pudieran mirarse en el reflejo de la plata encarcelada, sus rostros no se verían empañados y el Huesudo no se dibujaría bajo su piel adelgazada por los hechizos que carcomen las tripas. La ojeriza, la sombra perdida y el espanto no les roen la carne.

A nadie le importa lo que me pasa. Los criados siguen con sus vidas como si nada ocurriera. Según ellos, lo mío sólo es un mal pasajero, un anuncio de los achaques que se adueñarán de mi cuerpo cuando mi cabellera esté blanca. Cuando la sirvienta me trajo el atole que dolía en los dientes de tan dulce, no pudo darse cuenta de que la Chifosca había llegado. Por más que quisiera ocultarlo, tenía prisa, sus ojos no estaban dispuestos a descubrir lo que apenas puede mirarse.

Esa mujer, que es más india que yo, sólo quería largarse para apaciguar sus humedades con el mozo que limpia la cuadra. Lo único que le importa es parir un bastardo con la sangre desleída y el color quebrado. Ahora todas son la que yo fui: unas nalgas agitadas y hambrientas, unas nalgas que a unas pocas les permiten mantenerse vivas mientras la enfermedad y las pústulas que llegaron con los teules asesinan a los que sobrevivieron a la guerra. Pero ellas, por más que se revuelquen y se llenen de bastardos, no saben que nuestro mundo está muerto. Lo poco que queda de él se irá con mi aliento.

*

Yo soy la única que sabe que ésta es mi última noche. La lengua de navaja del Dios Huesudo recorre sus dientes que no conocen la suavidad de los labios. Sobre ellos rechina su filo implacable. Sus ojos vacíos están clavados en mi rostro y sus orejeras de cráneos suenan entre las sombras. El opaco ulular del tecolote anunció su presencia sin que nadie tuviera que leer mi futuro en los granos de maíz que se arrojan al agua para descubrir los caminos trazados por los dioses, tampoco hizo falta que las codornices se detuvieran en la puerta de la casa y caminaran hacia el lugar marcado por el cuchillo de los sacrificios y el frío que le arranca la carne al cuerpo.

Yo supe que la muerte había llegado cuando el metate se quebró sin que nadie lo golpeara, y eso se confirmó cuando soñé con un gigante sin cabeza y el pecho rajado. Frente a él no pude hacer nada, mi valentía se hizo agua en el momento en que le miré las entrañas. Sus tripas palpitaban y se movían como serpientes. Yo sólo pude quedarme engarrotada mientras él avanzaba hacia mí dando los pasos que desgajaban los cerros para dejar salir la lumbre que nunca se apaga, esas llamas —en una de las veces que se acabó el mundo— fueron las que convirtieron a los primeros hombres en los guajolotes que tienen las plumas chamuscadas. El corazón del gigante estaba prieto y se retorcía para desafiarme. No pude arrancárselo, aunque hubiera tenido un cuchillo no habría podido encajárselo. Lo mejor era rendirme, dejarme ir sin dar mordidas ni arañazos.

Ese sueño nació de los malos deseos, de la ojeriza que no se hastía, de las ansias de venganza que le rogaban al Señor de la Guerra para que me arrancara la vida. Después de las plegarias, su rostro pintado de negro se movió para verme y transformarse en una sombra eterna. Mi muerte no será gloriosa y nunca acompañaré al Sol en su camino del ombligo del cielo al ocaso. La sangre no florecerá en mi cuerpo para alimentar a los dioses y la vida tampoco se me escapará entre los pujidos del parto.

Estoy maldita y nadie puede salvarme.

¿A estas alturas quién se atreve a decirme que esto no es posible, que allá, entre los montes y lejos de la mirada de los curas y el fuego de las cruces, se juntaron algunos de los pocos que conservaron la vida para cortarse la piel y pedir la muerte de la mujer que fue lengua y palabra? Sólo Dios sabe si ellos le pagaron a Juan Cóatl o a otro de los hombres búho para que entrara a una de las cuevas para llamar a los males que no se curan. El nombre del que me hechizó jamás lo sabré, la amenaza de los latigazos y la certeza de que serán rapados por los verdugos de los frailes bastan para silenciar sus señas. Ninguno quiere perder el remolino de la cabeza; sin él, una de sus almas se escaparía de su cuerpo.

Ellos me hechizaron, yo sólo espero el final.

*

Todavía puedo gritar para que llamen al cura que puede trazar la cruz en mi frente después de que escuche mis pecados y sienta el sabor de mi arrepentimiento. Sus dedos aceitosos me tocarían para alejarme de la sangre y los dioses que se mueren conmigo. Gracias a él, la eternidad que me esperaría nada tendría que ver con las sombras del Mictlán o con el camino que me llevará a ninguna parte. Mi destino —si ese Dios así lo dispone— podría transcurrir en un lugar luminoso donde los cuerpos sienten las caricias de las nubes y olvidan los martirios de este mundo. La confesión tal vez podría salvarme del Infierno. Si el ensotanado me perdona, los ángeles vestidos de negro no podrán colgarme de la lengua para torturar mi cuerpo

17

y penetrarme con sus miembros helados hasta que el tiempo se acabe. Su Dios es testigo de que tampoco me colgarían de cabeza sobre un lago de lodo ardiente, que las nubes de gusanos oscuros jamás se verían sobre mí, que no tendré que masticarme los labios hasta que mis dientes se queden pelones y que, al final, mis ojos no serán cegados con hierros ardientes.

Pero eso ya no tiene caso, llamar al cura no tiene sentido. No tengo nada de que arrepentirme. Sobreviví y avancé por el mundo sin que nadie pudiera detenerme. Los hombres no pudieron matarme y la selva tampoco emponzoñó mi cuerpo con el veneno de la verde locura mientras estuve en las Hibueras. Hice lo que tenía que hacer y ninguno de mis actos me pesa ni ensombrece mis almas, el silencio que guardé tras la muerte de Catalina Xuárez fue necesario. Don Hernando quería vivir como tlatoani y nadie podía evitarlo. El ardor de mi carne profanada tampoco me quema el espíritu. Además, el Crucificado es mudo y sus oídos están cerrados. Por más que acaricie las negras cuentas del rosario y murmure las palabras incomprensibles, su madre no le dará mis recados. La Rosa Mística, la Reina de los Profetas y la Casa de Oro tienen la lengua mocha.

El Cristo no me quiere, a él le importo menos que una semilla de huautli. Delante de él soy un bledo. Pero siempre existen otros caminos, si la fuerza no me faltara, aún podría buscar entre lo escondido hasta hallar el espejo oscuro y mirar mi rostro empañado, mis ojos que pierden la luz a cada instante, mi piel que deja ver el anuncio de la muerte. Y ahí, delante de la obsidiana pulida, aún podría invocar a los dioses caídos para rogarles clemencia. Una espina de maguey sería suficiente para cambiar mi destino, para desandar el camino que se inició el día que me mojaron la cabeza para darme un nombre ajeno antes de que Portocarrero me penetrara.

*

Estoy delante del sendero que se abre y no puedo decidirme. Estoy partida, rajada. No soy de aquí, tampoco soy del otro lado del mar. Yo soy la que camina sobre la muralla y no pertenece a ningún pueblo. En este momento ya ni siquiera puedo saber cuál es mi nombre: soy el olvido, soy la Marina, soy la Malinche, soy Malinalli; también soy la puta y la doña, la lengua y la sobreviviente, la que todo lo puede y la que siempre termina derrotada. Yo soy la que tuvo dos cuerpos con un solo nombre: los enemigos de todos y los aliados convirtieron a don Hernando en parte de mi carne. Él y yo éramos Malinche, el ser doble que era palabra y espada.

Mi nombre primero está olvidado para siempre y sus letras se me borraron de la cabeza.

Lo único que sé es que mi cuerpo no será entregado a las llamas cuando huela a podrido. Después de una noche terminarán metiéndolo en una caja antes de enterrarlo envuelto en una sábana donde los colores estarán ausentes. Cada clavo de mi ataúd me alejará de la fertilidad, cada una de sus tablas impedirá que alimente las semillas que renacerán hasta que el tiempo se acabe y los terremotos destruyan el mundo. El petate no será mi cobijo, las mantas que usaban los grandes señores tampoco arroparán mi cadáver.

Ellos me enterrarán como a una cualquiera, y sobre mi tumba —si es que me queda algo de suerte— alguien labrará mi último nombre en una piedra: ya no seré Malinalli y mi recuerdo no podrá evocar el dibujo de la hierba trenzada, del día funesto en que nacen los que serán desdichados, los que están condenados al adulterio y que son dueños de la peor de las venturas. Tal vez sólo seré Marina y nada quedará de mi pasado. La comedora de cadáveres y la paridora de los que nacen a la nueva vida jamás se alimentarán de mi cuerpo.

*

La muerte está cerca, las imágenes regresan sin que pueda detenerlas. El vientre me quema como si me hubiera tragado unos tizones. Ahí, debajo de mi ombligo, se anidó el mal que devora las tripas que parieron a Martín, el hijo que se fue lejos y que sólo volverá con los ojos cambiados después de que haya aprendido a curvar el lomo delante del soberano que vive donde se acaban las grandes aguas. Él, según me contaron, fue bendecido por el Papa con tal de que su padre le llenara las orejas de historias. Don Hernando estaba metido en las palabras de los frailes de ásperas sotanas, esos curas no se cansaban de repetir que él era el nuevo Moisés, el hombre que le había arrebatado al Coludo a miles de seres para llevarlos a la Gloria. María, la hija que me hizo Juan Jaramillo, también tiene trazado su destino: se casará con un teul y su padre pagará la dote que tratará de blanquearle la piel a sus nietos.

*

Las dentelladas ardientes me desgarran poco a poco. El dolor era lo único que podía obligarme a que los recuerdos se adueñaran de mi cabeza. Las imágenes de mis hombres nacen de cada una de sus rasgaduras. Mi dueño en Putunchán y los chontales que me vendieron por unos cuantos granos de cacao, el hombre que montaba a mi madre como si fuera una perra, el fugaz Portocarrero, don Hernando y mi marido que se hace cruces en el Ayuntamiento brotaron de mis dolencias. Ellos están aquí para recordarme que apenas fueron tripas enhiestas o mocos de guajolote que trataban de disimular su flacidez a fuerza de golpes y borracheras que intentaban matar los males que les carcomían el espíritu.

Hoy, mientras la oscuridad me lame, nuestros caminos vuelven a cruzarse sin que ninguno lo deseara. A pesar de lo que eran, muchos de ellos murieron de la misma manera como yo terminaré mis días: lejos de la gloria y con la eternidad a cuestas. Al final, todos vagaremos por la oscuridad sin llegar a nuestro destino, el Mictlán nos cerrará las puertas y el Crucificado nos repudiará por los pecados que nos manchan las almas.

*

Morimos sin gloria y nuestro destino estará marcado por la ausencia de lágrimas. Cuando me entierren, la gente no se negará a comer, tampoco dejará de lavarse la cara para después de ochenta días rasparse el rostro y guardar las costras de mugre. Las gotas saladas que entreguen sus ojos no serán conservadas en los algodones y los papeles que se convertirían en el humo que alimenta a los dioses. Mi muerte sólo será olvido y silencio. Apenas algunos de los derrotados podrán reconocer mi tumba y escupir sobre ella. Mi voz era más poderosa que las masas de los tlaxcaltecas y las flechas de los huejotzingas. Sus palabras derrumbaban las murallas, abrían los caminos y cerraban las alianzas que derrotaron a Montezuma.

Nadie llorará por mí. Mis hombres y yo morimos como si fuéramos menos que los miserables que caminan con la mirada clavada en el piso y el miedo pegado en el espinazo. Nuestros cuerpos no tendrán una cuenta de piedra verde en la boca y nadie flechará a un perro en el cogote para que nos acompañe al más allá. Nosotros no podremos enfrentar las pruebas para llegar al otro mundo: las grandes montañas que se estrellan, los vientos que cortan como navajas, el inmenso río que sólo puede atravesarse en el lomo de un xoloitzcuintle, el lugar donde la gente es herida por las saetas y los sitios donde se comen los corazones de los muertos nunca serán tocados por nuestras plantas. A lo más, nosotros sentiremos el mismo frío que se llevó a la gente mientras avanzábamos hacia Tlaxcallan. Mis hombres y yo vagaremos en la nada, seremos los fantasmas que se invocan para espantar a los cobardes. Ninguno de nosotros podrá entregarle a los dioses los bienes que nos abrirían las puertas del que debería ser nuestro destino. Todos llegaremos desnudos y con las manos vacías al lugar de los que nunca vuelven. Los amos de todas las cosas nos mirarán con desprecio mientras devoran el guisado de pinacates y el atole de pus que sus achichincles les sirven en los cráneos de los que no tuvieron una muerte gloriosa.

Ellos nos repudiarán y nuestras almas quedarán condenadas a vagar para siempre, a mostrarse en los cruces de los caminos o en las esquinas de los pueblos que nadie conoce. Sólo seremos espectros que suplicarán compasión sin que la gente se dé cuenta de nuestro dolor.

Y yo, de tanto estar acostada, me transformaré en una sábana, en un fantasma que muchos confundirán con la Cihuacóatl, con la llorona que aterrorizó a los mexicas cuando anunció la llegada de los teules.

II

No lo sé. Aunque el Descarnado me lame no puedo saberlo. Los dioses casi enceguecieron una parte de mi memoria, pero eso no importa: el pasado siempre puede inventarse. Si los mexicas quemaban sus libros para reescribir su historia yo puedo hacer lo mismo. La fiebre es la única aliada que sigue a mi lado. Yo quiero creer que lo primero que vieron mis ojos fue el río que pasaba delante de mi casa. Su corriente era mansa y no se llevaba lo nuestro cuando los tlaloques quebraban a garrotazos las ollas que guardaban la lluvia. San Isidro, si es que de a deveras existe, también se apiadaba de nosotros alejando las aguas en el momento preciso. Aunque ningún cura me crea, a él no había que rezarle para que el Sol se asomara y las nubes se fueran para otro lado junto con las serpientes y los caimanes que cazaban a los pájaros rosados que se sostenían en una de sus patas. En esos días todavía teníamos suerte, los amos de todas las cosas nos querían y aún no nos levantaban la canasta para condenarnos a ser lo que somos.

Allá, en el pueblo que perdió su nombre para siempre, el aire olía a limpio y a hierba húmeda. Nunca se te metía en las narices como la garra que te despedaza con la pestilencia del horror. Nada se olisqueaba como las natas resbalosas que cubren el empedrado de las ciudades que brotan de los templos destruidos o como la peste que manaba de los altares donde los sacerdotes le entregaban los corazones a los dioses. La sangre que llamaba a las moscas verdosas no alcanzaba a olfatearse en el lugar que estaba en el ombligo de la nada. El aroma de mi pueblo no era como la sobaquina de los españoles y su gente tampoco tenía los dientes podridos. La mierda aún no se nos pegaba a la piel.

*

Aunque Bernal insistiera en mirarme como si fuera una princesa, los míos no eran tan grandes como lo querían sus palabras y los cuentos que le revoloteaban en la sesera. Él leía de más y eso sólo llamaba a la locura que nunca da tregua ni necesita a la Luna para retorcer los pensamientos. Los seres que los teules invocan con sus garabatos se te pueden meter en las almas y convencerte de que eres igual a ellos. Dios sabe que Bernal tenía el seso blando por andar creyendo en las palabras que no eran suyas. Él no era Amadís, tampoco se parecía a Florambel ni a los jinetes que mataban dragones. Esos nombres eran tan inciertos como las mezquitas que los blancos ansiaban mirar en nuestros templos. La verdad es otra: el hombre que montaba a mi madre apenas era una cabeza de ratón, un principal de muy poca monta que debía arrodillarse para sentir en sus labios los huaraches rajados de los señores que apenas se notaban en los libros pintados de Montezuma. Él no tenía que sentir la tierra con sus dedos y llevárselos a la boca, tampoco debía bajar la mirada para que la imagen del Tlatoani no le achicharrara los ojos; siempre tenía que hacer algo peor, algo más vergonzoso que le emponzoñaba las almas.

Yo no vivía en un palacio. Mi casa, a lo más, era un cuarto grande con las paredes tiznadas por el humo que nacía de las ramas apenas secas que nos regalaba el fuego. Las tres piedras que detenían el comal eran el centro de nuestro universo. A su lado estaban el metate y la mano poderosa del molcajete, la olla grande en la que se remojaban los granos y la jícara donde

24

reposaba la cal que podía chamuscarte de tan viva. Los frijoles y los dientes de los elotes se guardaban en una cesta. De los horcones que sostenían el techo pendían las ristras de chiles que abandonaban el verde para volverse colorados y secos por el calor de la lumbre que jamás los acariciaba por completo. Ni siquiera nuestras ollas eran muchas, apenas eran unos cuantos cacharros ennegrecidos, y las jícaras que teníamos apenas se adornaban con las figuras que el caldo de los frijoles y el uso les dibujaban. La mía apenas se adivinaba por las marcas de mis dedos, ellos impusieron sus huellas oscuras a la blancura del guaje que nunca sintió las pinturas.

En las paredes donde se asomaban las ramas que surgían como las manos de las tumbas, estaban recargados los petates que se desenredaban cuando llegaba la noche, y al fondo, casi ocultas de las miradas, estaban las petacas donde guardábamos los telares, los hilos recién cardados y los husos que brillaban de tanto que los sobábamos. Nuestra vida casi era idéntica a la de los miserables a los que insultaba mi padre cuando no le entregaban lo que necesitaba tributar.

Bernal mentía, sus ganas de adornarse y conseguir oídos para sus palabras eran más poderosas que la verdad. Nosotros apenas éramos algo y nuestras vidas valían tantito menos que nada. Juro por el Crucificado que no éramos gran cosa. La distancia que nos separaba de los verdaderos poderosos era inmensa, más grande que el mar que nos aleja del rey de Castilla y los aires que nos separan del Cielo. Cualquiera que viera a las mujeres de la casa se daría cuenta de la verdad de mis palabras, sus enredos casi eran lisos y su tela recibía la caricia del labrado que apenas podía distinguirnos de los demás muertos de hambre que vivían en el caserío.

Muy pocos de nuestros huipiles eran de algodón, la mayoría se tejían con las fibras que nacen de las pencas más grandes y más duras de los magueyes. Las más suaves eran para la mujer principal, al resto nos tocaban las tiesas, las que tenían que domarse con el uso, las aguas y las raíces que les restregábamos

25

hasta que brotaba espuma. La sangre de los caracoles y las cochinillas también estaban más allá de nuestras manos; cuando la sentíamos, sus colores se escapaban sin que pudiéramos detenerlos. Las marcas que nos dejaban en las palmas eran el recuerdo de la pobreza. Nuestros hilos siempre eran amarillentos, y los que le entregábamos a los mandamases emborrachaban la mirada. En nuestros lienzos tampoco se entretejían las piedras verdes, y las pequeñas cuentas que tintineaban al caminar eran inexistentes.

Si es que la suerte nos sonreía, el único chalchihuite que podría tocar nuestro cuerpo llegaría en el momento en que la muerte nos alcanzara. Ahí, adentro de nuestra boca, los vivos pondrían una cuenta apenas resplandeciente y nunca tersa. Y, aunque las aves sobraban en las cercanías, las plumas de todos colores brillaban por su ausencia en nuestra ropa y nuestra cabeza. Ninguna nos pertenecía, todas tenían que entregarse para que las armas no llegaran al pueblo a cobrar lo que nunca podría pagarse.

Valía más que así fuera.

Las riquezas eran de ellos, la pobreza sólo era nuestra.

Ellos eran una sombra y nosotros éramos las almas que se hacían chiquitas para esconderse en los rincones como los ratones que se mueren a palos.

*

Cuando nací, las grandes ceremonias jamás ocurrieron. Ninguno de los mandamases de Xicalanco se esperó a que los adivinos determinaran una fecha para mostrarme a la gente, los que algo tenían en mi pueblo apenas alzaron los hombros con desgano. El signo del día en que me echaron al mundo era lo de menos, sólo los malditos estaban prohibidos: el del conejo no se quedó en mi nombre, pero el de la hierba trenzada terminó por alcanzarme sin que lo buscara ni lo mereciera. Después de que me regalaron a don Hernando, sus aliados me lo pusieron y yo no puede negarme al destino que me anunciaba.

Los señorones que vivían más allá del río tampoco tenían curiosidad de mirarme. ¿A quién podría importarle que me parieran?, ¿a quién se le espantaría el sueño por el nacimiento de la hija de alguien que estaba lejos del poder y que se escondía cuando las armas se mostraban para desafiar la luz con el brillo de sus filos? A nadie, absolutamente a nadie. Yo no era como Montezuma ni como los hijos de los grandes señores que se aliaron a don Hernando para hacerle la guerra a los mexicas.

Al final, las únicas que se acercaron a la casa fueron las mujeres del pueblo. Ellas querían verme, les urgía revisarme la cara y la piel para encontrar las señales del parecido y darle gusto a las voces que a nada llevaban y que todo lo ensuciaban. Un lunar de más o uno de menos eran suficientes para que la lengua se les desbocara y su saliva se convirtiera en ponzoña.

¿De que servía si mi rostro recordaba al de mi madre?, ¿qué caso tenía saber que las marcas de mi padre no se adivinaban en la forma de mis ojos? Yo era una cualquiera, una cuenta más en el rosario de hijos.

Si tuve algo de suerte, la comadrona que me sacó de las tripas de mi madre alcanzó a pronunciar las palabras que mintieron sobre mi destino: yo no me quedaría dentro de mi casa como el corazón en el cuerpo, tampoco sería la ceniza que cubre el fuego y mucho menos me transformaría en una de las piedras que detienen el comal; mis pies no se quedarían atrapados en una choza perdida en la selva, y mi sexo, casi siempre seco y ardido, nunca sería de uno. Muchos entrarían y saldrían de él mientras yo fijaba la vista en el techo o la dejaba perderse en el movimiento del fuego. Sólo Dios sabe si la comadrona no enterró la tripa que me unía a mi madre junto a las piedras que detenían el comal. La lengua del Descarnado me dice que no lo hizo, que por eso nada pudo detenerme.

Yo fui otra cosa, algo distinto, alguien que tenía que sobrevivir. La comadrona, si es que acaso pronunció los augurios, se equivocó de cabo a rabo y el nombre que me impuso también quedó olvidado. En esos momentos yo era nada, a lo más era una pelusa que a muy pocos les importaba.

*

Si mi madre hubiera sido otra, la historia sería distinta; su sangre no le daba nobleza a mi padre y varias veces estuvo a punto de ser echada de la casa como si fuera una sirvienta que no podía cumplir con lo mandado. Por eso, en muchas ocasiones terminó agriando la masa con sus miradas entristecidas y sus pensamientos nublados. Pero, a pesar de todo eso, tuvo algo de suerte, sus manos la salvaron. Las telas que nacían de sus dedos no podían despreciarse. Su hombre las necesitaba para pagar lo que siempre debía, él tenía que entregárselas a los que le exigían que se arrastrara y les lamiera los callos. Es más, a veces hasta podía cambiarlas con los chontales que llegaban en sus cayucos para completar lo que tenía que ofrecerles a los mandones con tal de alejar su furia.

Mi madre no le importaba, pero sus manos sí le interesaban. Algo podía obtener de ella además de unas piernas abiertas y una boca que siempre se conformaba con poco. Yo nada necesitaba, todo lo que requería venía de sus chichis, de la leche que sabía a bilis negra, a muina atragantada y dolor siempre callado.

Ella no era la mujer principal, ella no era la que merecía atenciones y tampoco mandaba en la casa sin que alguien pudiera oponerse. Las primeras mujeres eran las importantes, las valiosas, las que eran imprescindibles para que los sueños de mi padre no se hundieran en los pantanos. Frente a mi madre nadie bajaba la vista y sus palabras apenas sonaban en las orejas de los que ahí vivíamos. Ella era la última de la cola que no dejaba avanzar a ninguna de las que estaban formadas; su único anhelo era que el tiempo pasara rápido, que los dioses se llevaran a las principales y se convirtiera en una vieja que no podría ser castigada por las otras esposas. Ella, en el fondo, ni siquiera era una mujer, era una cosa, un animal de carga, unas manos de araña, un pago que se recibió porque al hombre que la montaba no le quedaba de otra.

Mi madre era la paciencia, el aguante infinito, la resistencia que no se quebraba como las ollas que se rajan cuando sienten la lumbre. Mi padre la recibió como un regalo que apenas valía, como una muestra de la rendición de un caserío donde los perros pelones ni siquiera ladraban para defender la basura que se tragaban. La derrota de esa gente no fue gloriosa. Ninguno de los hombres tomó un palo para defenderse, el nombre de los señores de Xicalanco fue suficiente para que se agacharan, para que sus espinazos se curvaran hasta que estuvieran a punto de crujir y quebrarse. Ellos eran como los perros cobardes: sabían vivir con la cola metida entre las patas.

El hombre que me engendró la aceptó a regañadientes, una mujer joven era mejor que nada. Ya después podría arrebatarles algunos bultos de mazorcas o unos pocos granos de cacao para juntarlos con lo que tenía que entregarle a su amo, al señor de Xicalanco que ni siquiera se dignaba a mirarlo. Ella, si hubiera vivido lo que yo viví, habría terminado con la cara marcada por un hierro ardiente: los esclavos de antes se convirtieron en esclavos de los teules. Ellos eran los rescatados, los que se compraban y se vendían, los que se usaban y se mataban sin que nadie metiera las manos.

Con los hijos pasaba lo mismo. La principal había parido un varón, los otros que llegaron al mundo poco importaban para la gloria de un hombre sin lustre. Ellos conocían su destino y lo aceptaron sin que las muecas les marcaran la cara. Así eran las cosas y así seguirían hasta que el Quinto Sol se muriera para siempre. Sus días transcurrirían en la milpa que a fuerza de llamas se abría paso en la selva. Ellos eran los brazos y los cuerpos que estaban condenados a trabajar sin conocer la victoria o la muerte que les abriría el camino al Paraíso. Ellos nunca acompañarían al Sol en su camino por el cielo. Los mandones que

29

dizque todo lo podían no tenían los tanates que se necesitaban para llamarlos a la guerra. Los señores del rumbo eran unos cuiloni que se conformaban con las miradas esquivas y se hincaban ante los enviados sombríos. Ellos eran cobardes, rastreros ante los mexicas y terribles con los suyos. A los principales les bastaba y les sobraba con las zurrapas que se quedaban en el lugar donde se encontraban los comerciantes de aquí y de allá. La guerra era imposible, la posibilidad de juntarse con otros pueblos estaba muerta antes de nacer. Los guerreros de Tenochtitlan habrían acabado con ellos en el primer combate y los tributos serían más grandes de lo que ya eran.

Ellos eran nada, yo también era nada. Apenas era una boca que tendría que alimentarse hasta que sirviera para algo, pero eso no me importaba… a los escuincles de los muertos de hambre no les pesa la vida que les fue trazada. Yo lo sabía y lo aceptaba. ¿Qué otra cosa podría hacer? Lo importante era correr con los pelos libres y la carne apenas tapada con un enredo que delataba mis juegos en el río donde las niñas torteábamos bolitas de lodo. Ahí estábamos todas y las palabras eran claras, las conocía completas y ninguna se me dificultaba. El tiempo en que me darían unas sandalias y un huipil se miraba lejano, el momento en que mis cabellos deberían trenzarse para ser domados aún no se asomaba en el horizonte.

Yo era una niña, lo demás no importaba.

III

El día que los descubrí no puede borrarse de mi alma. Antes de eso, sólo eran un murmullo, una palabra que no debía pronunciarse, una sombra que se asomaba para anunciar el mal implacable. Ésa era la primera vez que mis pies estaban cubiertos y que mis pechos recién nacidos se ocultaban bajo la tela amarillenta.

Mi padre nos trepó en la canoa, y mucho antes de que el Sol se metiera ya estábamos en Xicalanco. El lugar parecía inmenso, la gente que ahí estaba era de los cuatro lados del mundo: los mayas con sus frentes alargadas y sus ojos bizcos, los popolucas que hablaban como si balbucearan, los zoques que se rindieron ante el Tlatoani, sin presentar batalla y los que pronunciábamos palabras claras nos entreverábamos sin que nadie pudiera impedirlo. Todos traían lo suyo y sólo querían lo que llevaban los otros.

Xicalanco era el lugar de la paz, el sitio donde los puestos de los comerciantes lo llenaban todo para que en nuestros ojos se rebosaran los colores; ahí también estaban las grandes canoas, los cargadores que venían desde las tierras de los totonacas y de los lugares donde la selva es casi impenetrable. Ellos sabían cómo sobrevivir al verde de la locura, a los animales que acechan, a los senderos que se cierran tras los pasos para que el viento negro se meta en las coyunturas de los que tienen que ser devorados por los malos espíritus.

Todos hablaban, todos gritaban antes de que las cosas cambiaran de manos.

Los que compraban siempre les encontraban defectos a las mercancías, y los que vendían juraban por lo más sagrado que eran perfectas. Los precios subían y bajaban con el poder de las lenguas. Los granos de cacao y las piezas de oro y cobre se engrandecían o empequeñecían mientras los comerciantes discutían el valor de las cosas. Los canutos llenos de pepitas deslumbrantes se trocaban en cobres, y los granos oscuros y brillantes se convertían en las mantas que nunca perdían su color.

Nuestros ojos estaban enganchados a los puestos del tianguis. Ahí estaban las maravillas que siempre deseamos y las que jamás imaginamos. Pero ellas, aunque estaban a unos cuantos pasos, se encontraban muy lejos de nuestras manos. Cualquiera de nosotras valía más que aquellos objetos, con un puñado de cacao podían comprarnos para siempre. Cuando el hambre arreciaba, a nadie —ni siquiera a los mandamases— le dolían las almas para vender a uno de sus hijos. Eso era mejor que sentir la resequedad en las tripas. Eso, según lo que me contaron, fue lo que le pasó a los mexicas cuando los dioses le dieron la espalda a Montezuma. Durante muchas lunas, las lluvias se fueron para otro lado y las tripas vacías se ensañaron con todos.

*

El hombre que me engendró sólo había ido a Xicalanco a pagar el tributo de nuestro caserío y el de los miserables que vivían cerca. Para no variar, lo que traía no era suficiente, algo faltaba para que los grandes señores pudieran sentirse satisfechos y lo trataran como cacique. Por eso tendría que arrastrarse y rogar, Dios sabe que no miento: cuando llegara delante de ellos, tendría que suplicar y llorar para evitar el castigo. Frente a los mandones se jalaría las greñas y su espalda se enchuecaría para invocar la misericordia. Y así, al final del ritual que le envenenaba las almas, de su boca saldrían las promesas que nunca podría cumplir. Después de eso, la furia quizá se alejaría lo suficiente para dejarlo volver sin ganas de desquitarse. Sin embargo, ella se transformaba en una exigencia absoluta, en un reclamo que jamás sería satisfecho y que lo martirizaría hasta el final de sus días.

Si todo salía bien, nuestros cuerpos no padecerían y quizá lograrían ganarse un premio, una fruta desconocida que nos endulzaría la boca, un trozo de tela o unos hilos que llenarían de luz el blanco inexorable o, simplemente, podríamos vivir la maravilla de sentir en las manos las joyas que nunca permanecerían en nuestros cuerpos. Pero, si algo fallaba, los palos caerían sobre nuestra cabeza y los golpes nos marcarían la piel para obligarnos a aceptar que él sí era alguien, que los grandes señores lo trataban como si fuera su hermano y le tomaban el brazo para llevarlo a la oscuridad donde se trababan las alianzas y las conjuras. Cada uno de sus golpes nos enseñaría que él merecía todo lo que no tenía, que era un grande entre los grandes, pero que su modestia le impedía aceptar los regalos que le quemaban los ojos con su riqueza.

Al final, la paz sólo llegaría a nuestro jacal cuando la bebida lo dejara tumbado y los orines le empaparan el taparrabos; pero, antes de eso, estaban las palabras malditas, los puños y las patadas, los rencores y la furia que se ensañaba con las que no podían enfrentarlo.

*

Él se fue y nos dejó frente al tianguis. Los pocos cargadores que lo acompañaban seguían sus pasos y terminaron perdiéndose entre el río de gente. Nos quedamos calladas. Nuestros ojos se esforzaban para no alzarse. Los hilos de sangre que los detienen estaban tensos, el suelo era su único destino. La mirada baja era nuestra obligación. Sus mujeres no éramos unas cualquiera, unas putas ensoberbecidas que se ríen y se retuercen delante de todos los que pasan delante de ellas. Nuestros enredos caían rectos y estaban quietos, el movimiento que podía enseñar las piernas estaba prohibido. El anhelo de sentir el sabor a zapote del chicle también estaba vedado, sólo las mujerzuelas lo mascaban mientras se alzaban las enaguas para enseñar los vellos que ocultaban lo que muchos podían comprar con diez granos de cacao.

*

De pronto, sin que nada lo obligara, el silencio comenzó a avanzar en Xicalanco; poco a poco las voces enmudecían y los gritos se transformaban en murmullos.

Había que callarse, las lenguas tenían que acalambrarse.

La gente se hacía a los lados como si la tierra amenazara con rajarse.

Y ahí, poco a poco comenzaron a mostrarse los hombres que venían de lejos. Eran los pochtecas y los guerreros de Tenochtitlan. Valía más que todos se quedaran mudos a que una voz los provocara. Un comerciante herido o un insulto sin importancia podían convertirse en causa de muerte.

La caravana era larga, larguísima. Mis ojos nunca habían visto tantos cargadores con los mecapales tensos por el peso de la riqueza. Los pochtecas venían a comprar y vender, a recoger lo que habían juntado los mandones y a mirarlos para leer sus almas y descubrir sus intenciones.

Durante un instante dudé de su fuerza, parecían muertos, sus cuerpos estaban pintados de ocre y sus cabellos que se negaban a la limpieza los transformaban en seres a mitad de la nada, en hombres que caminaban apoyándose en los báculos que recordaban al dios que los protegía. Los comerciantes, desde el preciso instante en que dejaron Tenochtitlan y se adentraron en los caminos, se convirtieron en cadáveres, en seres putrefactos que avanzaban entre los mundos y que sólo volverían a la vida si los amos del universo los miraban con piedad y cuidaban los pasos que desandaban. Ellos regresarían a la vida cuando atravesaran las montañas y sus ojos se llenaran con la imagen del gran templo que flotaba sobre las aguas, cuando sus mujeres los alcanzaran en el camino y los llevaran a su casa para lavarles las patas. Antes de esto, los pochtecas sólo se movían entre la vida y la muerte.

Junto a ellos estaban los guerreros, las cabezas casi pelonas y apenas adornadas con una cresta de pelos tiesos eran el signo de su fiereza. Los cueros de jaguar que pendían sobre su espalda eran la certeza de la muerte que se marcaba en sus armas. Daban miedo. Sus ojos estaban llenos de desprecio y sus bocas casi se torcían por el orgullo insaciable. Todos, incluso los que nunca los habíamos visto, sabíamos que eran poderosos, invencibles, dueños de la furia que no conocía límites. Nadie podía enfrentarlos, de sus escudos colgaban los dedos de las parturientas que murieron mientras sus tripas se dilataban y se contraían. Esos amuletos alejaban los cuchillos y las flechas, las mazas y las lanzas. Nada podía matarlos, nada podía herirlos.

Ninguno se dignó a mirarnos, sus ojos buscaban a los hombres con los que se encontrarían entre las sombras para enterarse de las traiciones y los odios, de las riquezas escondidas y las conjuras que aún no habían sido descubiertas. Sus palabras eran fundamentales, el Tlatoani las escucharía antes de tomar una decisión de muerte. Una sola bastaba para que el hombre que se sentaba en el trono de Tenochtitlan levantara un dedo y el fuego se adueñara de los pueblos de sus enemigos.

*

Los mexicas eran la sombra, la garra invencible. Muchas veces había oído de ellos, pero su presencia era más poderosa que las palabras tintas de odio y miedo, que los insultos y las maledicencias que se pronunciaban cuando estaban lejos o las que se decían cuando no se miraban. Todos los que pisábamos el tianguis sentíamos cómo nuestras almas se doblegaban ante su soberbia. Los que tenían que pagar para no sentir el filo de sus armas anhelaban la muerte de los guerreros y los comerciantes que llegaron para irse cargados. Todos le rogaban a sus dioses para que le arrancaran las almas al Señor de Tenochtitlan. Los mayas que estaban protegidos por la selva impenetrable y las flechas certeras también los observaban con muina y coraje, los mexicas seguían siendo unos salvajes que sólo sabían de la guerra y el robo, unas serpientes a las que debían tratar con cortesía mientras se tragaban su desprecio. Era mejor que así fuera; al fin y al cabo, los hombres de las frentes alargadas sólo habían llegado a Xicalanco para comprar y vender. Luego de eso volverían a sus grandes canoas y se adentrarían en las aguas que los llevarían a sus ciudades que estaban muy lejos del puñal del Tlatoani.

Si en esos momentos hubiera cerrado los ojos, habría podido escuchar sus pensamientos: "Muéranse, púdranse, llénense de llagas", "Muéranse, púdranse y que sus almas nunca lleguen al lugar de los descarnados", dirían con los labios fruncidos y la mirada fija en otro lado. Es más, estoy segura de que algunos se adentraron en el camino para descubrir sus huellas y orinarse sobre ellas, pero sus deseos no tenían la fuerza que se necesitaba para convertirse en realidad. La ojeriza y el susto, los conjuros que recitaban en las noches y los animales descabezados en los altares nada podían en contra de los hombres búho del Señor de Tenochtitlan. Sus sacerdotes pintados de negro y con el cuerpo cubierto de sangre eran los más poderosos de nuestro mundo. Los dioses siempre estaban de su lado. Nadie podría entregarles tantos corazones como la ciudad invencible.

*

Volvimos. Después de la patiza que no sanó el orgullo del hombre que me engendró, la vida poco a poco recuperó su ritmo. Las costras que teníamos en los labios se fueron cayendo mientras los moretones se diluyeron con el paso de la sangre. Las manos que palmeaban la masa y sacaban los frijoles de las vainas, los ojos que a veces se enrojecían por el humo de los chiles y las tardes que se quedaban atrapadas en la plácida monotonía del huso y el telar marcaban los días. El metate, el comal y el hilo eran nuestras señales, las silentes campanas que señalaban los momentos de nuestra existencia. La salida del pueblo fue un acontecimiento único, un hecho que nunca se repetiría. Yo estaba condenada a ser y seguir siendo la piedra que sostiene el comal.

El recuerdo de Xicalanco se fue borrando y se convirtió en un sueño atrapado por la neblina. Yo hablaba del lugar y mis palabras ya nada se parecían a lo que vieron mis ojos: la ciudad era más grande, los chalchihuites más luminosos y las telas se sentían como si fueran las nubes en las que se sienta el Dios de los teules.

Allá todo era mejor, todo era más claro; acá todo era opaco y triste. Ni siquiera el aleteo de las garzas y los pelícanos que de vez en vez llegaban al río para llenarse el buche era suficiente para espantar la monotonía.

*

Así hubieran seguido las cosas, pero mi destino estaba a punto de torcerse. Cuando ellos desembarcaron, no pude imaginar que mi vida cambiaría. Ninguna profecía anunció el mal que llegaría en el cayuco. En el cielo, la lumbre no iluminó la noche, y en mis sueños tampoco se mostraron las revelaciones de la fatalidad. Los gigantes descabezados no se asomaron para anunciarme las desgracias, y la sucia caricia de las alas de los murciélagos jamás tocó mi rostro para advertirme de la tragedia. La vida seguía su curso y las aguas del río traían lo de siempre. Ellos venían de cuando en cuando y su mala sangre apenas era una nube que nos dejaba unos golpes y muchas maldiciones por el intercambio que nunca dejaba satisfecho al hombre de mi madre.

A pesar del odio que les tenía, los chontales eran los únicos que podían salvarlo. Ellos se llevaban lo nuestro y nos dejaban lo que debíamos entregarle a los mandones. Así había sido siempre y ahora no tenía por qué ser distinto.

El hombre que montaba a mi madre los recibió y dobló el lomo sin que la vergüenza le ardiera. Así era, así tenía que ser.

Se sentaron en cuclillas, ellos apenas hablaban.

Las manos del hombre que me engendró se movían para convencerlos de las razones que dislocaron sus compromisos: las aguas de más o de menos, las muchas muertes, las peores enfermedades y el desdén de los dioses se mostraban con tal de convencerlos de sus fracasos y sus miserias. Él necesitaba sus semillas de cacao, pero nuestros elotes y tejidos sólo le alcanzaban para unas cuantas.

Los chontales apenas lo escuchaban sin conmoverse.

Uno de ellos, sin creer en sus palabras, se puso el dedo sobre la nariz y sopló para sacarse los mocos. Sin oírlo se quedó mirándolos sobre la arena. El tiempo le sobraba. En cambio, el hombre que montaba a mi madre sabía que las urgencias lo atenazaban para arrancarle pedazos de carne: el tributo no estaba completo y tampoco alcanzaba para cumplir las promesas imposibles. Necesitaba que sus juntados crecieran antes de volver con sus amos. Así siguió durante un tiempo, repitiendo el ritual que siempre regresaba a su punto de partida.

Al final, la sonrisa y la mirada del perro que se traga las sobras le iluminaron el rostro, un trato lo salvaría de su desgracia.

Ninguna de nosotras sabía si los convenció de que le fiaran unos cuantos granos de cacao, si logró vender a buen precio nuestras mazorcas o si alcanzó a engatusarlos con el recuento de sus desgracias para que le dieran algo más por nuestras telas.

Yo me conformaba con mirarlo de reojo, por eso no pude adivinar las palabras que salían de su boca.

*

Esa vez no vi lo que tenía que ver, tampoco me enteré de lo que debía enterarme. La oscuridad que me perseguiría comenzó a mostrarse sin que fuera capaz de sentirla.

Sin darles la espalda, el hombre que me engendró regresó a la casa.

Tenía la cara de los que ganan y se salieron con la suya.

—Tú, ven acá —me dijo.

Lo obedecí sin pensar.

Su voz no me daba la oportunidad de contestar.

Me levanté y apenas pude enjuagarme la masa de las manos. El agua de la jícara se sentía espesa, casi rasposa.

—Vete con ellos, ya no eres de aquí —me ordenó sin dar explicaciones.

Tenía que largarme. Mi tiempo había llegado. Yo sólo era un pago más, una boca menos; algo que se intercambia con tal de saldar una deuda imposible.

Traté de buscar a mi madre, pero él lo impidió.

—No hagas esperar a los señores… lárgate, perra, vete para que no te sigas tragando mi maíz —murmuró con las palabras que amenazaban.

Bajé la mirada y salí con lo puesto.

La posibilidad de un palazo en el lomo era suficiente para que no me opusiera.

Me fui sin despedirme y sin que nadie me extrañara.

Ninguno de los chontales me ayudó a subir al cayuco. Me trepé y traté de mirarlos sin que pareciera altanera.

*

El destino me había alcanzado. No hubo necesidad de que el Huesudo se hiciera presente. Los míos todavía estaban vivos cuando me fui del lugar donde el río acariciaba los ojos; cuando volví con don Hernando, ya estaban muertos y nada quedaba de ellos.

No pude mirar sus cuerpos, tampoco pude averiguar en qué paró su destino.

No tuve el valor que se necesita para rascar la tierra y encontrar sus calaveras. Los que nada valen siempre terminan alimentando a los carroñeros, los que todo lo valen son los únicos que merecen lágrimas infinitas.

IV

Mientras la canoa se adentraba en el río con rumbo incier-
to, la piel me ardía y nada podía hacer para aliviar las
quemaduras de sus miradas. En sus pupilas no estaba el cuchillo que asesina las sombras, tampoco se veía la flecha que se
encaja en las almas para martirizarlas; los ojos de los chontales
estaban fijos en mi cuerpo y se movían con el vaivén de la corriente que se marcaba en mis pechos. Yo era suya y apenas era
algo más que una bestia, alguien que a duras penas podía pen-
sarse como humana. Ellos sólo esperaban que llegara el momento de confirmar su propiedad.

Ellos me habían comprado, yo no era un regalo, tampoco
era una manera de firmar la paz entre las piernas de una mujer. Mi cuerpo no servía para tender puentes sobre los abismos
erizados de navajas. Ese don sólo le tocaba a las mujeres de los
nobles y los caciques. Yo no estaba ahí para descubrir si ellos
eran como nosotros, tampoco servía para apagar su violencia
con mis frías humedades, para tratar de domarlos con las caricias fingidas… Eso ocurriría después, don Hernando y sus tropas aún no se adivinaban en el horizonte.

Los oía hablar y reír, pero sus palabras casi eran incomprensibles. Antes de soltar la carcajada se apretaban sus partes con
el anhelo de que se hincharan con el calor de la sangre que
pulsaba en sus venas.

Yo sabía que sus pujidos eran las lenguas que recorrían mi cuerpo; sus movimientos, idénticos a los de los perros que huelen a las hembras, eran el augurio de lo que me sucedería.

Nadie puede detener lo inevitable. Ni siquiera el santo Santiago con todo y su espada puede derrotar al destino.

Ellos se montarían en mi cuerpo como mi padre lo hacía con sus mujeres cuando pensaba que la noche nos enceguecía y se nos metía en las orejas. En esos instantes, los consejos de mi madre y los augurios de la comadrona ya no tenían sentido; esas palabras estaban marchitas, secas como las hojas que se quiebran cuando alguien las toca. Jamás podría ser como las mujeres que caminan con el enredo inmaculado; yo sería la que tiene que ser, la que todo lo acepta con la mirada baja, la que sonríe para evitar los golpes, la que sabe jadear en el momento preciso, la que aprende a hablar con tal de sobrevivir.

Esos chontales, sin saberlo ni quererlo, marcaron mi destino.

*

Cuando la noche se volvió impenetrable, mis dueños remaron hacia la orilla. Valía más que no siguieran adelante, la prisa invocaba a la muerte. La oscuridad era peligrosa. Las fauces de los caimanes estaban dispuestas, las culebras trazaban líneas en el agua para seguir a sus víctimas y los malos espíritus andaban libres por la selva. La noche es el tiempo de los wáay, de los monstruos que vuelan montados en los guajolotes inmensos o que cruzan los cielos con la fuerza que les dan sus alas de petate. El momento en que las sombras se ocultan en la negrura había comenzado y el viento negro silbaba entre las ceibas para anunciar que se comería las almas.

El mal estaba suelto.

La canoa se encontraba a unos cuantos pasos de la tierra. Ellos se bajaron sin que les importara que el lodo se les pegara en las patas desnudas y callosas. A como diera lugar tenían que arrastrarla lejos de la corriente para atrancarla entre la hierba y los bejucos. La Luna es aliada del río y lo hace crecer para que reclame sus tributos. Él devora las cosas para alimentarse, para seguir vivo sin que le importen los hombres y sus embarcaciones.

Antes de bajarme toqué el agua con ganas de que me arrastrara la buena muerte. Si ella me atrapaba, yo podría ir al lugar donde todo es verde, donde la comida nunca falta, donde las mariposas siempre andan con las alas abiertas; pero el río no se transformó en una garra, en un remolino hambriento de almas. El ahuizote, con todo y la mano que tiene en la cola, me despreció para siempre. Él sólo atrapa y se come a los que son poderosos, a los que se cuelgan las cuentas verdes y tienen plumas sobre la cabeza.

Yo no podía escoger mi destino, el futuro estaba lejos de mis anhelos.

*

Sin prisa, mis dueños empezaron a reunir las ramas secas y las hojas muertas para encender la lumbre que alejaría las serpientes y los jaguares. Las chispas del pedernal se hicieron grandes y sus tenues soplidos se terminaron. Entonces empezaron a beber hasta que los cuatrocientos conejos se adueñaron de sus almas.

Las discusiones comenzaron.

Al principio las palabras eran suaves y sonrientes, quizá mostraban las razones para ser el primero. De nada sirvieron, las voces que se agigantaban se callaron cuando uno les gritó y los amenazó con el puño cerrado. Hasta en los perros hay jerarquías.

Él había ganado, él era el mandamás y nadie podía oponerse a sus deseos.

Delante de los otros se apretó los güevos y empezó a caminar hacia mí. Su rostro trataba de sonreír, pero sus gestos eran incapaces de esconder la marranería que le carcomía las tripas.

Un hilo de baba le escurría entre la comisura de los labios y su lengua se esforzaba por contenerlo.

El hedor de su hocico me pegó en la cara para contarme la historia de sus borracheras. Él olía como la carne que está a punto de parir gusanos.

Me tomó de la mano y me llevó junto al fuego.

Quería verme, robarme la oscuridad.

Con una delicadeza imposible trató de quitarme la ropa. Intenté resistir, pero su puño cerrado se mostró para revelarme lo que podía suceder.

No pude negarme, tampoco fui capaz de evitar que su mano callosa tocara mi piel y sus dedos se metieran en mi cuerpo. Apenas pude cerrar los ojos para que siguiera adelante mientras los ríos de sangre de mi cuello se tensaban por el ardor.

Me obligó a tirarme sobre la arena, me abrió las piernas y sentí su dureza adentrándose en mi sequedad.

No quise gritar.

Mis pupilas se clavaron en las llamas de la fogata para perderse en un mundo que estaba lejos. Sus movimientos me dolían y las nalgas me ardían por los raspones de la arena.

Durante un instante su cuerpo se contrajo y el aire se salió de su pecho.

Se levantó sin mirarme.

Entonces, con una señal que fingía cortesía, le entregó mi cuerpo a los otros. Todos me hicieron suya sin que mi mirada abandonara la lumbre.

*

Después de que terminaron de montarme se olvidaron de mí. Su hambre era más importante. Las cuerdas con las que me ataron las manos eran suficientes para que no me largara. No pude comer nada de lo que me ofrecieron. La lengua me sabía a su saliva y eso me apretaba el gañote. Lo mejor era quedarme cerca del fuego y desear que la ropa volviera a mi cuerpo. La oscuridad, si era piadosa conmigo, me regalaría el dormir sin sueños para consolarme por lo que jamás ocurriría.

Lo que había pasado marcaba mi futuro: ningún hombre podría mirarme con los ojos limpios y nunca me sentaría sobre un petate con el huipil anudado a la tilma del marido. La voz del sacerdote que recitaba los viejos consejos no me acariciaría el oído. Yo no podría alimentar a mi esposo y mis dedos jamás tocarían sus labios para ofrecerle el bocado que nos uniría para siempre. Si llegara a matrimoniarme, todos se enterarían de lo que había pasado en la orilla del río. Uno de los invitados a la boda descubriría que su tompeate no tendría fondo y que las tortillas se saldrían sin que pudiera contenerlas. Ese canasto estaría tan profanado como mi sexo que merecería el repudio.

Yo nunca sería de un solo hombre, nadie vengaría mi carne profanada con una muerte.

*

El sueño fue bueno. Toda la noche mi cabeza estuvo vacía y al día siguiente me levanté para lavarme sin que mis labios sintieran el sabor de las dos tortillas abandonadas y tiesas. Mis manos estaban libres de amarres y pudieron recorrer mi cuerpo que ansiaba el vapor y las hierbas que todo lo curan. Quería olvidar, pero la historia estaba labrada en mi carne. El agua fresca se tiñó de colorado y mi piel no pudo escaparse de las huellas de su saliva. Tal vez, si hubiera tenido una raíz de amolli, la espuma la habría borrado por completo; pero nada tenía y sus marcas espesas se quedarían para siempre.

Volví sobre mis pasos, los rescoldos apenas humeaban.

En silencio tomé mi ropa. El lodo que la manchaba contaba mi historia.

La metí en el río sin pronunciar una plegaria, los dioses que hoy agonizan no podrían escucharla y el Crucificado sólo me condenaría. Yo era una puta, yo tenía la culpa. Tal vez los vi de más o de menos, quizás en mis labios se dibujó la sonrisa que debía tragarme… tal vez, tal vez, sólo tal vez. Pero, fueran

45

como fueran las cosas, a como diera lugar necesitaba imaginar que mi ropa estaba limpia y que la corriente borraría la noche.

Me la puse, la transparencia delató mi cuerpo.

Ellos me miraron y sus ojos se clavaron en mis nalgas raspadas, en los ojos ciegos de mis pechos, en la negra mariposa que fue profanada. Aunque el deseo los marcaba, ya no podían soltarle rienda, tenían que llegar a Putunchán, al lugar donde alguien me compraría.

*

Los cuerpos de mis dueños brillaban por la grasa que se untaron para alejar a los moscos. El olor de las tortugas muertas se metía en mi nariz para machacar mi podredumbre. Sus brazos se movían sin que ningún pensamiento los perturbara. El ritmo de los remos los obligaba a seguir adelante con el compás que no podía perderse.

Antes de que el Sol llegara al ombligo del cielo, Putunchán se mostró delante nosotros. El lugar casi era tan grande como Xicalanco, pero su gente era distinta: las largas frentes y los ojos bizcos se imponían sobre todos, apenas unos cuantos hablaban con las palabras que yo entendía.

Casi en silencio amarraron la lancha y empezaron a caminar sin mirarme. La cuerda que me atrapaba las manos estaba en las suyas y yo apenas podía seguirle el paso al mandón.

Después de ser profanada, mis ojos ya no tenían que seguir clavados al suelo.

Ahí las vi por primera vez, esas mujeres eran altivas. En su cabello se trenzaban las mariposas de oro y de sus cuellos colgaban los grillos y las tortugas labradas en piedra verde. Sus pasos eran soberbios y su piel contaba las historias que les tatuaron. Ninguna se detuvo a mirarme y sus narices apenas se arrugaban al sentir el olor que salía de mi cuerpo. Yo era un bulto, una nada que no les estorbaba en los ojos.

Avanzamos. Atrás quedaron las casas que se detenían de los

horcones que las alejaban del río y poco a poco fueron asomándose las que tenían paredes de adobe o de cal y canto. Así seguimos hasta que llegamos al lugar donde nos esperaban.

Los granos de cacao cambiaron de mano y yo quedé delante de mi nuevo amo.

*

Ellos se fueron, la canoa reclamaba sus brazos. Los vi perderse entre las calles y la gente. Quería maldecirlos, anhelaba que el odio llegara a mis almas para jurarles venganza. Sin embargo, las palabras se ocultaron y se largaron con los chontales como si nada hubiera pasado. Valía más que tratara de olvidar, la memoria es traicionera y nos llena de ponzoña.

Los años han pasado. Aquí estoy, tirada, esperando que el Huesudo me abrace y los chontales se vayan de mi cabeza para dejar de sentir mi carne rajada. Todavía quiero odiarlos, pero el mal no me concede su gracia. Ellos hicieron lo que siempre hacían y ni siquiera se preocuparon por saber mi nombre. Yo sólo era carne, un cuerpo con las almas secas.

V

Entré a la casa de mi dueño. Mis ojos se quedaron atrapados por los hilos que se convertían en rectas telarañas. Aunque mis manos los deseaban para perderme en su monotonía, no tuve el valor para acercarme, la mujer que usaba el telar me miró con desprecio. Yo no era digna de tocarlo. La última no es la primera, la que está al final de la fila sólo puede ocuparse de lo más bajo, de lo que todas despreciaban. La urdimbre sería un premio que apenas tocaría después de que hiciera todo lo que me correspondía.

Agaché la mirada y seguí andando hasta encontrarme con mi destino. El miedo a que un salivazo me marcara el rostro bastaba para que obedeciera.

El metate me esperaba con su fuerza implacable.

Una señal bastó para que me hincara y tomara la mano. Eso tenía que hacer y eso haría. En silencio comencé a moler los granos y después aplaudí con ritmo para que las tortillas llegaran al comal. La mujer que estaba a mi lado no me dijo nada. Los ojos de Itzayana estaban fijos en la olla donde hervían las semillas que todo lo teñían de colorado. Ella cuidaba la espuma que pronto se espesaría para ser apretada con una tela y transformarse en condimento y pintura.

Así seguimos, mudas, concentradas en la labor que nos regalaba la dicha de no pensar. Si nos deteníamos, los recuerdos volverían.

El hambre comenzó a retorcerme las tripas, pero no podía probar un bocado. Las reglas eran claras y las conocía desde siempre. Tenía que esperar a que mi dueño se lavara las manos y se enjuagara la boca en el lebrillo que le acercaba la primera de sus mujeres; después se sentaba y comenzaban a servirle hasta que se le llenara la panza que se montaba en su braguero. El número de platos no importaba. Él era el amo y eso era suficiente para que las mujeres siguieran adelante hasta que les ordenara que se detuvieran.

Ésa era la primera espera, yo tendría que aguantarme los chillidos de las tripas hasta que las mujeres principales se sintieran satisfechas y se levantaran sin dirigirme una mirada. Ellas eran las grandes, las mejores; yo era una caca de conejo que ni siquiera apestaba. Así, cuando ya sólo quedaban las sobras, pude llevarme a la boca lo que estaba embarrado en las cazuelas con una tortilla que se quebraba.

La comida se había terminado, mis tripas casi estaban tranquilas.

Me abracé por un instante, mis manos sintieron las marcas del costillar que se marcaba en mi cuerpo. La historia volvía a repetirse. El hambre que me mordisqueaba en el lugar donde me parieron seguía firme a mi lado.

En esos momentos apenas deseaba quedarme quieta, dejarme atrapar por el sopor que mata el movimiento. Necesitaba descansar, quería que mi cuerpo se aflojara con la resolana que todo lo sana. Pero eso no era posible, ni siquiera tuve tiempo de frotarme los dientes con la ceniza de las tortillas tatemadas, tampoco pude buscar una espina o una varita para sacarme la comida que se quedó atorada.

Itzayana empezó a levantar las jícaras y las ollas.

Sin decirme nada supe lo que tenía que hacer.

Las cargamos y fuimos a lavarlas. Mientras el agua borraba los rastros de la comida, ella empezó a buscarme la cara. Me habló. Sus palabras eran incomprensibles. Sonrió y me tocó el rostro. Sin saber nada lo conocía todo. Itzayana también había llegado sin méritos de sangre. Alguien la había vendido y otro la había comprado.

Terminamos y volvimos a la casa, al lugar donde nos esperaban los algodones que debían ser cardados. El huso empezó a girar en mis manos y su voz silenciosa comenzó a meterse en mi cuerpo.

Poco a poco, las palabras de Itzayana comenzaron a volverse claras. Ella tenía dos lenguas, yo apenas hablaba una.

*

Mi dueño no me usó esa noche. Yo le agradecí su desprecio. Aún no sabía que ellos le tenían miedo a nuestras piernas abiertas: los sexos que se defienden con dientes, las oscuridades que devoran sus miembros y las fuerzas que nacen de lo desconocido los obligaban a contenerse. La humedad de nuestra carne podía arrebatarles el calor y robarles la sombra. Por eso, cuando nadie los miraba, los hombres de Putunchán mascaban chile con ortigas para untárselo en el miembro mientras deseaban que no se les hinchara por los males que nacen de nuestros cuerpos. Las mujeres éramos el mar y la noche, ellos eran la tierra y el día.

Los hombres, aunque dijeran lo contrario y nos golpearan como bestias, nos tenían miedo. Cuando la sangre nos manchaba las piernas debíamos estar lejos para que su suerte no quedara maldita, y en muchos lugares nuestra presencia estaba prohibida. Las heridas que nunca cicatrizaban eran una amenaza incomprensible. Sólo las viejas que estaban secas podían acercarse a ellos.

*

Yo no esperaba nada, a lo más podía desear un poco.

Los adornos jamás llegarían a mi cuerpo y los relingos de las ollas seguirían llenándome las tripas; pero yo quería entender mientras anhelaba que las imágenes de mi pueblo se me salieran de la cabeza junto con el rostro de mi madre. Si no lo olvidaba, el pasado terminaría matándome. Por eso, cuando el peso de la barriga de mi dueño no se estrellaba contra mi vientre, hacía todo lo posible para pensar que él sería bueno, que me trataría con el cariño que merecen los perros y que alguna vez se esperaría a que mi sexo estuviera húmedo.

Nada de eso se cumpliría, los dioses apenas me dieron la posibilidad de comprender las palabras de Itzayana.

*

La vida seguía y nada cambiaba: el metate y las tortillas, el huso y las piernas que de cuando en cuando se abrían marcaban mis días. No había dolor, tampoco existía la alegría. A pesar del Sol, los días siempre eran grises. El viento y las aguas crecidas eran lo único que desafiaba la monotonía. Sin embargo, las noches se transformaban si mi dueño volvía a la casa con un canuto que apestaba a mierda.

La historia siempre era la misma. Él y los otros hombres se adentraban en la selva para meterse en el culo las cañas por las que correría el fermentado. Sólo así podían emborracharse hasta perderse, sólo así podían matar el miedo a las fuerzas de la noche para penetrarnos sin que el pánico los mordiera. En la negrura, su brutalidad era implacable. Las mujeres nos tendíamos y los dejábamos hacer. Cuanto menos resistencia opusiéramos, más rápido terminarían de moverse y los cuatrocientos conejos de la borrachera los alejarían de nuestros cuerpos.

Mi lengua era la única que cambiaba, estaba libre, llena de palabras que se entrelazaban y debían callarse delante de los hombres. Frente a ellos sólo existían el silencio y la sumisión. Nuestra voz estaba maldita y debía esconderse delante de los que eran como nosotras.

Así hubiéramos seguido, pero un día las cosas cambiaron. Itzayana me miraba, sus ojos recorrían mi cara y su mano empezó a palparme el vientre.

—¿Estás cargada? —me preguntó.

—No sé —le contesté sin desear que su pregunta tuviera sentido.

—¿Se te fueron las sangres?

Sólo moví la cabeza para negarlo. Apenas habían pasado unos cuantos días desde que ellas se escurrieron entre mis piernas.

Itzayana sonrió.

Había tenido suerte, pero la buena fortuna no me duraría para siempre.

—¿Quieres un hijo?

—No —le contesté absolutamente segura.

Yo quería ser árida, seca como las tierras donde viven los caxcanes.

—Así será —murmuró y se alejó sin decir otra cosa.

Volvió y me entregó el emplasto.

—Ten, úntatelo y tu vientre nunca germinará.

Esa noche, cuando mi amo se acercaba, mis dedos embadurnados se adentraron en mi cuerpo para matar sus semillas. Yo era su propiedad, pero mi vientre nunca le daría nuevos sirvientes. Mi caño de madre sólo se abriría para parir a Martín y a María, a los hijos de don Hernando y de Jaramillo.

Mientras el emplasto se fundía con mi carne, el miedo llegó implacable. La mala muerte se ensañaba con las mujeres que mataban a sus hijos antes de que nacieran; ellas no tenían la suerte de las hembras de Montezuma, de las que tenían que

53

asesinar a sus hijos antes de que nacieran para evitar las envidias. Un brebaje a tiempo era mucho mejor que la muerte lenta que les provocarían los hombres búho.

*

Las voces llegaron poco a poco. Las palabras se trepaban en las ceibas y se mezclaban con los ríos sin que nadie pudiera detenerlas.

Al principio pensamos que eran iguales a las mentiras que se contaban para asustar a los niños. Los hombres que tenían los truenos en las manos y cruzaban el mar en canoas tan grandes como los cerros no podían existir en este mundo. Ellos eran lo imposible, lo que no podía ser, lo que los dioses no habían creado. Sin embargo, esas voces se fueron haciendo macizas: los comerciantes que atravesaban las aguas saladas decían que los habían visto en la lejanía; que allá, en las tierras que están a muchos días de distancia, los hombres de metal se asentaron para beberse la sangre de todos los que se atrevían a enfrentarlo.

A pesar de esto, sus palabras no aguantaban los vendavales, eran idénticas a las de los cazadores y los pescadores que siempre contaban las historias de las bestias inmensas que se escaparon por su mala suerte.

No creímos en sus voces y eso tendría consecuencias.

VI

Cuando el corazón del viento dejó de latir, las palabras llegaron a Putunchán como las hormigas que devoran las milpas. Al principio, nadie escuchó sus pasos. Ellas sólo mostraron su furia cuando se nos metieron en la carne con sus bocas de tenaza para marcarnos con la ponzoña que chamusca como los rayos. Esas voces se oían quebradas, incapaces de detener la temblorina que nacía en las entrañas. Con cada repetición, las hormigas coloradas se transformaban en monstruos inmensos, en invocaciones que trataban de alejar al wáay. A pesar de esto, en el momento en que las escuchamos por primera vez, todas dudamos. La sonrisa burlona se marcaba en el rostro de Itzayana y a mí no me quedó más remedio que tragarme el miedo. De muy poco sirvió su sorna, algo de verdad había en esos murmullos. Lo imposible llegó a la costa para convencernos: los cuentos que asustaban a los niños eran tan reales como la muerte.

El palabrerío corría sin freno y el horror no nos dejaba salir de la casa. Ahí estábamos, enroscadas en la oscuridad, buscando los vaticinios, tratando de recordar lo que no nos venía a la cabeza y que nos ardía en el hígado y el corazón. Por más que los revisamos sin atrevernos a tocarlos, los metates seguían intactos y ninguna pudo escuchar en sus sueños el ulular del mal. Lo que sucedía estaba más allá de los poderes de los hombres búho. Los adivinos de Putunchán tampoco pudieron anunciar su presencia; a pesar de sus poderes, los hombres que todo lo veían jamás vaticinaron lo que estaba en las grandes peñas que emergían delante de la costa.

Algo pasaba y nada podíamos hacer para evitarlo.

Más de una de las mujeres del pueblo estaba convencida de que el wáay había llegado. La hechicera que se arrancaba la cabeza para ponerse la de un jabalí recorría la selva, ella quería encontrar a sus víctimas mientras sus gruñidos se convertían en un vaho maldito. Su nariz chata nos olfateaba y sus pies que recordaban a las pezuñas dejaban huellas en el lodo. Sin que nadie se diera cuenta, nos untamos ceniza en las coyunturas y nos llenamos el pescuezo de talismanes. Nuestra esperanza estaba depositada en las piedras del rayo. Ellas eran las únicas que podían alejar al mal que acechaba.

Sin embargo, ese poder no era suficiente. Todas sabíamos que el wáay atraparía a muchos para llevárselos a su tierra, sus alas de petate eran tan grandes y poderosas que podía levantarlos sin problemas. Y allá, en el lugar que está más lejos que el final de la selva y la otra orilla del mar, los devoraría o los convertiría en sus esclavos sin que pudiéramos evitarlo. El santo Santiago sabe que no miento, el wáay los engordaría y luego se los tragaría sintiendo en sus fauces el dulce sabor de la grasa de los hombres.

Las mujeres de Putunchán estaban seguras de que todo eso era cierto, sólo un engendro podía explicar la historia de los hombres que desparecieron en los otros pueblos antes de que las alas inmensas se perdieran en el horizonte. Esa vez, el wáay no había escupido en los cenotes para envenenar a la gente y aullar de alegría con el olor de la ponzoña.

Así habríamos seguido hasta que el tiempo se agotara y descubriéramos la ceiba que abre el camino al Inframundo. Si nada se hacía, todos terminaríamos en el Xibalbá. Por eso mismo, los hombres tuvieron que decidirse para evitar que las palabras pusieran en duda su valor. Ellos no podían darse el lujo de ser unos cuiloni, unos mujerujos que se echaban para atrás ante el peligro. Algo debían hacer aunque el miedo también los lamiera. El viento que llegaba del mar era negro.

A esas alturas, sus opciones casi se habían terminado, apenas les quedaba una: los arcos y las flechas, las lanzas y las mazas se mostraron antes de que empezaran a caminar hacia el lugar donde estaba la confirmación de lo imposible. Tal vez por eso se fueron a las peñas sin alimentar a los dioses, las mujeres sólo nos quedamos esperando lo peor.

Matar al wáay no es fácil, hay que cortarle la cabeza y ponerle sal en la herida, es necesario quemar la testa del jabalí y regar sus cenizas en los cuatro rumbos del mundo. Si algo falla, el wáay vuelve y su venganza se niega a los límites.

*

Ese día tuvimos suerte. Los hombres no se tardaron mucho en volver, sus rostros casi estaban tranquilos, pero los objetos que traían contradecían su apariencia. Ninguna los vio por completo, pero muchas decían lo que eran: cosas del wáay, bártulos de gigantes, objetos de diablos. Nada bueno puede existir en lo desconocido.

Durante un largo rato se quedaron juntos, sus voces apenas podían escucharse.

Las palabras que pronunciaban se parecían al murmullo que anuncia la guerra, al sonido que presagia la muerte y los males que nunca se curan. Todas las voces sonaban graves, opacas, profundamente ensombrecidas. Las mujeres no tuvimos el valor de acercarnos, los susurros y las armas dispuestas bastaban para que nuestros pies buscaran otros rumbos. El metate que molía y remolía los mismos granos era la única posibilidad que teníamos. Nuestra curiosidad tenía que estar encadenada.

Así siguieron las cosas: ellos allá, nosotras acá.

Cuando llegó la noche, los hombres regresaron a sus casas y nuestras piernas permanecieron cerradas. Los dioses los habrían castigado por adentrarse en nuestros cuerpos. La frialdad de nuestra parte apagaría el calor que necesitaban para mantener el valor. La guerra era enemiga de las profundidades de las mujeres.

*

A la mañana siguiente, la tranquilidad se impuso con la parsimonia del rosario. Ellos habían decidido que no había peligro y que valía más que nos llevaran a ver lo que parecía imposible. Eso era lo único que podían hacer para que las almas nos volvieran al cuerpo y Putunchán recuperara la vida sin sobresaltos.

Durante un largo rato caminamos por la playa.

Los hombres iban al frente. Nosotras seguíamos sus huellas.

Por grande que fuera la curiosidad, ninguna se atrevió a rebasar a su dueño. Las marcas del corazón del viento aún se notaban. Las palmeras arrancadas por el huracán estaban tiradas en la arena, aunque el Sol ya quemaba y las nubes no manchaban el cielo que abandonó su grisura. La tormenta, a pesar de su rabia, no había causado tantos males, las casas del pueblo seguían en pie y sus techos de ramas resistieron los vendavales. Nadie murió, pero muchos tenían las almas en vilo.

*

Cuando llegamos delante de las piedras que nacen del agua vimos lo que no podía existir: las inmensas maderas estaban atrapadas entre las rocas. Cada una de ellas parecía una gigantesca costilla que ennegreció por la caricia de los espectros del mar. Casi todas estaban cubiertas con las conchas de los animales que anidaron en ellas. Los largos troncos que aún se levantaban sobre su superficie estaban quebrados, sólo un mástil seguía firme y de él colgaban las inmensas telas que fueron desgarradas por el viento. Ningún ruido salía del esqueleto que nos amenazaba con su presencia. El wáay no había llegado, las alas de petate sólo eran jirones.

Los pájaros estaban mudos. El sonido de las olas era lo único que podía escucharse.

Sólo Dios sabe cuánto tiempo nos quedamos ahí; sólo él conoce lo que pasaba por nuestras cabezas mientras mirábamos lo que apenas podíamos tratar de comprender. Eran los restos de una canoa tan grande que no podía ser tripulada por los hombres que se aventuraban en el mar en sus largos cayucos.

Era una nao, pero nada sabíamos de sus tripulantes.

Itzayana me miró y sólo pudo murmurar una palabra. "Gigantes", me dijo con la certeza de que nuestras embarcaciones no podían tener ese tamaño.

Quizá tenía razón, y ella, con los ojos abiertos, había soñado lo mismo que yo cuando supe que el Descarnado se acercaba: un ser inmenso con el pecho rajado, un monstruo que derrumbaba los montes para anunciar el fin de los tiempos.

No supe qué responderle, el miedo me acalambraba la lengua.

*

A pesar de que las ratas más gordas nos mordían el pecho, nos acercamos para tentar el esqueleto. Necesitábamos palparlo para asegurarnos de que no era un sueño, una pesadilla que nos robaría las almas y la sombra. El mar estaba tibio y las grandes bestias dormían en las profundidades.

Avanzamos y llegamos. Las maderas se sentían resbalosas por las algas y a ratos nos obligaban a alejar las palmas por los filos de las conchas que se les pegaron en el ir y venir por las grandes aguas. Los clavos, gruesos y con las marcas de los martillazos, aún las mantenían juntas.

Los hombres se adentraron en el vientre de la embarcación. Sus pasos eran lentos, el miedo al derrumbe y al golpe de las olas los obligaban a detenerse para asegurarse de la firmeza del suelo.

Ninguna se atrevió a seguirlos. ¿Quién podía asegurarnos que ese esqueleto no era la entrada al Xibalbá y que después de dar unos cuantos pasos nos devorarían los senderos espinosos? Valía más esperar. Lo mejor era murmurar una plegaria. Si hubiéramos conocido a san Jorge lo habríamos invocado para que llegara con su lanza y su espada para defendernos de los engendros y las inmensas serpientes con patas.

No aguantaron mucho. Pronto salieron con unas cuantas cosas en las manos: trozos de tela, objetos de metal que parecían retorcidos, huesos de animales y panes enmohecidos. Uno de los guerreros se atrevió a morderlos: estaban duros y sus dientes no pudieron quebrarlo. Los seres que alguna vez tripularon el barco convertían la masa en piedra o, tal vez, sus fauces estaban llenas de colmillos que todo lo quebraban.

Ellos habían llegado, pero ninguno de los tripulantes estaba dentro del esqueleto de la nave asesinada por el huracán. La embarcación estaba sola, abandonada. A todos se los había tragado el mar y lo que quedara de sus cuerpos sería arrastrado por las olas hasta algún lugar de la playa. Dios sabe que no miento: un día los cadáveres aparecieron... su carne estaba marcada por las dentelladas de los peces y los picotazos de las aves. La sal del mar les había robado el color y su carne se miraba cocida.

Pero eso no importaba, en esos momentos apenas teníamos una convicción: las historias que venían de lejos eran verdaderas. Los seres de más allá de las costas habían arribado y en sus manos estaban los truenos y los rayos. El wáay era poca cosa cuando pensábamos en ellos.

*

Las palabras que desde hace tiempo llegaban a Putunchán tuvieron que ser creídas: allá, lejos, muy lejos, más lejos de donde el mar cambia de color, otra nave había naufragado y los hombres no tuvieron miedo de capturar a los sobrevivientes.

Algunos se parecían a nosotros, pero otros eran distintos. Los pelos gruesos y tiesos les cubrían la cara, sus dientes estaban podridos y siempre miraban al cielo mientras extendían los brazos para gritar cosas que nadie entendía.

*

Ikal Balam, el amo y señor de Putunchán, se reunió con los hombres búho y los guerreros. Los servidores de los dioses eran los únicos que podían explicar la presencia del esqueleto que estaba atrapado entre las piedras que enfrentaban las olas. Nadie sabe cuáles fueron las voces que salieron de sus bocas; las gruesas paredes los mantenían lejos de todos y sus palabras se ahogaban en la aspereza que cedía su espacio a los colores que dejaban los pinceles. Sólo los guerreros y los sacerdotes que contemplaron las pinturas sabían lo que decían, pero ellos estaban condenados a la mudez, al silencio que apenas podían descifrar los que conocían los secretos.

Todas nos dimos cuenta de que una decisión había sido tomada: las pieles de venado llenas de dibujos salieron a los pueblos y las ciudades cercanas. Siete mensajeros se internaron en los caminos acompañados por algunos hombres armados.

Todos los guerreros tenían que saber, todos los mandamases tenían que enterarse: el esqueleto que estaba atrapado en las peñas no podía convertirse en secreto.

*

Después de un rato, los hombres que seguían en Putunchán se fueron y nunca nos dieron una explicación. A nosotras sólo nos tocaba el silencio. Sin mirar a nadie se adentraron en la selva. Sus pasos recorrieron el camino preciso, la senda sagrada que conducía a la cueva que las lluvias labraron desde los tiempos en que los hombres eran de palo y bejuco.

Ahí se quedaron.

Varios días dejaron de comer. Muchas veces la Luna se ocultó en el horizonte sin que se atrevieran a acercarse a sus mujeres. Los latigazos del hambre y el deseo eran necesarios para que los dioses les hablaran, para que se metieran en sus sueños y pudieran descubrir la verdad. Y así, cuando sus cuerpos estaban débiles y sus almas ansiosas, frente a ellos se colocaron las jícaras con tabaco, con las negras semillas que se ocultaban entre los frutos espinosos y pestilentes, con los hongos secos que crecían en el estiércol y con las conchas que contenían las gotas de la sangre que permitía ver más allá de este mundo.

El humo empezó a entrar en sus cuerpos y se mezcló con la carne y la sangre de los dioses. Se quedaron quietos, muy quietos. Sus ojos estaban fijos en la nada y los hilos de saliva empezaron a alargarse en sus labios. El pulso del tambor sagrado se adueñó del espacio. Los hombres comenzaron a moverse, a sentir cómo el espíritu de los jaguares se adueñaba de sus cuerpos. Algunos rodaban en el piso, otros se contorsionaban y algunos más daban volatines y marometas. La piel y la carne se desprendían de sus cuerpos y su lugar era ocupado por los músculos y las manchas de las bestias. Así siguieron hasta que sus almas los abandonaron para recorrer los mundos de arriba y de abajo. Sólo en esos lugares podrían encontrar una respuesta.

Su viaje terminó antes de que el Sol regresara.

Se levantaron en silencio y comenzaron a lavarse, las marcas de los vómitos y el olor de los excrementos tenían que borrarse antes de que volvieran a tomar el camino.

Todos habían visto lo mismo: el Descarnado venía en las canoas inmensas.

Cuando regresaron a Putunchán sus rostros estaban demacrados, adustos, dolidos por las visiones. No hubo necesidad de que pronunciaran una palabra. Para todos era claro que el mal había llegado.

VII

Los hombres de Putunchán no eran los únicos que temían la llegada de las desgracias. Aquí y allá, las lenguas estaban sueltas y se negaban a obedecer las órdenes de silencio. En toda la selva, las voces del horror se hacían presentes para ennegrecer los parajes a los que nunca llegaba el Sol. Los que vivían en las costas comenzaron a prepararse para enfrentarse a los enemigos que apenas se intuían. Los guerreros que observaban la línea del horizonte sólo esperaban mirar una cima, una montaña de madera que avanzara hacia la playa con sus alas gigantescas y tensas. En ese instante debían dar la voz de alarma, y todos acudirían con las armas listas para derramar la sangre. Aquellos seres tal vez podían ser más peligrosos que los mexicas.

Las previsiones no fueron en vano. Muchos decían que los hombres de la selva y las islas vieron diez naves inmensas que pasaron de largo. Esa vez, las flechas y las lanzas bajaron sus puntas sin que la tranquilidad llegara a las almas de los guerreros. Pero, cuando los huracanes volvieron, algunas de las embarcaciones naufragaron y sus tripulantes llegaron a la costa. Estaban maltrechos, heridos, absolutamente indefensos. Los guerreros los observaron con calma: ninguno era un gigante, tampoco eran dioses que vinieran de los Cielos o seres que brotaron del Xibalbá. Sólo eran hombres que sangraban como las bestias que los acompañaban.

Todos fueron capturados.

Apenas unos cuantos eran como nosotros, la mayoría eran distintos. A ésos, a los diferentes, los encueraron sin miramientos, los ataron con gruesos mecates y los presentaron delante de la gente con largas orejeras de tela. Ellos tenían que parecer ridículos, así evitarían que el miedo se apoderara de los que en algún momento tendrían que enfrentarlos.

A golpes los obligaron a hincarse y pedir perdón por su osadía, pero los náufragos sólo decían palabras incomprensibles mientras trataban de extender los brazos y mirar al cielo para llamar a sus dioses.

Era claro que se negaban a suplicar por sus vidas. El perdón estaba ausente de sus bocas y en su mirada se veían la soberbia y las ansias de ser martirizados. Por eso les arrancaron las uñas con navajas de obsidiana, por eso los quemaron vivos o les clavaron palos en el vientre para encender una fogata sobre ellos. Por esa misma razón los obligaron a ir al juego de pelota donde siempre fueron derrotados y perdieron la cabeza.

Desde el momento en que fueron capturados, su destino ya estaba escrito: tenían que ser entregados a los dioses y sus restos debían ser devorados por los sacerdotes y los guerreros. Ningún hombre de armas se quedó sin un trozo de los sacrificados, y su hígado tuvo que ser partido en trozos muy pequeños para que a nadie le faltara un bocado. Comerse al enemigo era apoderarse de él, y zurrarlo era la mejor manera de convertirlo en menos que nada.

No todos los cautivos tuvieron este destino, algunos siguieron vivos. Cuando caminaba junto a don Hernando varias veces escuché la historia del renegado que fue capturado por los tutul xiues y se convirtió en el gran guerrero que se casó con Zazil Há, la hija del señor de esa parte del mundo. Algunos de los que acompañaban al que fue mi hombre contaban que él se transformó en un pecador terrible, alguien que abandonó al Crucificado y entregó a una de sus hijas a los sacerdotes para que le arrancaran el corazón sin que la misericordia se asomara en su espíritu.

El tal Gonzalo no merecía el perdón, y ninguno de los ensotanados podía salvarlo de su destino. El Demonio con todo y sus patas de cabra era el único dueño de su alma. Pero eso ya no es importante: ese renegado está en el Xibalbá y sus días se convirtieron en la más larga de las eternidades. Sin embargo, algunos de los sobrevivientes tuvieron mejor suerte; uno de ellos, al mirarme, cambió el rumbo de mi vida.

*

El miedo no podía ser eterno aunque las ansias de combate siguieran presentes. Lentamente, y a pesar de las voces oscuras, la tranquilidad regresó a Putunchán. Los hombres volvieron a los campos para cuidar las milpas, los cazadores —siempre cubiertos con una piel de venado y cuidando el rumbo del viento— se encaminaron a la selva para cobrar sus presas, y los pescadores vaciaron el veneno que mataría a los peces que serían cosechados como si fueran mazorcas. La vida seguía aunque las sombras no se largaban del horizonte.

Las mujeres volvimos a lo nuestro: las horas frente al metate y el comal, las tardes delante del huso y el telar, y las mañanas en el río volvieron sin que el miedo pudiera evitarlo. Mi sexo nunca húmedo continuaba recibiendo las hierbas que Itzayana machacaba, y las otras mujeres parían a los niños que se adornarían con una cuenta en el entrecejo para que sus ojos se encontraran para siempre.

*

La vida continuaba a pesar de las amenazas y sólo de cuando en cuando interrumpía su curso para mostrarnos las desgracias y las venganzas. Todavía puedo cerrar los ojos y recordar la historia que nos marcó antes de que llegaran los teules de don Hernando: una de las mujeres de mi dueño emputeció con uno de los hombres de Putunchán. Nosotras fuimos las primeras en saberlo. Ella se movía de una manera distinta, sus ojos habían cambiado y a ratos desaparecía para adentrarse en la selva. Los cabellos apenas desordenados y el enredo casi desajustado la delataban cada vez que volvía. Ella, tal vez, descubrió que su parte podía humedecerse, que el placer existía en su rajada y algo había más allá de las sequedades y los ardores. A fuerza de murmullos, Itzayana trató de convencerla de que abandonara a ese hombre. No le hizo caso, y por eso pasó lo que tenía que pasar.

Poco a poco, todos se dieron cuenta de lo que estaba ocurriendo.

Al principio, las miradas de burla y compasión se ensañaban con mi señor que apenas se daba cuenta de lo que sucedía; después llegaron las lenguas torcidas y las palabras a medias. Al final, él terminó encontrándolos mientras se ayuntaban en un claro de la selva. Mi dueño sólo hizo lo que tenía que hacer y actuó como tenía que actuar.

Las disculpas y las súplicas no sirvieron para nada, sus orejas estaban cerradas y sus ojos tenían las marcas que reclaman la muerte. Los palazos en el cuerpo terminaron con ella sin que nadie metiera las manos, y él, delante de todos, fue obligado a tirarse en el suelo para que mi señor le destrozara la cabeza con una roca. Su muerte no fue suficiente: mi amo orinó su cadáver y lo escupió antes de abandonarlo en la plaza de Putunchán. Su cuerpo terminaría a mitad de la nada y se transformaría en alimento de los zopilotes que también devorarían sus almas.

Delante de todos, mi dueño había recuperado su honor; pero adentro de su casa los fantasmas de la deshonra seguían persiguiéndolo sin sentir una brizna de misericordia. Él nunca había sido bueno, pero los celos lo convirtieron en alguien peor de lo que era. A gritos nos llamaba para que nos levantáramos el enredo y le enseñáramos el sexo. Sus dedos se metían en nuestro cuerpo y él los olía para asegurarse de que nadie nos había penetrado. Con los ojos cerrados lo dejábamos olfatearnos como si fuera una bestia.

Nada podíamos hacer para detenerlo.

Pero eso no era lo peor, las noches también se convirtieron en un infierno, si su parte permanecía como un moco de guajolote nos acusaba de haberlo hechizado y nos gritaba que estábamos tan emputecidas como la mujer que había matado. Nosotras cerrábamos la boca y bajábamos la mirada sabiendo lo que sucedería: los golpes y los insultos aseguraban la tiesura que necesitaba.

*

La vida era la misma, pero todo había cambiado. Las garzas que contemplaba eran idénticas, pero sus alas comenzaron a ser distintas, sus movimientos les permitían huir, largarse, irse para otro lado donde las flechas y las garras no las alcanzaran. Cada uno de sus aletazos me dolía. Yo no era como ellas. Estaba amarrada, cautiva, presa; y así seguiría hasta que la raya colorada de mi vida se acabara. Entonces lo supe, a como diera lugar tenía que sobrevivir para romper mi condena.

*

La muerte empezó a rondar a Itzayana. La miel apenas caliente que le puse en el oído no sirvió para nada. El mal me estaba engañando. Desde el fondo de su cuerpo, sus ojos amarillos me miraban con burla y sus labios se retorcían hasta formar la mueca que presagiaba las risotadas. Él no quería que lo encontrara, necesitaba tiempo para enroscarse, para estar listo y morderle el corazón sin que nadie pudiera evitarlo. Apenas habían pasado unos pocos días cuando el dolor empezó a quebrarle los huesos sin que las hojas de buul ak pudieran espantar los tormentos que se le enquistaron en las coyunturas. La enfermedad avanzaba y los hombres búho no pudieron encontrar su causa. La mujer emputecida que se negó a oírla no la maldecía desde el más allá y acá tampoco había un causante de su desgracia. ¿A quién le importaba la vida de una mujer que nada valía?

Itzayana estaba condenada, los sueños la abandonaron y el vientre empezó a inflársele como si tuviera un niño adentro. Se quedó tirada y sus tripas se rajaron sin que nadie pudiera contenerlas. Las tibias hojas de ci le aliviaban el dolor, pero la enfermedad seguía avanzando. El hambre se le fue del cuerpo y sus ojos se empezaron a volver opacos.

Ya no había nada que hacer, sólo podíamos esperar a que el Huesudo llegara por ella.

Muchas veces traté de hablarle, pero sus labios nada me devolvían.

De su garganta apenas salía un tenue gruñido, un dolor casi silente que no alcanzaba a convertirse en palabras. La carne se le fue encogiendo y el cuero comenzó a colgarse en sus brazos. Ella era una rata vieja, una rata moribunda que no alcanzaría a transformarse en un murciélago. Se piel se volvió ceniza, y a veces se miraba casi verdosa.

Yo me quedé a su lado, esperando, tratando de calmar sus dolores sin que mis almas pudieran salvarla.

Mis manos dejaron de tocar el metate y los hilos me esperaban sin que nadie se atreviera a exigirme que los tomara. Las mujeres me miraban con asco y las pupilas de mi dueño estaban heridas por el miedo. Valía más que así fuera: la enfermedad me había olido y quizás estaba maldita.

El pecho de Itzayana dejó de moverse. Sus ojos se quedaron pelones. Nada pude hacer para que no siguieran clavados en los míos. El Dios Calaca me había mirado, pero el miedo no se metió en mi cuerpo. No quedaba espacio para que entrara. La soledad espesa lo ocupaba todo. Itzayana se llevó mi lengua y mi sonrisa, con ella se fueron mi alegría y mis días apenas luminosos. En ese momento sólo podía ser una sombra, una oscuridad dolida que se acurruca en los rincones para que su nombre no se pronuncie.

*

Itzayana no fue la única que caminó hacia el otro mundo. Allá, lejos, otro hombre moría y las hierbas seguían trenzándose para que nuestras vidas se unieran. Los rumores de sus males y los hechizos que le arrebataron la vida nunca llegaron a Putunchán, desde hacía varios años los dioses marcaban el camino que todos debíamos andar... El Tlatoani de Tenochtitlan ya no estaba en este mundo y otro hombre se había sentado en el trono. Montezuma era el nuevo amo.

VIII

En la selva no se escuchaban los murmullos de las traiciones que ocurrían en la ciudad que estaba en el ombligo de la Luna; las voces de los enemigos de Montezuma y los gruñidos de las tripas de los que se morirían de hambre por las sequías no llegaban a nuestros oídos. El agua que los dioses les negaban a los mexicas sobraba en nuestras tierras. Ellos estaban muy lejos, todo lo que les pasara o les dejara de pasar nos importaba un bledo. Si la oscuridad protegía las conjuras de los mandones de Tlaxcallan o si los señores huaxtecos hablaban con lenguas de serpiente, nuestra vida seguía atrapada en la monotonía. En Putunchán, a mí me bastaba con una sola certeza: al vientre todo lo que le entre. Las sobras de la comida no faltaban y eso era suficiente para sentirme tranquila. Lo que limpiaba de las ollas era mejor que las garras del hambre.

En esos momentos no podía imaginar que mi vida se trenzaría con los sufrimientos y los odios de los enemigos de Montezuma, con los guerreros que le dieron rumbo a la guerra contra los mexicas. Nadie, ni siquiera el hombre búho más poderoso, podía soñar lo que sucedería. Si él se hubiera asomado a los cristales que revelan el futuro o sus ojos hubieran recorrido los libros de los días, apenas habría visto oscuridades. Sólo un loco herido por la Luna podría pensar que lo negro de mis ojos se convertiría en la obsidiana de los aliados de don Hernando; sólo alguien que hubiera perdido el seso podría ser capaz de pensar que mi lengua le daría sentido a las palabras de los teules.

Yo era nada, menos que nada.

Yo estaba condenada a quedarme, a ser una sombra, a mirar las garzas sabiendo que nunca tendría alas. Los tiempos del pueblo sin nombre y de Xicalanco se habían terminado para siempre; pero, aunque nadie pudiera olerla, la peste del cadáver de Itzayana aún estaba pegada en mi cuerpo. Su sombra me acompañaba, cada uno de mis pasos era seguido por ella.

Al igual que mi madre, yo no era una de las primeras y mi sangre tampoco le daba nombre a mi dueño, a mí sólo me había comprado con un puño de granos de cacao. Sin embargo, mis días no eran distintos de los que vivían las otras mujeres. Todas teníamos que obedecer y abrir las piernas cuando el señor de la casa lo mandara. El calor del comal y los callos del huso estaban marcados en nuestros cuerpos como los hierros con los que queman a los negros que ahora sueñan con rebelarse.

*

Creo que las ansias de sobrevivir eran lo único que me hacían distinta. Pero eso ya no importa: aquí estoy, tirada, sintiendo el olor de la muerte, sabiendo que el vaho podrido se acerca a mi cama sin que nadie pueda darse cuenta de su avance. El Crucificado, aunque siempre mira para otro lado, lo sabe bien: al final del camino todos caeremos en manos del Descarnado. Él es el único que tiene la carta que se apodera del monte sin necesidad de oros y bastos.

Hoy sé que, en aquellos días, nuestras preocupaciones eran distintas, lejanas de lo que sucedía en los palacios y los templos de Tenochtitlan; las serpientes de dos cabezas que acechaban en los senderos nos obligaban a cuidar los pasos, las miradas pesadas que nos rozaban podían enfermarnos y, para colmo de las desgracias, también nos rondaban los malos aires que se nos podían meter en el cuerpo. Nadie podía escapar de esas desgracias. Aunque tratáramos de ocultarlas, las enfermedades delataban nuestros pecados y nuestra carne mordida por los demonios. Una sola desgracia bastaba para que nuestra sangre y nuestra piel se volvieran blancas, para que el Siriquiflaco nos llevara al otro mundo mientras todos se daban cuenta de lo que habíamos hecho. Así se morían los que se cogieron a sus padres y sus hermanos, los que penetraron los cuerpos de los animales, y lo mismo les pasaba a los que se ayuntaban mientras las reglas estaban entre nuestras piernas.

*

Desde que los huesos de la nao se quedaron atrapados en las rocas, todas estábamos pendientes de lo que ocurría: la mala muerte nos acechaba entre las ramas y en la oscuridad de los rincones. Sus ojos afilados nos miraban y sus largos dientes se mostraban sin que pudiéramos descubrirlos. Su voz apenas era un rumor que helaba las almas. Por eso, cuando a cualquiera le retumbaba la cabeza, le hablábamos al jmeen para que le clavara en la frente el colmillo de una serpiente, sólo así podría salírsele la sangre oscura y espesa que podría matarla.

También por eso, el día que una de las mujeres parió gemelos, supimos que debíamos estar con los ojos abiertos. Al primero que nació se lo llevó el Huesudo, y la vida del otro peligraba. Si nada hacíamos, sus días estaban contados. ¿Para qué nos engañábamos?, todas sabíamos lo que estaba a punto de suceder, el difunto volvería del Xibalbá para llevarse a su hermano. Por eso, cuando entregaron su cuerpo a la tierra, todas esperábamos el momento en que el niño comenzara a enfermarse.

Así estaba escrito y así tenía que ser, los calores se adueñarían de su cuerpo, sus almas se le escaparían por la mollera y el tuuch, mientras que sus coyunturas se quebrarían para que los males terminaran de meterse en sus carnes. El espectro del difunto no faltó a su cita y nosotras abrimos su tumba para enterrar la imagen de su cuate, sólo así podría sobrevivir el niño.

Esa vez todo salió bien, pero el mal no estaba derrotado. Las olas volverían a traerlo a la costa. Aunque los hombres querían que nuestras orejas estuvieran cerradas, las voces que venían de lejos derritieron la cera que nos pusieron.

Ellos habían regresado y la guerra comenzaba con toda su furia.

*

Las palabras que llegaban desde los rumbos de Ekab no podían mentir. Cuando llegaron a la costa, los hombres de las grandes naos se volvieron confiados. Ninguno podía imaginar que desde la selva los ojos de los guerreros seguían sus movimientos. En la isla de Nuestra Señora Ixchel, las canoas se acercaron a sus embarcaciones sin que los indios mostraran sus armas, querían verlos, olerlos, pulsarlos, sentirlos con todas sus almas para convencerse de lo que ya sabían. A como diera lugar necesitaban confirmar que los recién llegados eran mortales y que sus cuerpos sangraban.

Sin miedo se treparon a la embarcación y aceptaron los regalos con una cuidadosa sumisión. En esos momentos, tenían que ser iguales a los perros que esconden el rabo y agachan las orejas. Valía más que así lo hicieran, los guerreros que los protegían estaban escondidos en la espesura y sólo esperaban una señal para lanzarse en contra de los teules.

Las cuentas que emborrachaban la vista quedaron en sus manos y sus lenguas sintieron el salado sabor de la comida que les dieron. Sus labios se retorcieron por la podredumbre del agua y la lengua se les agrietó al beber el rojo vinagre que fingía ser vino.

Algo nuevo se había descubierto, los hombres de Castilla comían como los zopilotes y los carroñeros. Aunque las tripas se les revolvieron, los nuestros nada escupieron y todo se lo tragaron sin hacer una sola mueca.

Ya después, sus tripas se encargarían de cobrarles el atrevimiento. Los que ahí estuvieron contaban que a uno de ellos la vida se le fue por la cola.

Los teules no se quedaron en la isla de Nuestra Señora Ixchel. Las alas de sus naos se hincharon y siguieron su camino. El viento los llevaba con velocidad, pero las lenguas eran más rápidas. La sorpresa no estaba de su lado.

Cuando estaban cerca de Chakan Putún, Moxcoboc decidió su muerte. Para el mandón de la ciudad el problema no tenía dobleces: una colorada valía más que mil descoloridas.

IX

Las anclas cayeron cerca de la costa, los teules desembarcaron para buscar agua. La imagen del río se mostraba como una bendición. Sus toneles casi estaban vacíos y la poca que les quedaba olía a podrido. Los aceros estaban en sus manos y ahí también se encontraban las ballestas. Sin que el Dios Calaca los acariciara, sus ojos descubrieron que de nada les serviría la corriente, el olor de la mierda de los caimanes los obligó a seguir adelante. No llegaron muy lejos, cerca de la playa estaba una poza. La confianza seguía anidándose en sus cuerpos, por eso apenas dejaron a unos cuantos al cuidado de las naos. La noche los cobijó, y los ronquidos y los pedos se adueñaron del campamento.

Antes de que el Sol se asomara por completo, los rostros pintados como calaveras y las caras tatuadas casi los rodeaban. La oscuridad de la selva era perfecta. Los músculos de los guerreros de Chakan Putún eran idénticos a los que tienen los jaguares, lo blanco había desparecido de sus ojos para transformarse en la sombra que sólo tienen los de las serpientes. Poco a poco los arcos y las hondas comenzaron a prepararse.

Los animales se habían largado al sentir el olor de la muerte, y el ruido de las olas ocultaba el sonido de los fuelles que hinchaban los pechos. El campamento estaba tranquilo, los vigías dormían sin darse cuenta de que entre los labios les escurría la saliva.

El primero de los hombres de Castilla se levantó y comenzó a estirarse. No tuvo tiempo de gritar: una saeta le atravesó el cogote y el grito de guerra retumbó entre los árboles. Las flechas se dispararon y las piedras cayeron sobre los enemigos.

Apenas pudieron defenderse. Moxcoboc y sus bravos avanzaban a pesar de las estocadas y los truenos que salían de las manos de los teules.

La defensa era imposible, el contrataque carecía de sentido. A cada instante un hombre blanco caía y la tierra saboreaba su sangre espesa y oscura.

La batalla estaba perdida, por cada uno de los recién llegados había muchos de los nuestros. Los teules huyeron sin que les importaran los cuerpos de los suyos. Abandonaron a sus muertos y sus heridos. El miedo podía más que la compasión, el Huesudo era más poderoso que sus aceros. Esa vez, don Bernal alcanzó a escaparse y me dijo que su principal quedó como un san Sebastián: en el momento en que lo treparon al barco, tenía más de veinte flechas en el cuerpo.

Cuando llegaron a las naos, los teules no trataron de volver a la carga, los cañones, los falconetes y las culebrinas no vomitaron su fuego sobre la playa. Ellos apenas podían lamerse las heridas y soltar los trapos para que el aire se los llevara lejos.

Los hombres de Chakan Putún tampoco abordaron sus canoas para atacarlos. Moxcoboc había sido claro: era mejor que huyeran derrotados a que no quedara ninguno vivo. Sus palabras le erizarían el cuero a los que eran como ellos y jamás volverían a sus tierras.

*

Moxcoboc ordenó que se llevaran los cuerpos de los caídos, sus cabezas se ensartarían en las lanzas que cuidarían la costa y sus músculos se asarían para los bravos. Los heridos serían entregados a los dioses en los altares y su carne alimentaría a los guerreros que triunfaron. La victoria merecía eso y más. El nombre de Moxcoboc se escucharía en toda la selva y nadie podía arrebatarle el honor de haber derrotado a los hombres de Castilla.

El señor de Chakan Putún tenía razón: su triunfo no sólo recorrió los caminos de esa parte del mundo y llenó las bocas de los que hablaban nuestra lengua; las palabras que contaban su historia llegaron mucho más lejos y junto con ellas iban las pieles que tenían las imágenes de lo que había sucedido. Los hechos de Chakan Putún se conocieron en los cuatro rumbos de la Tierra, y sus ecos llegaron a los Cielos y al Inframundo.

*

La victoria en Chakan Putún nos devolvió las almas al cuerpo. El miedo dejó de roernos las tripas y nuestros ojos recuperaron la luz. El mal no era invencible, los gigantes tampoco existían, los cuentos que asustaban a los niños podían derrotarse y nuestros hombres eran capaces de arrancarles la vida a los teules.

*

El cuerpo de mi señor empezó a volverse fofo, aguado como el moco de guajolote que le colgaba entre las piernas. Ya casi no nos tocaba y pasaba las noches en la caverna ensartándose un canuto para emborracharse. La vejez le dolía y sólo fruncía la boca mientras las fuerzas abandonaban su carne. En las noches, nosotras lo veíamos volver desmelenado, trastabillando, diciendo palabras que no iban a ninguna parte. El olor de su mano derecha siempre lo delataba y las marcas del vómito lo confirmaban. Sin hacerle muecas y con los ojos bajos lo dejábamos entrar a la casa y abríamos las piernas para que se quedara dormido sin que su parte fuera capaz de entiesarse. Los golpes se habían terminado, los insultos tampoco se necesitaban.

Algunas de las mujeres decían que mi señor estaba maldito.

Él estaba hechizado y nada podíamos hacer para salvarlo: la vejez que se acercaba apenas era una muestra del mal que lo devoraba. Aunque algunas lo desearan, el jmeen nunca vendría a la casa si él no lo llamaba; pero esas palabras jamás salieron de su boca y sus mujeres no se atrevieron a pronunciarlas.

Tal vez algo había hecho, y no quería que nadie se enterara de sus pecados. El Huesudo era una mejor opción a que ellos se descubrieran.

Las primeras mujeres sabían que la muerte lo andaba rondando y la desgracia terminaría clavándonos las uñas. Sus rostros se endurecieron y sus facciones se trocaron en muecas. Así siguieron hasta que la hiel se adueñó de su lengua. Su saliva se volvió espesa y su sangre prieta. Ellas se convirtieron en la encarnación del mal que surge del miedo. La más vieja era la única que podía sentirse segura: su hijo la protegería y sin pensarlo dos veces se ensañaría con las que odiaban a su madre. Todas sentirían los palos, todas quedarían marcadas por el dolor que dejan los puños. Yo también estaba segura de que eso sucedería y mi vientre estéril se volvía un consuelo: mi hijo sólo podría aspirar a arrastrarse, a lamerle las patas a su dueño, a vivir lejos de la gloria con la espalda encorvada. Por eso valía más que nunca viera la luz, que los emplastos me secaran por dentro y mataran la vida que jamás florecería. Mi sexo era árido y las garzas seguían en el horizonte.

Las otras mujeres de la casa se volvieron peores de lo que ya eran; los insultos, los jalones de greñas, las bofetadas y los escupitajos cayeron sobre las más jóvenes. Yo bajaba la mirada y trataba de recuperar el ritmo de mis palmas. La carne firme nos daba una oportunidad que ellas no tenían. Cuando nos corrieran y llegáramos al mercado para ser vendidas, los hombres nos preferirían. Nosotras todavía teníamos la opción de emputecer, de encontrar a otros que estuvieran dispuestos a entregar un puño de cacao por nuestra vida; ellas ya no merecían nada y la miseria era la noche que se apoderaba de su futuro.

X

La muerte no terminaba de apoderarse de mi dueño cuando la noticia volvió a escucharse: los teules habían regresado y la línea de sus naves casi cubría el horizonte. El mensajero que venía de muy lejos decía que sus embarcaciones eran iguales a la mitad de veinte. Los guerreros cubiertos de metal sólo miraban la costa con los ojos llenos de fuego. Los hocicos de los falconetes y las culebrinas estaban retacados y su cola estaba lista para recibir la lumbre que le soltaría la rienda al Dios Calaca. La venganza estaba con ellos y se asomaba en la negrura de los arcabuces.

Moxcoboc no pudo enfrentarlos: los teules no se detuvieron ante Chakan Pután. Alguien los alertó de los peligros que se ocultaban en la selva, por eso buscaban un punto flaco, un lugar donde pudieran enterrar los dientes.

Todos sabíamos lo que estaba a punto de suceder. Las viejas historias de las batallas palidecían ante la certeza de lo inevitable.

*

Los guerreros de Putunchán y Cintla empezaron a preparar sus armas. Los mensajeros no se quedaron quietos, todos partieron hacia los pueblos cercanos. Ningún hombre que pudiera tomar una lanza podía quedarse en su casa. Así, mientras los puntos débiles de Putunchán se erizaban con los palos puntiagudos que tratarían de detener a los teules, las mujeres y los niños tomamos los caminos que se perdían en la selva. Ésa era la única manera que teníamos para conservar la vida, ésa era la única forma como los hombres podían garantizar la continuidad de su simiente.

Todas íbamos cargadas, los huesos del espinazo casi se nos quebraban por el peso de las mazorcas y las petacas donde guardamos lo más valioso que tenían las casas. La riqueza no podía perderse. Las piedras verdes y las plumas, las joyas y los trozos de obsidiana que llegaron de más allá de las montañas, las telas labradas y las mantas nos acompañaban para volver más pesado el camino. Yo no me llevé nada mío, mis pasos sólo soportaban la contundencia de lo ajeno.

¿A quién podrían interesarle los trapos ajados que estuvieron en otros cuerpos antes de llegar al mío? La miseria siempre se cuida sola.

No podíamos detenernos aunque la curiosidad nos jalara para otro lado y los niños lloraran para exigir un alto. Sólo los recién paridos encontraban consuelo en los pechos de sus madres. A pesar de que lo quisiéramos, nuestros ojos nunca mirarían el mar para llenarse con las imágenes de las grandes canoas y los trapos que se hinchaban por el viento. Las más viejas decían que el espanto se nos metería en el cuerpo si nuestras pupilas rozaban a los teules.

Casi dos días caminamos antes de detenernos en un claro que estaba muy cerca de los arroyos y lejos de los caimanes.

Los ruidos de Putunchán y Cintla no tenían manera de llegar a nuestras orejas. La desgracia de lo que sucedería jamás sería repetida por los aullidos de los monos.

*

Los que lo vieron, me contaron que los principales oyeron a uno de los teules hablar en la lengua de los hombres. De su boca salían palabras de paz, pero sus ojos y sus manos traicionaban sus dichos. Durante un largo rato nadie se acercó a ellos y las armas siguieron con las puntas bajas.

Yo no sé lo que discutieron los mandones, pero sí se lo que hicieron: los mensajeros y los cargadores se presentaron ante los de Castilla con atados de comida.

—Tómenla y váyanse antes de que ocurra algo desagradable —les dijeron y volvieron a la selva sin esperar su respuesta.

Todos creían que el recuerdo de Chakan Putún sería suficiente para convencerlos de que no siguieran adelante.

No fue así. Los teules desembarcaron y empezaron a adentrarse en la tierra y los ríos. Sin embargo, la confianza no estaba en sus movimientos. Los avemarías y los rezos al Matamoros estaban en sus labios. Las palabras de uno de sus agoreros que tenía tratos con el Coludo habían vaticinado la derrota.

Nuestros guerreros se acercaron y dispararon. Las flechas no sirvieron para nada. El metal con el que estaban forrados les impedía tocar su carne y sus puntas estallaban como si un rayo las achicharrara. Así siguieron, guerreando durante varios días y, al final, cuando los enemigos estaban juntos, todos los nuestros se lanzaron en su contra. Diez veces lo intentaron y nunca pudieron acercarse; sus saetas, el fuego y los truenos los dejaban muertos antes de que pudieran usar sus armas.

La derrota se asomaba entre los cuerpos retorcidos y el principal de los teules atacó con sus monturas y sus perros. Los inmensos venados tenían espuma en el hocico y nadie podía detenerlos. Sus choques eran brutales y los tajos de los jinetes no podían frenarse. Ningún escudo era tan fuerte para detener los estoques. Ellos avanzaban sembrando la muerte y sus perros inmensos ladraban como demonios. Sus fauces desgarraban la carne de los nuestros; por rápidos que fueran sus pasos, siempre los alcanzaban; por más que se protegieran, sus colmillos se encajaban y sus mandíbulas se trababan hasta que le arrancaban un trozo a su presa. Esa guerra era distinta y los más bravos nada podían contra ella.

Juro por Nuestro Señor Desollado que sus animales eran terribles y sus ladridos anunciaban el reinado de la parca. Su sonido ronco y profundo helaba la sangre. Ellos eran el mal, la encarnación del Infierno: todos los que se oponían a su avance descubrían el dolor que nacía de sus fauces, todos los que se negaran a cumplir sus deseos morirían con la carne destrozada por el hocico trabado y la cabeza que se movía con el frenesí que invocaba la sangre. Los perros no conocían la piedad y sus dueños la ignoraban. Eso es lo único que puede explicar lo que le pasó a la mujer que se negó a entregarse a uno de los blancos con tal de mantener la fidelidad a su hombre: con el miembro tieso y venudo, el teul que la deseaba le soltó los perros para mirar cómo sus anhelos quedaban satisfechos con la peor de las muertes.

*

La derrota siempre cuesta. Los mandones de Putunchán y Cintla se rindieron y terminaron arrodillándose ante el principal de los teules. Don Hernando les habló a través del hombre que era su lengua y les exigió que reconocieran las culpas que no tenían. Sólo de esa manera él y su rey que vivía muy lejos podrían perdonarlos. Sus palabras eran duras y no aceptaban contradicciones. Él había ganado y eso era lo único que importaba. Los señores de esta parte del mundo no tuvieron más remedio que tragarse su orgullo. La guerra ya no tenía sentido, más de doscientos soldados estaban muertos en las cercanías de Cintla.

El momento de pagar había comenzado. Ninguna de las exigencias de los teules podía ser ignorada. Las órdenes se dieron y algunos guerreros de Putunchán llegaron al lugar donde estábamos. Nada nos dijeron, sus manos hurgaban entre los bultos para encontrar lo que debían entregar. El brillo del oro y las piedras verdes se ahogó en sus morrales. Los bultos que guardaban la comida fueron levantados por los tamemes que sólo podían obedecerlos. Ninguno de los que ahí estábamos alzó la voz. Una palabra bastaría para que el odio a la derrota nos apaleara.

Pero eso no era suficiente, sus ojos comenzaron a clavarse en nuestros rostros.

Necesitaban encontrar a las que no eran nobles, a las esclavas que algo valían. No era difícil que nos distinguieran, las marcas de la buena sangre no estaban en nuestras caras. Ninguna de nosotras tenía los ojos bizcos y nuestra piel tampoco contaba las historias de los dioses.

Con una seña nos obligaron a levantarnos. Se acercaron y sus manos nos apretaron el cuerpo para sentir su firmeza.

Un dedo me señaló y yo caminé hacia la vereda para enfrentar mi destino.

*

Ésa fue la primera vez que vi a don Hernando. Ahí estábamos los dos. A nuestro alrededor se miraban las casas saqueadas y los techos que aún trazaban líneas de humo. Los soldados victoriosos estaban a su lado y nuestros hombres caminaban con las manos vacías. Sus armas habían perdido la fuerza y sus filos terminaron ahogados en los pantanos. Lo vi con calma, sabía que era un hombre. No era muy alto, pero sus barbas y sus bigotes se miraban tupidos. Sus pelos parecían duros y se le ensortijaban en la papada para anunciar los vellos que le cubrían el pecho. Aunque tenía buena postura, don Hernando no era el más fuerte de los teules; sin embargo, su presencia se imponía a todos sus hombres. Sus palabras de camaradería no eran suficientes para ocultar la distancia que los separaba, él fingía la igualdad que no tenía ni quería. Su voz era incomprensible y sus carcajadas descubrían sus malas maneras.

Él era el mandamás, pero en sus ojos había una sombra. Su oscuridad no venía del miedo, tampoco nacía del dolor que sufren los que causan muertes y se arrepienten. Él mataba sin que el corazón se le retorciera. Su negrura era otra. Don Hernando quería entender, pero nada comprendía. El soldado que hablaba la lengua de los hombres a veces se atoraba y él se quedaba en ascuas.

Quería parecer entero, lejano de la ignorancia; sin embargo, sus manos callosas lo delataban cada vez que sentían una brizna de oro. El hambre de riqueza y poder estaba en sus almas. Ella se convertiría en su pecado y el castigo lo alcanzaría aunque lograra sus fines. El Crucificado ya lo había mirado y conocía sus planes: el que no roba ni hereda, no se rebuja en seda.

*

El ensotanado se acercó a nosotras para ahuyentar al demonio con sus aguas y rezos. Si el Maligno seguía dentro de nuestros cuerpos, los teules no podrían metérnosla sin miedo, si las bendiciones y los nombres cristianos no se adueñaban de nosotras, seguiríamos siendo idénticas a los súcubos que se apoderarían de su semen y sus almas. Nosotras éramos parte del botín, nosotras seríamos profanadas, pero antes de eso teníamos que ser cristianizadas.

Mientras el cura rezaba y nos mojaba, los teules nos miraban. Ahí, adentro de sus pupilas estaban el deseo y el pecado, las ansias que ya no podían satisfacerse con la mano. Ellos se sabían sobrevivientes y en sus narices seguía el olor de la sangre. Habían matado sin que los mataran, ahora necesitaban calmar sus ansias con un cuerpo que apenas se resistiera. Sus embestidas serían rápidas, convulsas; de sus bocas sólo saldrían las maldiciones que se terminarían cuando sus espaldas se arquearan para inundarnos con sus semillas blancuzcas. Ellos no querían el placer, sólo ansiaban saberse vivos y subyugar a los enemigos.

Cuando al sacerdote se le acabaron las palabras y el hisopo se quedó quieto, don Hernando se acercó a nosotras. Una a una nos tomó la mano y nos llevó ante nuestros nuevos dueños. Tenía que pagar sus compromisos y fortalecer sus alianzas. Las mujeres no alcanzaban para todos. En esos momentos, los cuerpos de las esclavas valían casi tanto como el oro. Es más, los hombres que se quedaron sin nada descubrieron que tenían que seguir adelante, sólo así merecerían las hembras que don Hernando regalaba.

Me tomó la mano y sonrió.

Yo le aguanté la mirada y lo dejé llevarme ante Portocarrero. Don Hernando sabía que él era importante, si antes le había regalado una yegua alazana, ahora le entregaba mi cuerpo para que hiciera lo que se le viniera en gana.

Don Alonso no fue tan malo, mis piernas se abrieron, él terminó rápido y no me entregó a la soldadesca. Los dioses me sonrieron y mi destino no terminó como el de las esclavas que agonizaron con el sexo sangrante.

*

La lengua de don Hernando se llamaba Gerónimo. Cuando nos subimos a las naos, mis ojos lo seguían y mis orejas perseguían sus palabras. Sólo él podría enseñarme quiénes eran los teules.

XI

Las cuerdas que sostenían las velas estaban tensas y las maderas de la cubierta crujían de cuando en cuando. El viento soplaba del lado correcto y las aguas se cortaban con la obsidiana de la quilla. Yo estaba en un rincón de la nao, el solo hecho de que fuera de Portocarrero alejaba a los otros hombres. Aunque las ansias les hincharan sus partes, la soldadesca no se atrevería a tocarme. Sólo de cuando en cuando sentía las miradas que trataban de arrancarme la ropa. El viento del mar me acariciaba y me desmelenaba, su olor salobre me limpiaba y ahogaba lo que ya sabía: las otras esclavas estaban en el vientre de la embarcación, ellas tenían que descansar antes de que volvieran a usarlas.

Mis ojos se llenaban de lo desconocido. En el centro de la nave, los teules gritaban mientras dos aves se despedazaban. Sus patas se habían transformado en navajas. Al final, una de ellas le rajó el pescuezo a la otra, se paró sobre el cuerpo de su rival y los hombres aullaron al ritmo de su canto. Las piezas de metal cambiaron de manos, unos se fueron con la sonrisa marcada en el rostro, los otros se retiraron con la furia apenas contenida. Don Hernando los miraba y sus ojos bastaban para que los derrotados alejaran su mano del puñal que les colgaba de la cintura.

Los miraba moverse, todos parecían salvajes. Sin sentir un dejo de pudor se bajaban los calzones y se sentaban en la tabla agujerada que estaba al final de la nao. Ahí pujaban tres veces y su excremento caía en las aguas. En las noches, ninguno se quitaba las calzas, el miedo a que las ratas les mordieran los pies los obligaba a quedárselas puestas. Esas ratas eran negras, gordas y osadas. El vaivén del barco no las mareaba y su presencia era el augurio de que aún resistirían la fuerza de las aguas y el viento.

Portocarrero iba y venía, los teules lo miraban con respeto. Él tenía otra sangre, una estirpe distinta de los que se jugaban el todo por el todo en un mundo que no conocían. En uno de sus caminares se me acercó, traía un plato de madera que parecía bruñido por la grasa que el trapo jamás le quitaba por completo.

—Ten, come —me dijo mientras me lo ofrecía.

Sus palabras eran incompresibles, pero su movimiento era claro.

Comí y la lengua se me llenó de manteca. El olor de los alimentos casi era el mismo del que tenían los teules.

*

No estuvimos mucho tiempo en el mar. Las ansias de hallar lo que anhelaban los obligaron a soltar las anclas. La bahía parecía buena, las aguas grises no reventaban con furia. Las manos del timonel permanecían firmes para navegar entre los escollos que podían herir a la nave. Todos miraban la pequeña isla que estaba tras la nao y se santiguaban con los ojos cerrados. En uno de sus viajes, los blancos habían bajado en ella. Ahí, tal vez, vivían los hombres que tenían cara de perro, los que tenían un solo ojo o los que apenas contaban con una pata inmensa. Las historias de cómo éramos aún tenían lugares donde podían encarnarse, pero nada de eso hallaron. La gente huyó cuando las grandes alas se asomaron en el horizonte.

El pequeño templo estaba vacío, la sangre manchaba sus muros y a su alrededor se miraban los trozos de los sacrificados. Los que ahí estuvieron, cuentan que ese día el sacerdote de los teules se enfrentó a los demonios, que el agua bendita cayó acompañada de sus rezos y sus exorcismos. Satán quizá fue derrotado, pero el miedo y las pesadillas jamás abandonaron a los que vieron los restos de la comida de los amos de todas las cosas.

Cuando desembarcamos, el horror ya se les había enquistado en el tuétano. El recuerdo de los caníbales se apoderaba de su cuerpo. Los chontales que mataron en Cintla no les bastaban para convencerse de que todo lo podían. Poco a poco, los que estaban enteros comenzaron a bajar los bártulos y levantaron pequeñas protecciones con todo lo que pudieron. Los toneles y las cajas se transformaron en parapetos en contra de las flechas y las piedras. La posibilidad de un combate no podía ser ignorada.

En cambio, los que resultaron heridos de la batalla de Cintla se quedaron tirados en la arena. Las manos del maestre Juan no podían curarlos a todos. Él apenas era un barbero y la sanación estaba muy lejos de sus entendederas. Algunas heridas estaban emponzoñadas y el matasanos no se animaba a mocharles un trozo del cuerpo. Ellos tendrían que morirse, sólo los que tenían rasguños seguirían coleando o avanzarían por los caminos con una pata renga. Ni modo, así es la vida: los teules habían matado a muchos, pero no todos se fueron con el cuero limpio.

*

Para qué lo niego, las desgracias nunca llegan solas y ellas nos persiguieron hasta la arena. Lo que habíamos mirado desde las naos apenas era un espejismo. La costa era mala, los mosquitos que venían de las charcas nos comían a picotazos y muchos cayeron en manos del vómito prieto, del mal que quiebra los huesos y mata con las calenturas que nunca ceden. Ahí estaban: guacareándose, retorciéndose mientras se apretaban las tripas, titiritando aunque el Sol los quemara. Las fiebres podían más que las flechas y las lanzas.

A pesar de esto, mientras el Sol los alumbraba, los que estaban buenos y sanos fingían que nada pasaba, que las batallas, la sangre y los males eran asuntos de todos los días. Cualquiera que los viera podría convencerse de que eran muy bravos, que estaban confiados y seguros de que nadie podría enfrentarlos. Ellos presumían sus ballestas, pulían sus arcabuces y le sacaban filo a sus espadas. Cada chispa que salía del mollejón parecía incendiar sus almas, pero los teules sólo eran como los briagos que se creen muy machos hasta que se encuentran con uno más fiero. Como todos los cobardes, sólo podían ser valientes con las mujeres que aún estaban en la tienda de fornicar.

Aunque a muchos engañaran, su falsía no podía ser eterna. En las noches, la verdad se aparecía sin embozo. Las armas se quedaban cerca de sus manos y sus sueños se interrumpían con los quejidos y los pujidos que sólo pueden parirse en las pesadillas. Ninguno se quitaba las botas ni las alpargatas, y los hierros seguían cubriendo sus cuerpos aunque el sueño les doliera. Los que nada tenían para protegerse y los que apenas contaban con gorjal o una celada, se aferraban a ellos pensando que serían suficientes para salvarlos. El trozo de metal que se ponían en el cogote o el casco que les protegía la sesera eran el único clavo ardiente que tenían para aferrarse. Todos tenían el culo fruncido y ni siquiera se atrevían a zurrar solos. Antes de que el peso de los párpados los venciera, algunos hablaban quedito y se quedaban callados cuando don Hernando y los suyos se acercaban. No querían que los grandes se enteraran de sus pensamientos, pero yo sabía lo que estaba pasando por su cabeza. Las ansias de traición llegaron junto con la sombra del Huesudo.

Ellos no eran muy distintos del hombre que montaba a mi madre: unos pusilánimes que presumían de lo que nunca habían tenido. A pesar de las muertes y los aceros, siempre serían unos cuiloni que sólo seguirían adelante para conseguir lo que siempre anhelaron y nunca tuvieron, unas tripas retacadas y un nombre de verdad. Para ellos, lo más importante era convertirse en un don pedotes que jamás trabajaría.

Aunque quisieran negarlo y se voltearan para otro lado, los cobardes sabían que entre los árboles estaban los ojos que los seguían. Las sombras se anunciaban a cada instante y los ruidos que apenas se oían los escuchaban como si fueran los pasos de un titán. Ninguno de sus aspavientos los había espantado. Ellos esperaban el ataque, pero la flecha que no zumbaba les atemorizaba más que los enemigos dispuestos. Ninguno tenía los tamaños para dejar la playa, los pocos que debían abandonarla para buscar agua partían con el ánimo de nunca volver. Yo los vi besar la cruz antes de dar el primer paso.

Los cobardes querían largarse, treparse en una de las naos y soltar los trapos para regresar al lugar de donde habían venido. Allá, en las islas, todos los indios estaban muertos y ni siquiera sus fantasmas se asomaban en los camposantos. Tanto era su miedo que dejaron de usarnos, las mujeres que no murieron de tanto abrir las piernas ya sólo guisaban y fruncían la nariz cuando sus bastimentos empezaban a apestar en la manteca rancia. La tienda de las fornicaciones se había quedado sola.

*

Las ruedas del tiempo apenas se movían y las malquerencias se hacían más grandes. Las miradas torcidas ocupaban una buena parte del campamento. A cada paso, los que querían seguir adelante sentían en su espalda el frío de la mirada que anunciaba la puñalada trapera. Don Hernando también tenía miedo. De nada servía que se moviera como si nada pasara. Las risas apenas podían ocultar sus nalgas fruncidas, y las fuertes palmadas que le daba a sus hombres no eran capaces de ahuyentar a los demonios que se escondían entre las ramas. A ratos, él se quedaba quieto con la mirada perdida en el mar. No sabía qué hacer, tampoco tenía claro si los hechos de Cintla habían corrido de boca en boca. Ni siquiera Portocarrero podía consolarlo, y la yegua alazana se quedaba quieta mientras él la cepillaba hasta que se le engarrotaban las manos.

*

Mi vida no era tan mala. Portocarrero no me pegaba y me daba de comer. Él era uno de los pocos que no estaban convencidos de que a la mujer y la burra, cada día una zurra. Es más, cuando me la metía no me lastimaba mucho y terminaba rápido. Apenas dos o tres embestidas y se volteaba para no mirarme.

Aunque Portocarrero ocultara lo que sentía, yo sabía que me tenía asco: la carne prieta era muy distinta de la piel en la que se adivinan las venas. Él era pariente de los mandamases y sus cogidas le empuercaban la sangre. Ayuntarse conmigo casi era lo mismo que si lo hiciera con una bestia. Ése es un pecado mortal. Por más que se hiciera cruces él no podía entender el color de mi piel: como nosotros vivíamos en el lugar donde el Sol pega más recio, nuestra sangre tenía que estar tatemada y ella debía mostrarse en la negrura de la piel. Pero yo no era así, mi color era distinto del que tenía el esclavo que sostenía la brida del caballo de don Hernando. Nadie puede negar que lo que digo es verdad, los hijos que salieron entre nuestras piernas no eran hombres, eran mestizos, mulatos, cambujos, lobos y coyotes. Seres a medias entre lo animal y lo humano. Yo no le daba gloria, apenas era mejor que la mano que aplacaba las calenturas, yo sólo era un regalo que lo confirmaba como alguien que estaba por arriba de los muertos de hambre, alguien que se usaba para enfrentar el miedo y la cercanía de la muerte.

Tuve suerte, mucha suerte, Portocarrero no tenía el alma negra para entregarme a sus hombres. Una hembra para él solo era un privilegio que no podía ser negado. Nunca pisé la tienda de fornicar que levantaron en la nao y que volvieron a tensar cuando recién desembarcaron. En aquellos momentos, los teules no sabían que el miedo les mataría el deseo y las ansias de pecado; pero allá, en el barco, los gritos de las mujeres que les entregaron en Cintla se ahogaron antes de que la fila se terminara.

Casi ninguna salió viva y los cuerpos de las muertas terminaron en el mar sin que el ensotanado les rezara un paternóster. Ese hombre, barrigudo y con el nombre del Crucificado en la boca, sólo se quedó callado y decidió mirar para otro lado mientras los soldados seguían formados y miraban a los que salían limpiándose la sangre de su naturaleza.

*

Así hubiéramos seguido. El miedo y los males de la costa nos habrían ahuyentado al cabo de varios días. Cada vez que el Sol moría, un nuevo enfermo se sumaba a la lista. Pero algo pasó. Cuando las habladurías de los cobardes dejaban de ser murmullos y los ayes de los caídos interrumpían el ruido de las olas, los enviados de Montezuma llegaron al campamento. Ninguno se veía preocupado, tampoco tenían las marcas del miedo en el cuerpo. Ellos eran idénticos a los guerreros que miré en Xicalanco: eran altivos, soberbios, absolutamente seguros de que no existía nadie que pudiera igualarlos.

Llegaron y se quedaron parados, tiesos. Sus ojos apenas se molestaban en detenerse en el reguero que llenaba la playa. Ellos lo conocían todo. Las pinturas les habían enseñado a los teules antes de que sus calzas tocaran la arena. Ahí estaban y sus sombras eran tan largas como sus lanzas. Los guerreros de Montezuma tenían que esperar a que se acercara uno de los principales. Ningún cualquiera era digno de oírlos.

Ahí seguían, yo los miraba: sus narices se arrugaban por el olor de la sobaquina y tal vez deseaban un ramo de flores para espantar los miasmas de los blancos.

Don Hernando y Gerónimo se aproximaron. Atrás, a unos cuantos pasos, se quedaron sus hombres con las manos sudorosas y los ojos marcados por el miedo. Los que estaban delante de ellos no eran como los hombres de Cintla o como los guerreros de Chakan Pután. Su sola presencia los desafiaba sin que tuvieran que mostrarles sus armas.

Los mexicas y los teules se quedaron mirándose. Aquellos confirmaban lo que ya sabían, mientras que los blancos trataban de comprender y fingir que nada pasaba. A como diera lugar tenían que posar de machos. Las pupilas de don Hernando se convirtieron en una piedra imán que no podía alejarse de sus collares y sus pulseras. En ninguna de las islas había visto tanta riqueza en el cuerpo de un solo hombre.

Después de un rato, los mexicas empezaron a hablar. Sus palabras eran floridas. Traían saludos del gran Montezuma, del Señor de Señores, del hombre que alimentaba a los dioses, del único amo de los cuatro lados del mundo.

Con una señal, los tamemes entraron al campamento y descargaron los alimentos que traían. Las mazorcas y los chiles, los frijoles y las calabazas venían acompañados con las guisanderas que los prepararían.

A pesar de su gesto, el mensaje era claro: traguen y lárguense.

Sin embargo, la lengua de los teules no alcanzó a comprenderlos. Gerónimo sólo hacía jetas y se movía con desesperación, apenas hablaba con las voces de los mayas más bajos y los enviados eran dueños de las palabras bonitas.

Don Hernando lo miraba con odio mientras fingía entereza.

Ninguno entendía, ninguno entendió jamás.

*

En ese momento se decidió mi vida. Sin que nadie se diera cuenta, yo moriría y renacería en un parpadeo. Podía quedarme sentada y esperar a que Portocarrero se hartara de mis nalgas y me entregara a la soldadesca, o podía levantarme para decir las palabras precisas. Me paré sin que mis almas se dieran cuenta. La historia de los chontales que me compraron jamás se repetiría: yo no debía morirme con el sexo ensangrentado, tampoco podía pudrirme con mi parte apestosa y llena de bubas. Don Hernando se me quedó viendo y de mi boca salió la voz que todo lo comprendía. Gerónimo me miró y todo le dijo a su capitán, los recién llegados venían de parte de Montezuma.

Hablaron. Yo los oía y le decía sus palabras a Gerónimo para que se las explicara a don Hernando.

Al final, él entendió muy poco, la lengua florida siempre dice una cosa para decir otra. Las respuestas precisas nunca llegaron y don Hernando tuvo que conformarse con lo poco que comprendió.

*

Cuando nos quedamos solos, don Hernando me habló y sus palabras llegaron a mis orejas gracias a Gerónimo.

—Ayúdame, te prometo más que tu libertad —me dijo con voz rasposa.

Acepté. Ésa era la única manera que tenía para seguir viva.

Nada le dije de Portocarrero, el tiempo se encargaría de aclarar las cosas sin que las palabras tuvieran que salir de mi boca.

*

El Sol caminó varias veces en el cielo antes de que los enviados de Montezuma se fueran. Durante esos días, don Hernando hizo lo mejor que sabía hacer: fingió ser el que no era. Delante de los mexicas sus hombres cabalgaron como si fueran el Matamoros y sus cañones tronaron para quebrar la nada, sus perros enseñaron los colmillos, y sin ningún empacho él se paró delante de los tlacuilos que dibujaron a los teules y sus armas. Cuando los pinceles dejaron de moverse, don Hernando

97

se acercó a las hojas y observó los trazos, poco se parecían a lo que él miraba, pero ahí, en los círculos, las plumas y las banderas estaban las cuentas precisas de sus fuerzas.

Él estaba seguro de que los impresionaba, que sus fierros y sus desplantes eran suficientes para deslumbrarlos y acobardarlos. Y así, cuando los hombres de Montezuma estaban a punto de irse, don Hernando les dijo que los acompañaría. Los enviados del Tlatoani apenas sonrieron, el Señor de Señores no quería que avanzaran, sólo él podía decidir el momento en que los recibiría. Ellos tendrían que esperar hasta que el amo de Tenochtitlan lo dispusiera. El que le daba de comer a los dioses hablaría cuando fuera preciso, pero le agradecía los regalos que le enviaba el recién llegado: una silla de caderas que nunca podría opacar al trono con pieles de jaguar, una sarta de cuentas que palidecería ante los chalchihuites y un gorro encarnado con una medalla del matador de dragones que nada valía junto a los penachos de quetzal.

Don Hernando los miró irse sin que en sus ojos apareciera la sorpresa por las baratijas que les había entregado. Los mexicas no eran como los caribes que se deslumbraban con un brillo cualquiera. Los guerreros habían averiguado lo que querían: los teules eran hombres. Ninguno había reconocido la ropa de los dioses cuando se la pusieron enfrente. Ellos se conformaron con arrancarle los trozos de oro que tenían. Es más, comían como las personas y los heridos, por más que los escondieron, dejaron en claro que sangraban.

Los guerreros estaban seguros de que no eran tan peligrosos como lo decían, apenas eran un puñado y las olas de los bravos de Montezuma podrían borrarlos de la arena.

XII

Cuando las sombras de los guerreros se perdieron entre los árboles yo me convertí en algo distinto. Mi viejo cuerpo quedó olvidado en el silencio. Ninguno de los teules trató de tocarme y de su boca sólo salía el nombre que se me quedaría para siempre: yo era doña Marina y mi voz era fundamental para su destino. Portocarrero también se volvió diferente, mis piernas permanecieron cerradas y mi cuerpo comenzó a cubrirse con la ropa que nunca lo había tocado. Los enredos y los huipiles que les dieron en Cintla llegaron a mis manos y el hambre desapareció para siempre. Nunca más tuve que limpiar los restos de las ollas con las tortillas frías, desde ese día empecé a comer junto con don Hernando y los principales. Yo era la lengua, yo era la palabra todopoderosa, la voz que derribaba las puertas y quebraba las murallas.

*

No tardaron mucho en volver. Los tamemes venían cargados con regalos: los grandes discos de oro y plata, las petacas llenas de mantas, plumas, joyas y chalchihuites les quemaron los ojos y les llenaron de babas la boca. La codicia se adueñó de sus almas y la insistencia de seguir adelante se volvió una exigencia. La gente del Tlatoani sólo volvió a sonreír cuando don

Hernando les dijo que él y sus hombres tenían un mal que podía curarse con el oro.

Los enviados de Montezuma los escucharon con una mueca de sarcasmo y sin empacho repitieron las voces de siempre: el Señor de Señores deseaba que los dioses los acompañaran en su viaje de regreso; algún día —si es que los amos de todas las cosas lo permitían— ellos se encontrarían en Tenochtitlan.

Por más que insistió don Hernando, sus palabras cayeron en el vacío, ninguna encontró la manera de meterse en las orejas de los mexicas.

*

Los hombres de Montezuma dejaron el campamento, pero su partida no pudo tranquilizar a los teules, los sueños seguirían siendo pesadillas y las noches transcurrirían con las calzas puestas. Las cuidadosas maneras y las sonrisas apenas mostradas eran una amenaza que podía cumplirse. Ninguno sabía cuántos hombres estaban detrás de los enviados de Montezuma, los miles que los escoltaban apenas eran muestra del poder del Tlatoani. Y Gerónimo, como tenía la boca floja, nada se dilató en contarle a todos lo que dijeron. Las palabras de los guerreros eran terminantes: los teules debían largarse. La comida que les dejaron bastaba y sobraba para llegar a sus tierras.

Mientras los murmullos del miedo avanzaban sobre el campamento, don Hernando se quedó serio, pensativo. Cualquiera que lo mirara creería que las almas se le habían salido por la mollera, que estaba enfermo de susto y que su espíritu sentía los mordiscos de la ojeriza. Así siguió hasta que las sombras empezaron a difuminarse. Los tesoros, los hombres de Montezuma y las fiebres que se robaban la vida de sus soldados le revoloteaban en el cacumen. Y entonces, como si volviera de quién sabe dónde, empezó a decirle cosas a Gerónimo. Su lengua tenía que hablar con la mía.

—¿Nos tiene miedo? —me preguntó a través de Gerónimo.

—No —le respondí.

Mi palabra era precisa, lejana de la duda; pero él no quería entenderla. El Coludo ya estaba muy adentro de su cuerpo, su testuz no podía darse cuenta de que en el arca del avariento el Diablo yace dentro.

—¿Entonces por qué nos da su tributo? —me cuestionó con la extrañeza marcada en la cara.

De nuevo le contesté con la verdad.

—Montezuma no paga tributos, sólo da regalos que arden en los ojos y las almas.

—Si no nos tiene miedo, ¿por qué no nos recibe?

—El Tlatoani sólo recibe a los que son importantes.

Don Hernando insistió una y mil veces en lo mismo. Ninguna de mis palabras logró convencerlo.

Gerónimo me habló de su rey y me dijo que Montezuma no era nada junto a él.

Yo sólo le dije lo que tenía que decir, lo que había visto y oído, lo que me había llenado los ojos en Xicalanco y lo que todos contaban sobre Tenochtitlan.

Me escuchó pero no entendió las razones, la lengua de Gerónimo era torpe. Al final, don Hernando terminó convenciéndose de lo único que quería: Montezuma le tenía miedo y él podría dominarlo con su presencia. Es más, en esos momentos, me preguntó cuántos guerreros tenía y yo le respondí que ellos eran más que las estrellas del cielo.

No me creyeron.

*

Don Hernando tenía que decidirse. Y así lo hizo. Sus hombres lo escucharon mientras les prometía el oro y el moro. Algunos, los que volvieron a sentir las cicatrices de la miseria, lo aclamaron sin que nadie se lo pidiera. Ellos serían los piojos que se convertirían en caballeros de las Indias. Los otros, los que susurraban en la oscuridad, no estaban de acuerdo. Ese botín era suficiente para volver. Valía más que así lo hicieran, los teules apenas eran unos cuantos y allá, en las tierras que se ocultaban detrás de los árboles y los montes, quizás había miles de guerreros. Es más, uno de ellos se atrevió a poner la mano sobre el mango de su espada para amenazar a don Hernando.

Esa vez, la sangre no se derramó pero las almas la exigían.

Durante unas horas la paz volvió al campamento, aunque los murmullos auguraban la lucha. Aquí y allá, los hombres se juntaban para maldecir a sus contrarios. Los teules estaban divididos: el miedo y la ambición los separaron por completo. Don Hernando sabía que las armas no tardarían en desenvainarse. Si no hacía algo, cuando llegara la noche, muchos sentirían el filo de los puñales en el gaznate, y los ojos que los miraban desde la espesura se transformarían en lanzas y flechas que matarían a los sobrevivientes.

Cuando menos lo esperaban, don Hernando se paró en el ombligo del campamento. Sus ojos eran de fuego y sus manos parecían garras. A gritos acusó a los hombres que se le oponían y sin problemas los condenó a la peor de las muertes o a la mutilación. Una cuerda marcaría el fin de sus días. Nadie los defendió, el oro y la plata eran una buena razón para no hacerlo. Ni siquiera los que escucharon sus murmullos se atrevieron a intentarlo. Las ansias de riqueza todo lo pueden.

Don Hernando había calculado su asesinato. Sus enemigos no sólo debían morir, cada uno de sus movimientos tenía que convertirse en una amenaza, en la certeza de que nadie podía levantarle la mano. La cuerda con la que los colgaron no era larga, y aquellos hombres no se quebraron el pescuezo. Ahí se quedaron, retorciéndose, pataleando, arañándose el cogote hasta que la lengua se les puso morada y sus piernas se mojaron con los orines. A los que les fue mejor les cortaron los dedos de los pies y les quemaron las heridas para que pudieran seguir adelante.

El futuro de los traidores estaba trazado. Nadie, absolutamente nadie podía oponerse a mi amo.

La lección fue brutal, pero don Hernando sabía que aún quedaban algunos que estaban en su contra. Sin que nadie fuera capaz de oponerse, casi todas las naves fueron vaciadas y los hachazos se ensañaron con sus panzas después de que las vaciaron de todo lo que valía la pena. El mar se las tragó con calma. Volver era imposible. La única nao que quedó completa se la entregaría a Portocarrero después de que llegáramos a Cempoalatl: él debía regresar para hablar con su Tlatoani y convencerlo de que mi dueño hacía lo correcto.

*

Esa noche dejé de dormir en el lugar que ya conocía: la tienda de don Hernando se abrió para recibirme. Fui suya, y por primera vez las humedades llegaron a mi sexo. Él sabía lo que estaba haciendo; aunque lo deseara, no podía ser un salvaje como sus hombres. Ahora lo entiendo, él necesitaba adueñarse de mi persona a través del deseo. Yo lo dejé seguir adelante, valía más que así lo hiciera. Mi nuevo dueño era la única opción que tenía. Portocarrero ya sólo era un pasado que nunca me alcanzaría, unas manos que fueron y vinieron marcadas por el deseo de sangre limpia.

*

No pasó mucho tiempo después de que don Hernando mirara los papeles que hablan y repitiera sus dichos. Todos, incluso los que habían deseado largarse, no tuvieron más remedio que gritar los vivas y agitar las banderas. Las palabras de los enviados de Montezuma se fueron a la mierda.

XIII

Los jinetes y los de a pie, los falconetes y los bastimentos comenzaron a adentrarse en las veredas que nos llevaban a quién sabe dónde. Según don Hernando avanzábamos hacia la ciudad de Montezuma, pero a ciencia cierta nadie sabía si nuestros pasos iban en el camino correcto, o si en uno de sus recovecos seríamos atacados por los guerreros mexicas. Las ansias de tener una reliquia o una estampa milagrosa estaban marcadas en las manos de los teules, entre los dedos que se afianzaban de las picas pendían los rosarios que trataban de alejar el combate.

Algunos estaban enfermos, tampoco faltaban los heridos que se negaron a quedarse en la costa. El mal de lomos que se les pegó en Cintla y la fiebre quebrantahuesos que los atacó cuando desembarcaron les impedían caminar por su propio pie. Los que cayeron presas de las bubas, siempre estaban dolientes. Uno de ellos, que era flaco y zancudo, tenía las piernas llenas de llagas y su cara estaba herida por los granos de pus que se reventaban cuando hacía una mueca. Si una nodriza de Castilla estuviera con nosotros, su leche lo habría sanado; pero en esos días no había absolutamente ningún pecho generoso. Él tenía que conformarse con los trapos que apenas cubrían sus males y se le pegaban a la carne para mostrar su purulento verdor.

No habíamos caminado mucho cuando los jinetes que abrían la marcha volvieron a todo galope. Sus ojos casi habían enceguecido por mirar una ciudad de plata. "Cíbola", gritaba uno de ellos; "Quivira", bramaba el que lo seguía. Las leyendas que los trajeron a este lado del mundo eran verdad y ninguno podía dudar de aquellas palabras. El preste Juan, los Amadises y los Florandos no estaban equivocados, en esta parte de la Tierra estaban las ciudades maravillosas, los ríos por los que corrían gemas en vez de agua y el mar de arena en el que navegaban las embarcaciones de la reina de las amazonas. Ellos habían entrado a las tierras de los basiliscos, las lamias y los dragones que los transformarían en seres idénticos a san Jorge. El Paraíso que les habían negado las islas, por fin estaba cerca de sus manos.

Gerónimo me dijo lo que pensaban. Yo sólo pude reírme, ellos veían lo que querían ver y no se daban cuenta de lo que estaba frente a sus ojos. La sed de riqueza los obligó a redoblar la marcha, pero delante de ellos no estaban las ciudades de oro y plata. La bruñida blancura de los templos de Cempoalatl los había deslumbrado.

*

Las tropas de don Hernando entraron en Cempoalatl sin disparar un solo tiro. En la muralla los guerreros estaban ausentes. La gente estaba fuera de sus casas para mirar su avance sin que el filo de la obsidiana brillara con el Sol. Nadie se atrevió a detenerlos hasta que llegaron a la plaza grande de la ciudad. En ese lugar, el Cacique Gordo los recibió como si fueran dioses. Ese hombre, que tenía unas tetas más grandes que las mías, se inclinó y nos llevó a su casa ayudado por dos hombres que apenas podían sostenerlo. Y ahí, bajo el techo de ramas, nos ofreció comida y empezó a contar sus desgracias: Montezuma lo tenía agarrado del cogote y su gente se moría de hambre con tal de que las armas de los mexicas se mantuvieran lejos;

los jóvenes y las vírgenes ya no se miraban en sus tierras, sus corazones tenían que alimentar a los dioses de Tenochtitlan. El cacique lloraba y su vientre se movía como las olas mientras hacía el recuento de todos los enemigos que lo acechaban.

Don Hernando lo escuchó pero no le creyó gran cosa, los sortijones de oro y con muchas turquesas desmentían sus palabras. El marrano era rico, su gente era la única que tenía las tripas pegadas al espinazo. Sin embargo, esas mentiras no le importaron a mi dueño y, tal vez sin darse cuenta, tomó la decisión precisa.

—Nuestro rey es más poderoso que Montezuma —le dijo mientras sus ojos se convertían en los de un padre—. Él me envió para salvarlos, para terminar con los males de estas tierras. Nosotros somos sus amigos, sus aliados.

Yo sólo repetí sus palabras después de que me fueron murmuradas por Gerónimo.

El cacique se limpiaba los mocos con la mano, pero en su rostro se notaba la certeza de que avanzaba por el camino correcto. Las palabras melosas y trágicas siempre son engañosas. Ni a él ni a don Hernando les importaba que todo fuera falso. La verdad valía menos que una jícara rota.

Hablaron y hablaron hasta que el principal de Cempoalatl nos invitó a quedarnos. Don Hernando aceptó sin pensarlo dos veces. Necesitaba un aliado para seguir adelante, de algún lugar tenían que llegar los bastimentos, y sus tropas, por acorazadas que estuvieran, no serían suficientes para enfrentar a los guerreros que eran más que las estrellas. Es más, en ese momento ya era claro que las bestias que traían de las islas no bastaban para cargar los pertrechos y la comida.

Los teules suspiraron aliviados. En menos de lo que estoy pensando pusieron sus troneras en los lugares que mejor les parecieron y montaron un campamento que les permitiría resistir los ataques. Eso era lo que necesitaban para recuperar los ánimos, la muralla de Cempoalatl era su mejor protección. En ella, cada uno de los teules valdría lo mismo que muchos mexicas. Y, por si todo esto no bastara, el maestre Juan quedó relegado y los hombres de las plantas comenzaron a curar a los enfermos y los heridos. Las hierbas molidas o hervidas eran mucho más poderosas que los ruegos y las navajas melladas.

*

La Luna recorrió el cielo antes de que el principal de Cempoalatl aceptara las exigencias. Los teules lo apoyarían en contra de Montezuma y sus enemigos; a cambio, sus guerreros se sumarían a las tropas de don Hernando. En el fondo, el Cacique Gordo sabía que había ganado de todas todas, los recién llegados eliminarían a sus rivales y él se transformaría en el mandamás de aquellas tierras. A cambio de su ayuda, el cacique recibiría mucho más de lo que alguna vez fue capaz de soñar.

Don Hernando y los teules aún no entendían las reglas del juego que estaban jugando, las ansias de oro y plata les nublaban la sesera y los mandamases sabían cómo engañarlos y usarlos en contra de sus enemigos. Sólo Dios sabe si él pudo darse cuenta de algo de lo que pasaba. Mi lengua se esforzaba, pero Gerónimo no entendía las sutilezas.

*

El día que cerraron el acuerdo, los totonacos le dieron ocho mujeres a don Hernando. Eran distintas de las que le entregaron en Cintla. Ninguna era macehual como nosotras, todas tenían los signos de la nobleza, su piel estaba embijada y sus pechos se miraban al aire. Eso no era raro, los huaxtecos no conocen la decencia y se ayuntan como los perros.

—Ella es mi sobrina, hazla tuya para que seamos parientes —le dijo el cacique.

Don Hernando la aceptó y llamó al ensotanado para que le mojara la cabeza. Esa vez no permitió que el cura escogiera el nombre.

108

—Se llamará Catalina —le ordenó mientras sonreía.

El sacerdote no se rio de su chiste.

Así se nombraba la mujer que había abandonado en la isla y que llegaría a estas tierras cuando mi vientre estuviera pariendo a Martín. Con el tiempo, esa chirigota se volvió siniestra, el horror de que su hombre tratara de vivir con tantas mujeres como si fuera un tlatoani le quemaba el alma. Dicen algunos que Catalina Xuárez, la española que lo unía con su viejo patrón, murió cuando las manos de don Hernando le retorcieron el pescuezo. Un arrebato o una mentira, alegaron sus defensores; un odio añejo sostuvieron aquellos que lo detestan. Yo la recuerdo y conozco la verdad, pero el tiempo para hablar de ella aún no llega.

Esa vez, a don Hernando no todo se le fue en risotadas. Con calma caminó delante de las mujeres. Les palpó el cuerpo como si fueran vacas, les abrió la boca cual jamelgos y las olisqueó como lobo.

Las enflaquecidas fueron hechas a un lado, las que tenían la cara marcada también fueron ignoradas. Al final sólo quedó una, la que mejor le cuadraba.

La tomó de la mano y caminó hasta el lugar donde estaba Portocarrero.

—Ten, es tuya y de nadie más.

Sus palabras casi eran una disculpa, una manera de pagarle lo que le había quitado. Ella valía lo mismo que yo y la cuenta quedaría saldada.

Portocarrero le agradeció y se la llevó a sus aposentos. Don Hernando hizo lo mismo con la sobrina del cacique, la alianza tenía que firmarse en el cuerpo de una mujer.

Esa noche, los gemidos de la totonaca se metieron en mis oídos. Yo no la odiaba ni su imagen me perturbaba, mi amo sólo hacía lo que tenía que hacer. Al amanecer yo seguiría siendo su lengua. La primera nunca es la última.

*

El tiempo de poner las cosas en claro había llegado. Don Hernando no podía seguir caminando por veredas torcidas y los papeles que hablan no bastaban para justificar sus acciones. De las islas podían llegar los barcos amenazantes y sólo el monarca que estaba del otro lado del mundo podía zanjar las disputas entre él y su viejo patrón. Portocarrero se trepó a la única nave sin mirarme, la mujer que le regaló don Hernando estaba a su lado. Yo era carne prieta, ella era el pago de una deuda, y él sólo anhelaba la piel blanca. Lo vi irse y no me acerqué a la lancha que lo llevaría a la nao. Mientras los remos entraban en las grandes aguas, él se convirtió en uno más en la lista, en alguien que no me marcaría lo suficiente.

*

Los enviados de don Hernando zarparon con buenos vientos y nosotros nos preparamos para dejar Cempoalatl. Las promesas que le hizo al cacique se cumplieron a cabalidad: la gente de Cingapacinga cayó por el filo de las espadas y el gordo se libró de los vecinos que lo amenazaban. La batalla fue rápida, fulminante. El fuego de los arcabuces y las culebrinas, los jinetes con las espadas en la mano y los perros sedientos de carne terminaron muy rápido con los enemigos. Al final, cuando las mujeres estaban levantando los cuerpos, entraron los guerreros de Cempoalatl. Ninguno tuvo que disparar una flecha para cobrarse las viejas afrentas, para eso estaban los teules.

El fuego aún no se apagaba y el cacique le pidió a don Hernando que él y sus hombres se alejaran. Sus guerreros terminarían la matanza y destazarían a los vivos y los muertos. Mi nuevo dueño lo dejó hacer lo que quería. Con calma tomó la brida y llevó a su montura al final del pueblo. Lo que pasara no tenía ningún valor y todos los pecados podían ignorarse, él necesitaba su alianza para seguir adelante. Por eso, cuando los hombres de Cempoalatl comenzaron a devorar a los vencidos,

Cortés sólo miró hacia otra parte y se negó a escuchar las palabras del cura que lo acompañaba.

Si él tenía que pactar con el Diablo para obtener los tesoros de Tenochtitlan, firmaría la hoja infernal sin pensarlo dos veces.

*

En esos días, don Hernando tuvo tiempo para fingir y jugar con doble mano. A como diera lugar tenía que quedar bien con Dios y con el Diablo. Por eso pasó lo que pasó, cuando los enviados de Montezuma llegaron a la ciudad para exigir el tributo, el cacique los mandó apresar y los condenó a muerte. La certeza de que su nuevo aliado era muy poderoso era suficiente para que la cobardía se largara de sus almas. Ahí, cerca de su casa estaban los mexicas, los habían metido en una jaula y la gente de Cempoalatl se acercaba a ellos para insultarlos y orinarlos.

Cuando don Hernando se enteró de lo que había pasado, me llevó con los cautivos. Su actuación fue perfecta. El rostro apesadumbrado, la voz quebrada y las manos que suplicaban podían convencer a los mexicas de que la verdad estaba en sus palabras. Una mirada torva bastó para que el señor de Cempoalatl entendiera que no estaba jugando: tenía que liberar a dos de ellos.

—Los aliados saben corresponder —le dijo con una voz que sonaba a muerte.

Las exigencias de mi amo se convirtieron en realidad y, antes de que los cobradores de Montezuma se fueran, les habló con palabras dulces:

—Váyanse, díganle a Montezuma que yo los liberé y que pronto salvaré al resto de sus enviados de los totonacas. Díganle que soy su amigo, que quiero ser su aliado.

Los hombres tomaron el camino y, antes de que el tiempo se hiciera largo, una nueva comitiva de Tenochtitlan llegó a

Cempoalatl. El Tlatoani le agradecía la liberación de sus hombres y le mandaba nuevos regalos.

—Ya ves —me dijo—, Montezuma no quiere guerra… me teme y quiere ser mi amigo.

Esa vez decidí que lo mejor era decirle que sí. Ninguna de mis palabras habría cambiado sus pensamientos.

XIV

Dejamos Cempoalatl. La delgada columna de las fuerzas de los teules había engordado y los ánimos estaban dispuestos. Los blancos se sentían seguros: los muertos, muertos estaban, y los vivos soñaban con las riquezas que harían palidecer a los príncipes. Los gorjales, las cotas, los cascos y las polainas se completaron con las corazas que consiguieron en las tierras del Cacique Gordo. Ahí iban, a medio camino entre los caballeros de Santiago y los guerreros indios; ellos caminaban con las armas del otro lado del mar y las corazas de grueso algodón que se tejían en este lado del mundo. Los totonacos que no tenían buena sangre cargaban las armas y los bastimentos, las mujeres del pueblo caminaban con sus trastes en la espalda, mientras que los soldados del cacique avanzaban a los lados de los hombres de Cortés. La guerra contra los mexicas había comenzado.

Yo cabalgaba al lado de don Hernando. Mi lengua se había vuelto fértil y las palabras de Castilla germinaban en sus humedades. Gerónimo ya casi no era necesario. Yo era la voz, yo era la palabra, yo era la doña, yo era Malintzin y las últimas letras de mi nombre sonaban a realeza en la boca de la indiada. Mi amo y yo ya éramos una sola persona.

*

El camino que tomamos lo decidió la gente de Cempoalatl. Según ellos, los pueblos que encontraríamos a nuestro paso se unirían a la guerra contra Montezuma. Al principio todo parecía fácil, simple, absolutamente sencillo. La gente nos recibía sin armas, nos daban alimentos, y algunos de sus guerreros y sus tamemes se sumaban a las filas de los teules. Cada día éramos más, a cada paso sentíamos que la derrota de los mexicas era posible. Los cientos que desembarcaron ya se habían convertido en algunos miles. Sin embargo, conforme nos fuimos adentrando en las grandes montañas, la suerte nos volteó la cara.

El hielo que coronaba los montes nos atacó con su viento mientras que el granizo y la lluvia se ensañaban con nuestros cuerpos. La manta que me dieron apenas podía protegerme y los bigotes de don Hernando estaban marcados por los mocos helados. La desgracia nos alcanzaba sin que pudiéramos defendernos. Aún no habíamos atravesado los montes cuando la comida comenzó a terminarse, un puñado de maíz valía más que todas las riquezas soñadas. En esos días, las llamas que alimentaban a los comales se quedaban tiesas. La leña húmeda no bastaba para alimentarlas. Los teules y los totonacos se acercaban al pálido fuego con tal de sentir que la vida no se les escapaba en el vaho que les brotaba de la nariz y la boca. Los abrigos faltaban y la gente que llegó de las islas comenzó a sentir el dolor que les atravesaba los fuelles del pecho. Nadie quería sentarse, la muerte blanca se los llevaba cuando cerraban los ojos.

Seguimos adelante mientras la helada humedad nos mordía. Yo sabía que estábamos en el camino al Mictlán, en el lugar donde los vientos se transforman en navajas. Muchos se quedaron tirados a mitad de la nada. Los indios que acompañaban a los teules desde la isla Fernandina no resistieron el camino. Su cuerpo era caliente y no podía resistir las heladas. Nadie se detuvo a rezar por ellos, ninguno tuvo la piedad para escarbarles una tumba o para quemar sus cuerpos con tal de que sus almas quedaran libres. Ellos, junto con los otros muertos, se transformaron en espectros, en seres a mitad de la nada que aullaban en las noches para anunciar una nueva granizada.

*

Sobrevivimos y, cuando llegamos al lugar donde se miraba un valle, nuestras almas ansiaron el calor que les devolvería el fuego de la guerra. Llegamos a las tierras planas y el viento, aunque aún nos dolía, era más liso que las navajas que descendían de las montañas. Seguimos adelante y pronto nos encontramos con los que caminan con flechas. Los hñähñu nos salieron al paso, venían en son de paz y nos dieron alimento y cobijo.

Mi dueño se esforzaba por ocultar lo que todos miraban. Las desgracias de las montañas estaban labradas en nuestros cuerpos. Sin embargo, a fuerza de palabras y fingimientos, logró lo que anhelaba. Los hñähñu se sumaron a los teules a cambio de que lucharan en contra de sus enemigos. La historia volvía a repetirse y los indios ganaban en cada alianza. Ellos estaban seguros de que terminarían por controlar a los blancos y los transformarían en sus mercenarios.

*

Con las tripas llenas y los tamemes cargados seguimos avanzando. Poco a poco la columna recuperó su tamaño y los teules reconquistaron la confianza. La fama que los hñähñu tenían como arqueros les redoblaba el ánimo y los hombres que se sumaban en los pueblos y las villas alimentaban sus ansias de victoria. Nada podría detenernos en el camino a Tenochtitlan.

El mundo nos sonreía, pero, de pronto, frente a nosotros se mostró una muralla tan larga que los ojos se cansaban antes de descubrir su final.

—No debemos seguir adelante —le dijeron los mandones de los hñähñu a don Hernando—, allá están los guerreros que nos vencerán.

Mi amo me miró y no supe qué debía decirle.

XV

Antes de que el Sol llegara al ombligo del cielo, los hombres de Cempoalatl impusieron su voluntad. Cruzaríamos la muralla y avanzaríamos hacia Tlaxcallan. Don Hernando, después de escuchar a los guerreros del Cacique Gordo, estaba seguro de que los rivales de los mexicas bajarían sus armas y se sumarían a la guerra contra Montezuma. A cada paso que daba su caballo, él repetía las mismas palabras: "Los enemigos de mi enemigo son mis amigos". Su voz sonaba como si estuviera rezando el rosario, aunque su lengua estaba encadenada al mismo misterio. La siguiente cuenta se negaba a mostrarse.

Nuestro andar era lento y los hñähñu comenzaron a tomar sus flechas. Las lenguas alisaron las plumas que las dirigían. Entre el rojo, el blanco y el negro que les cubrían la cara, sus ojos buscaban señales en el valle rodeado de cerros amarillos y pelones. Un movimiento habría bastado para que sus arcos se tensaran y de sus gargantas brotaran los gritos de guerra. Los de Cempoalatl hacían lo mismo, el peso de las piedras tensaba sus hondas. Don Hernando los miraba y trataba de contener las ansias de tomar su espada. El silencio era el augurio del mal, pero delante de sus hombres tenía que mostrarse como alguien capaz de resistirlo todo. Él era el timonel y las nubes en el horizonte no podían acobardarlo.

Así seguimos con el silencio a cuestas. Los pájaros y las bestias habían huido a los montes. Ellos pueden oler la muerte antes que los hombres. La suerte ya estaba echada. Por más que hubiéramos deseado lo contrario, cuatro leguas más adelante el destino nos alcanzó.

*

Los guerreros de Tlaxcallan nos cerraban el camino. Apenas Dios sabe cuántos eran, pero su número nos superaba con mucho. Por cada uno de los nuestros había decenas de ellos. Las plumas de sus cascos apenas se movían con el viento y los estandartes que colgaban de sus espaldas mostraban sus figuras. Los escudos estaban dispuestos y en los cuerpos miraban los símbolos de la batalla. Su voz estaba encarcelada, ellos sólo esperaban el aullido que los llevaría al combate. El miedo no estaba de nuestra parte.

Nos detuvimos. Don Hernando llamó al Tonatico, el hombre de su confianza que tenía los pelos del mismo color que el Sol. No era casual que le hablara, él era despiadado y las ansias de muerte estaban clavadas en sus almas. Los que lo vieron, dicen que Alvarado mató a una de las esclavas de Cintla. La había usado con brutalidad, y después de que vació sus semillas le arrancó los pechos y la estranguló mientras la sangre manchaba sus mantas.

Nadie, absolutamente nadie se atrevió a decirle una sola palabra. Lo que ocurría en la tienda de fornicar era un secreto que se juraba por los santos.

—Que sea lo que Dios quiera —le dijo mi amo a don Pedro de Alvarado—, yo voy a parlar, tú prepárate para lo peor.

Con una seña me indicó que lo acompañara.

Los quinientos pasos que nos separaban de los guerreros parecían inmensos. Cada uno que dábamos nos alejaba de la protección de los nuestros.

Atrás de nosotros, los teules y sus aliados se alistaban para el combate. El ruido de los arcabuces y los falconetes que eran retacados apenas podía enfrentarse a la mudez del valle.

Don Hernando empezó a hablar y mi voz se transformó en la suya.

—Venimos en paz, nuestros enemigos son los mismos.

El viento se llevó sus palabras; nadie quería oírlo, pero él insistió.

—Nosotros queremos ser sus aliados y nuestro soberano les ofrece que se conviertan en sus vasallos. Junto a nosotros nada tendrán que temer...

Cuando el tenue eco de su voz se perdió entre los cerros, uno de los guerreros de Tlaxcallan avanzó hacia él.

Con calma, el joven Xicoténcatl caminó alrededor de su caballo, sus ojos eran de fuego y sus manos se volvían amarillentas por la fuerza con la que apretaba su maza. El hijo del soberano de Tlaxcallan estaba seguro de lo que hacía: si derrotaba a los teules sus armas se llenarían de gloria. Nadie, absolutamente nadie tendría el valor para enfrentarse a sus tropas. Después de su victoria, los mexicas se alejarían por completo de las tierras de sus ancestros.

Al final, se quedó parado delante de don Hernando y lo escupió. Cuando el gargajo se estrelló en la jeta de la montura, los hombres de Tlaxcallan soltaron sus gritos de guerra, los tambores sonaron como truenos y el zumbido de las hondas se adueñó de la Tierra.

Huimos a todo galope. Yo llegué hasta el final de las filas y don Hernando se quedó al frente. Desenvainó su espada y llamó al combate.

—¡Por Santiago y por el Rey! —gritó y los jinetes se lanzaron a la carga.

El ruido de los cascos no llenó de pánico a los guerreros de Tlaxcallan. El retumbar de la tierra tampoco los amedrentó. Tras la lluvia de flechas y piedras, se lanzaron al combate y chocaron con los teules y sus aliados. Los filos de una de sus armas se adentraron en el pescuezo de una de las monturas.

La cabeza del caballo casi giró por completo mientras se derrumbaba y el blanco caía entre los hombres que lo mataron a tajos. A otro de los jinetes le quitaron su lanza mientras con un puñal le rajaban el vientre a su yegua. El hombre se desplomó y los golpes de las mazas le arrebataron la vida. Ni siquiera los perros enloquecidos pudieron detenerlos, dos de ellos fueron atravesados por las flechas. Ahí estaban, a mitad del campo sin poder ladrar, sus suaves chillidos no podían imponerse al ruido del combate. Los hombres de Tlaxcallan se acercaron a ellos y con tres golpes les mocharon la cabeza.

Los hñähñu disparaban sus flechas, los arcabuces y los falconetes tronaban mientras que los tiros de las ballestas zumbaban para robarse la vida de los enemigos. Los guerreros de Tlaxcallan seguían adelante sin que les importaran los caídos. La muerte estaba tatuada en sus almas. A cada paso que daban la tierra enrojecía y los cuerpos quedaban en el suelo. Algunos de los teules heridos gritaban que les quitaran la vida, que valía más que les acercaran la cruz antes de que todo terminara. Sus voces no fueron escuchadas, el cura seguía cerca de mí y el miedo hacía que sus manos sudaran mientras la lengua se le engarrotaba en cada rezo.

La batalla no fue eterna. Después de varias embestidas, los enemigos se retiraron.

En el campo sólo reinaba el Huesudo, el Descarnado que se relamía los dientes con lengua de obsidiana.

*

Cuando los guerreros de Tlaxcallan nos enfrentaron, el espanto regresó sin que nadie fuera capaz de ahuyentarlo. A la mañana siguiente, los teules y sus aliados no tuvieron tiempo de lamerse las heridas: las cabezas de los jinetes muertos aparecieron muy cerca de nuestro campamento. Cerca de ellas estaban las de los perros y los caballos. Todas estaban clavadas en gruesas estacas y sus ojos alimentaban a las aves.

Muchos de los hombres de Cempoalatl abandonaron sus escudos y se largaron con el miedo pegado al cuerpo. Algunos de los teules, aunque querían volver sobre sus pasos, no podían hacerlo. El mar se había tragado las naos. Ahí estaban, atrapados como las ratas rinconeras que pelan los dientes y erizan los pelos del lomo porque saben que la muerte se acerca. Los espectros de los colgados que alzaron la voz en contra de don Hernando y la inmensidad del mar eran lo único que los detenía.

Mi amo no entendía nada, absolutamente nada; sólo se movía como los ciegos que pierden el bastón y estiran las manos para buscar de dónde agarrarse. A como diera lugar, él necesitaba sentir algo que tranquilizara su ánima oscurecida. Sus dedos buscaban un clavo ardiente para sostenerse. Ahí estaba, pasándose la mano por los pelos y repitiendo las palabras que se aferraban a su única explicación: "Los enemigos de mis amigos son mis amigos, los enemigos de mis enemigos tienen que ser mis amigos". Sí, ahí estaba, murmurando para no hacerse cruces delante de sus hombres.

Tal vez tenía razón, los tlaxcaltecas deberían ser sus aliados, pero no lo eran.

Por más que apretara el rosario hasta que la cruz se le quedara marcada en la palma, sus ojeras no perdían la negrura y el temblor que a veces se apoderaba de su párpado izquierdo no podía ser escondido. El Matamoros lo había abandonado. El Crucificado le daba la espalda y su madre siempre virgen le hacía una mueca de desprecio.

Yo era la única que sabía lo que estaba pasando dentro de su cabeza. Su desesperación era tan honda que sus maldades le carcomían los sesos. Los pecados le rajaban el pecho. Las traiciones, los asesinatos y los cuerpos profanados se convirtieron en las heridas que supuraban la tentación del arrepentimiento, pero nada podía decirle al ensotanado. Las palabras "dime tus pecados" siempre recibían evasivas y justificaciones que invocaban al Dios martirizado:

—Lo hice por Cristo y el Rey —contestaba don Hernando con una mirada que fingía limpieza y serenidad.

XVI

Los días oscuros son iguales, el mal fario es una ristra de los ajos que nacieron donde pisó el Diablo. El mal es impasible y siempre se disfraza con las ropas que lo esconden. Cuando los enviados del viejo Xicoténcatl —el padre del guerrero que nos atacaba— se apersonaban en nuestro campamento, sólo pronunciaban palabras floridas. Su lengua no era una navaja y las amenazas eran una ausencia. Los tlaxcaltecas, según nos mandaba decir su señor enceguecido, jamás nos atacarían, las batallas eran una confusión, una desobediencia que sería castigada antes de que el Sol dejara de sangrar en el horizonte. Los mensajeros nos miraban de frente y juraban que las armas las tomaron unos alebrestados, unos insumisos que no entendían las razones de sus principales. Esos guerreros aún no se daban cuenta de que los soberanos de las ciudades de Tlaxcallan nos ofrecían sus manos abiertas, aunque en este momento no estaban listos para recibirnos. La llegada de personas de nuestra calidad tenía que ser preparada con gran cuidado.

Don Hernando los dejaba hablar y su sonrisa se trocaba en rictus. En su cabeza seguían las imágenes de los caballos despescuezados y con las tripas de fuera; se entreveraban con el recuerdo de los hombres que cayeron en los combates y los cuerpos que desparecieron para alimentar a los enemigos. Dios sabe que nunca lo había escuchado, pero el sonido de las quijadas que desgarraban las piernas y los brazos de los teules estaba metido en sus orejas. El recuerdo de la venganza de los guerreros de Cempoalatl le retumbaba en la cabeza.

*

Los enviados de Tlaxcallan iban y venían, pero los guerreros no dejaban de atacarnos. A cada paso que dábamos, ellos aparecían delante de nosotros con las caras pintadas y las obsidianas hambrientas. Sólo Dios sabe de dónde venían, pero su número nunca menguaba. Cada legua que intentaban recorrer los teules costaba muertes, heridas que dejaban rengueras y marcas que atenazaban las almas. Cada día que pasaba, el número de bajas se hacía más grande, más de cincuenta blancos ya estaban heridos o muertos. Las palabras que repetían los mensajeros del viejo Xicoténcatl no tenían valor, ellos seguían guerreando como si al soberano le hubieran arrancado la lengua.

Dios sabe que la mentira no me mancha los labios y el Descarnado es testigo de la verdad de mis palabras: los mensajeros siempre aparecían en el camino cuando las flechas dejaban de zumbar y los cuerpos seguían tirados en el campo erizado de lanzas y saetas. Esos hombres parecían fantasmas, espectros, ánimas que avanzaban en el cementerio sin ansias de irse al Cielo. El Infierno estaba marcado en sus pasos. Aunque sus orejas no se perturbaban por los aullidos y sus ojos parecían ignorar los cadáveres, yo estoy segura de que sus pupilas escrutaban a los muertos y los heridos.

El color de la piel de los caídos era importante, las marcas que tenían pintadas en el cuerpo eran definitivas. Los mensajeros del viejo Xicoténcatl lo sabían y sus ojos brillaban cada vez que estaban delante de nosotros, en cada batalla había menos hombres de Cempoalatl, cada día los arcos de los hñähñu se veían más agotados y, mientras la Luna cambiaba en el cielo, en los cuerpos de los teules se miraban las llagas de la fatiga.

Poco a poco nos desgastaban y las noches nos negaban el sueño.

La batalla final se acercaba, nadie sabía si los hombres de don Hernando serían capaces de alzarse con la victoria.

*

Yo no era la única que los había descubierto. A fuerza de muertes, mi amo también estaba seguro de que los enviados del señor de Tlaxcallan no traían la paz ni la alianza; aunque llegaran con regalos de poca monta y mazorcas carcomidas, ellos sólo querían contar a los caídos, a los que se les escapaba el alma entre gritos, a los que tenían la mirada perdida en el fuego que anunciaba al patas de cabra.

Tal vez por eso hizo lo que hizo.

Los oídos de don Hernando se cerraron y sin tentarse el corazón mandó encadenar a los cincuenta hombres del viejo Xicoténcatl que hablaban de paz. Las joterías y las palabras se habían terminado de una vez y para siempre, una colorada valía más que mil descoloridas. El cepo era poca cosa, las sogas en el gañote tampoco se harían presentes y lo mismo ocurría con los hierros enrojecidos que marcaban la carne como si los hombres fueran ganado.

Yo estaba a su lado y vi cómo su dedo los señalaba mientras su lengua avergonzaba a los demonios: se cagó en la boca de sus madres, mil veces insultó a la puta que los parió y, en el colmo de su osadía, el mismísimo Dios quedó cubierto de mierda.

El mal lo poseía, los diablos se ceban con su alma y sus llamas se revelaban en sus palabras.

Ahí empezó todo. Por más que trataron de resistirse, las manos de los tlaxcaltecas terminaron atadas sobre el tocón y el hacha cayó sobre sus muñecas. El crujido de los huesos apenas pudo escucharse, el golpe del acero mellado casi los ahogaba por completo. Al principio, los tajos fueron certeros, poderosos; pero el verdugo terminó cansándose y el filo mordisqueado tuvo que caer en varias ocasiones antes de que pudiera trozarlos a fuerza de machacones.

Muchos de los tlaxcaltecas no gritaron y sus ojos se llenaron con la lumbre que anuncia la venganza, pero otros se retorcieron hasta que sus cuerpos quedaron derrotados. La sal, el vinagre y las antorchas cerraron los muñones que se envolvieron con cueros viejos. Mi señor no quería matarlos, ansiaba mutilarlos, dejados marcados hasta que la vida se les fuera del cuerpo.

Las manos, convertidas en arañas muertas, terminaron encostaladas y los enviados del mandón de Tlaxcallan las cargaron en la espalda.

—Entréguenselas a su soberano… ése es el destino que les espera a sus guerreros si siguen adelante —les dijo antes de que los abandonaran a medio camino.

*

Don Hernando lo sabía: los soldados del joven Xicoténcatl no le tenían miedo a la muerte. Mil veces la habían visto de frente y en cientos de ocasiones sintieron sus manos huesudas recorriéndoles la nunca. Dios sabe que no miento, los amos del universo pueden atestiguar la verdad de mis palabras, los guerreros de Tlaxcallan seguirían combatiendo hasta que cayera el último de los teules o hasta que no quedara sombra de sus escudos. El hijo del soberano enceguecido no estaba dispuesto a bajar las armas. El todo por el todo era el único final de la partida. Sin embargo, mi señor estaba seguro de que los bravos le tenían miedo a la mutilación. Las manos arrancadas eran una advertencia más siniestra que el Huesudo. Ninguno de los combatientes podría imaginarse tullido, ninguno podría soportar el resto de su vida viéndose los muñones y sabiendo que ni siquiera podría limpiarse la cola. Él sabía que el miedo puede más que la muerte.

*

Esa noche, don Hernando me penetró como si fuera una perra. El salivazo entre mis nalgas fue mucho más que una ofensa, él no quería sentir bonito, el placer tampoco le importaba. Quería montarme, doblegarme, convertirme en una bestia, en alguien que tiene que agachar la cabeza ante su amo. Yo lo dejé hacer sin que mis ojos derramaran una sola lágrima y sin que mi voz pronunciara una súplica. Mi mirada tenía que quedarse fija en las llamas, en el fuego que todo lo borra. Valía más que así fuera, sus otras caras pronto aparecerían y el arrepentimiento llegaría convertido en huipiles y collares, en zapatos de castellano y miradas que quemaban a los que no pronunciaban la palabra *doña*. Mi lugar tenía un precio y yo debía pagarlo. Sobrevivir nunca es fácil.

XVII

Después de las manos cortadas, los principales de Tlaxcallan aceptaron hablar con los teules. El miedo derrumbó
las murallas. No tuvimos que caminar mucho para llegar a la
ciudad donde nos esperaban. Un día de pasos fue suficiente
para encontrarnos con ella. La pobreza de la gente no podía
esconderse y te picaba los ojos de tan grande que era. Todos
parecían perros parados, el costillar se les asomaba en el pecho y los vientres enflaquecidos se les pegaban en el espinazo. Ninguna de sus ropas era de algodón, todas estaban tejidas
con las fibras más duras de los magueyes.

Mientras nos adentrábamos en la ciudad, los macehuales
tlaxcaltecas no se pusieron en medio de nuestro camino. Las
armas no estaban en sus manos y los jiotes que les manchaban
la cara sólo acentuaban su rendición. Don Hernando los miraba, los rostros de la derrota apenas se atrevían a rozarlo.

Cuando llegamos a la casa grande donde estaban los mandones, el viejo Xicoténcatl salió a nuestro encuentro. Yo lo vi,
su apariencia apenas era distinta de los macehuales, sólo una
vieja diadema lo hacía diferente. Su hijo guiaba sus pasos. En
la mirada del joven seguía el deseo de sangre. Él estaba seguro de que unos cuantos combates habrían bastado para que
los teules se rindieran o fueran aniquilados. Pero algo había
pasado, las manos mochas quizá torcieron las palabras de los

caciques, o tal vez los hñähñu sabían algo que nosotros ignorábamos. Algunos de sus señores no estaban en nuestro bando y sus hijos habían sido reclamados por Montezuma. Ellos eran algunos de los muchos rehenes que estaban en Tenochtitlan.

Entramos y nos ofrecieron comida. En los platos la sal se había esfumado y lo que en ellos se miraba era tosco. Apenas pudieron darnos unas tortillas que daban lástima de tan delgadas; pero nosotros éramos importantes, por eso nos sirvieron unos frijoles que podían contarse de una ojeada y cerca de nuestra mano colocaron tres chiles secos y retorcidos que quemaban la boca. Los guajolotes y los perros no estaban en las jícaras que nos ofrecieron, ellos habían desaparecido mucho antes de que llegáramos. La carne era un milagro que no ocurrió. Todos sabíamos lo que pasaba: Montezuma los tenía rodeados para condenarlos al hambre y la muerte lenta. Cada una de las palabras del Tlatoani era una desgracia que los martirizaba. Los de Tlaxcallan no nos mentían ni escondían sus riquezas: amor, dinero y cuidado jamás pueden ser ocultados.

*

Mientras comíamos, el anciano se acercó a don Hernando y su nariz se frunció. El olor de los teules era más fuerte que el de los sacerdotes que se cubrían con la sangre de los sacrificados. Lentamente, sus manos lo tocaron para descubrirlo, sus dedos se detuvieron en los pelos de su cara y se tensaron al sentir su coraza abollada por los golpes que recibió en las batallas. Cuando terminó de palparlo los olisqueó, la sobaquina y la manteca rancia, las ansias de matar el hambre de siglos, los deseos de hidalguía y los anhelos de gloria se le quedaron pegados en los pelos de la nariz.

El ciego sonrió como si todo lo entendiera.

—Bienvenidos a su pobre casa —dijo el Señor de Tlaxcallan. Sus palabras se volvieron las mías para llegar a los oídos de mi amo. Don Hernando no tenía miedo y se acomodó en el petate mientras se limpiaba la boca con la mano.

El viejo Xicoténcatl no mentía, su lengua no era como la de Montezuma cuando hablaba de pobreza con sus enemigos. Dios sabe que la riqueza se había largado de ese lugar. Nada olía a copal, las plumas y las pieles de jaguar no se miraban, sus lugares estaban ocupados por los cueros de venado que mostraban los hoyos de las flechas y los pelos perdidos por el uso que los adelgazaba. Los viejos petates que estaban en el suelo eran el único asiento.

El viejo Xicoténcatl se acomodó en su sitio. A sus lados estaban los otros señores y su hijo. Ninguno hablaba. Así se quedaron hasta que las mujeres trajeron otras jícaras.

Los teules las tomaron y el olor les dio en la cara. El líquido espeso y lechoso les parecía repugnante.

—Apesta a podrido —murmuró don Hernando.

—Bébelo —le contesté.

Con una sonrisa tomó un trago de pulque y tuvo que contener las arcadas mientras el líquido viscoso se estiraba como un hilo que nacía de sus labios. Tenía los ojos enrojecidos, llorosos, pero su rostro mantenía el rictus de la cortesía. Su lengua extrañaba el avinagrado sabor del vino o la dulzura del grog que tomaban en las islas.

—Nosotros somos sus amigos, nosotros no queremos guerrear contra ustedes —le dijo el viejo Xicoténcatl.

Sus palabras eran sencillas y yo podía susurrárselas a don Hernando sin temor a equivocarme; es más, me tardaba en decírselas para que tuviera tiempo de pensar las suyas.

—Y nosotros somos los enemigos de sus enemigos —le respondió don Hernando mientras tomaba otro sorbo.

Don Pedro, el de los pelos color de Sol, y don Cristóbal seguían bebiendo sin que sus tripas los amenazaran con traicionarlos. Su horror al octli se había terminado. Los toneles de los teules estaban secos y sus gañotes ansiaban sentir el sabor de cualquier fermento. A esas alturas habrían cambiado un lingote de plata por una botella de vino de dudosísima entraña.

—Mi hijo es demasiado bravo, por eso se equivocó —señaló el Señor de Tlaxcallan.

—Así son los jóvenes valientes —contestó mi señor.

Su cortesía era inmaculada, el rostro comprensivo vencía a la cara del vengador. El amigo falsario se impuso al enemigo que negaba la piedad.

—Pero ahora sus armas apuntan al suelo —dijo el anciano.

Don Hernando sonrió, el Matamoros le había concedido el milagro.

—No las bajen —le respondió casi con firmeza—, las armas de los tlaxcaltecas necesitan enfrentarse a sus enemigos, a los mexicas que tanto odian. Las ofensas que han recibido durante años y años tienen que ser vengadas. Yo sé de sus hambres y sus miserias, también conozco su causa. Su gente no merece vivir como los animales, sus hombres no tienen por qué sentir cómo los gruñidos de las tripas les roban las fuerzas. Ustedes tienen una oportunidad: sus guerreros pueden combatir al lado de los míos. Juntos seremos invencibles y Montezuma será derrotado.

Durante unos instantes, el viejo Xicoténcatl se quedó callado. Sus ojos blancuzcos permanecieron inmóviles.

—Mi hijo y sus hombres te acompañarán.

El joven Xicoténcatl aceptó con un movimiento. A pesar del odio que le carcomía las tripas, tendría que sumarse a los teules. Las armas separadas por la sangre debían juntarse, las órdenes del mandón de Tlaxcallan no podían ser desobedecidas.

Don Hernando sonrió y le tendió la mano. El joven guerrero no la tocó, sus almas se perderían si la rozaba. Con eso selló su destino. Cuando Tenochtitlan estaba a punto de caer, mi amo lo acusó de ser un traidor y su muerte terminó con las desconfianzas. La venganza tuvo su tiempo, mi señor siempre supo esperar el paso de los ataúdes que devoraban a sus enemigos.

*

La alianza se cerró como siempre: el viejo Xicoténcatl y los principales de Tlaxcallan les entregaron sus hijas a los teules. Los cuerpos penetrados y los vientres que parirían eran la única garantía de que las promesas serían honradas. De nueva cuenta, la paz se escribiría sobre la carne y las piernas abiertas. Sin embargo, esa vez algo fue distinto: don Hernando no se quedó con ninguna. Su miembro tieso no podía adentrarse en el botín. Los ojos del ensotanado veían más de la cuenta y él terminaría denunciándolo ante los hombres que lo castigarían. De nada serviría que don Hernando lo acusara de haber entrado a la tienda de la fornicación, las palabras del cura eran sagradas y valían más que las suyas. El hijo de un hidalgo empobrecido nada podía contra la cruz. Si lo corrían de la Iglesia, su gloria no le alcanzaría para limpiarse el trasero. Valía más que no las tocara, era mejor que se conformara conmigo, con la lengua precisa, con la palabra que derrumbaba las murallas y abría las puertas.

Don Hernando no se acostó con ellas aunque las ganas le ardieran en sus partes. Esos cuerpos le sirvieron para pagar las deudas que le pesaban y que podían quebrar las lealtades. Sus hombres de confianza tenían la mirada amarga por los dones que le había entregado a Portocarrero: dos mujeres para uno solo eran demasiado, eran mucho más que una yegua alazana y el privilegio de nombrarlo su lengua ante el rey que estaba del otro lado de las aguas. Ninguno de los capitanes se atrevía a dudar de que la sangre Portocarrero era azulosa, pero ellos también merecían lo que les correspondía. La tienda de fornicación los hacía iguales a la soldadesca y ellos se sabían distintos. Por eso no se opusieron a sus designios, las hijas de los señores de Tlaxcallan fueron entregadas a don Pedro, a Juan Velázquez, a don Gonzalo y a don Cristóbal.

La certeza de la virginidad y la carne firme los obligaron a apurarse. El sacerdote aún no terminaba de mojarles la mollera cuando ellas ya estaban adentro de las tiendas de los hombres de don Hernando. Ahí se quedaron y después acompañaron a sus dueños hasta que los hijos les brotaron por el caño de parir.

Yo las miraba y no alcanzaba a adivinar su futuro. Cuando cayó Tenochtitlan y todo se volvió un asunto de papeles, ellas rogaron, se hincaron y se jalaron las greñas para volverse legítimas. Sus súplicas eran ruidosas y grandes como los cerros. No sé si lograron lo que deseaban, tampoco sé si los jueces se tomaron la molestia de leer las palabras que salieron de las plumas de los escribanos y los evangelistas; de lo único que estoy segura es de que la bastardía nunca se borra. Sus manchas sólo desaparecen cuando ocurre un milagro.

*

La suerte les sonreía a los teules y algo de ella se desparramó en la desvencijada casa del viejo Xicoténcatl. Cada vez que llegaban los enviados de Montezuma, don Hernando dividía los bienes con una justicia que empequeñecía al rey Salomón: la comida era cuidadosamente repartida entre sus hombres y la gente de Tlaxcallan, pero las joyas jamás llegaron a las manos de los nuevos aliados. Ellas sólo eran de los blancos. Delante de muchos, uno de los armeros las fundía para transformarlas en delgados lingotes. La belleza no importaba, lo único que interesaba era que pudieran cargarlas sin problemas. Yo los vi azuzando el fuego, yo los miré soplándole para que se hiciera más fuerte mientras sus ojos se abrían y sus bocas babeaban. Cada lingote que se negaba a la derechura borraba una parte de su pasado. Ellos, si seguían vivos, ya no serían unos muertos de hambre. El miedo se había escapado del cuerpo de los teules, el brillo de los metales y la alianza con los tlaxcaltecas lo asesinaron en un instante.

La suerte no sólo engordaba las tripas y las alforjas, no pasó mucho tiempo antes de que los hombres de Huejotzingo se sumaran a las huestes de don Hernando. Día a día se sentía más seguro. Mi amo ya se creía capaz de retar a Montezuma, y en esos momentos sólo necesitaba encontrar al adversario del cobre que alimentaría sus arcabuces y sus cañones; sin el polvo amarillento, los rayos y los truenos jamás saldrían de sus fauces.

Un puñado de sus hombres se encaminó hacia la montaña que humea para buscar el polvo amarillo. A pesar de sus sufrimientos y los vapores que vienen de la casa del Diablo, ellos volvieron con dos sacos llenos. Mi señor metió las manos entre los terrones y se olió las palmas como si sintiera la más dulce de las fragancias. El olor a mierda podrida no le hizo arrugar la nariz. Gracias a ese polvo sus armas no dejarían de vomitar muerte. Pero no sólo esto, también obligó a los mensajeros de Montezuma a que se llevaran a algunos de sus hombres de confianza, sólo ellos podían entregarle los regalos que le enviaba al Tlatoani.

*

Don Pedro y sus acompañantes no lograron lo que se proponían. Llegaron cerca, muy cerca, pero no pudieron pasar de Ixtapalapan. Un solo paso en los anchos puentes que llevaban a Tenochtitlan habría bastado para que sus vidas se apagaran. La furia de los tlaxcaltecas no era nada junto al poderío de los mexicas y sus aliados. Cuitláhuac, el señor de esa comarca, los despachó con la cola entre las patas y ellos se fueron sin dar un ladrido. Sin embargo, los teules alcanzaron a mirar la ciudad que estaba en el ombligo del lago.

Ninguno de los que hablaron de Tenochtitlan mintió, la capital de Montezuma era el centro del universo y sus riquezas parecían inmensas. Cíbola y Quivira apenas eran unos puebluchos polvosos, el oro y la plata que se transformaban en ríos inmensos habían estado delante de sus ojos.

Cuando volvieron, mi señor fue el único que escuchó sus palabras completas. Nadie más debía conocerlas. Así, en el momento en que salieron de la tienda, sus hombres de confianza se tragaron la magnitud de los ejércitos que los esperaban. Había que mentir, de otra manera el miedo volvería y los teules pensarían en la huida.

El oro y la plata ocultaron la obsidiana.

XVIII

Salimos de Tlaxcallan con los vientos fríos y el cielo gris. La estación de la muerte apenas comenzaba a mostrarse con sus anhelos de sangre. En las milpas, las cosechas ya se habían levantado y la tierra esperaba el regreso del Sol y las batallas sagradas. Allá, en Tenochtitlan, los guerreros se preparaban para atacar a sus rivales y capturar a los hombres que entregarían su piel y carne a los dioses hambrientos. Los nuestros, en cambio, sólo avanzaban por otras razones: la campaña contra los mexicas, el aniquilamiento de los rivales y la sed de oro se entrelazaban en la trama y la urdimbre de los blancos y los indios.

La línea de las tropas de los teules llegaba hasta donde los ojos dejan de mirar. Los tamemes con sus mecapales tensos eran legión, y un montón de guisanderas los acompañaban sin miedo. Cada bocado que devoraban los blancos confirmaba que eran hombres de carne y hueso. El único de los fuereños que aún desgobernaba las lenguas era el negro que sostenía las riendas de la montura de mi amo. Él era un ser extraño, alguien incomprensible: el color de su piel era el mismo que tienen algunos dioses, pero su actitud era la de un sirviente que tenía el rostro marcado con la quemadura del hierro. El rumor de que don Hernando tenía esclavizado a Tezcatlipoca aún no se sosegaba entre los macehuales. Mi amo, cuando se enteraba de esas voces, nada hacía para silenciarlas. "Deja que hablen, sus palabras me hacen grande", me decía en la oscuridad que apenas se interrumpía por la hoguera que estaba cerca y le iluminaba la mitad del rostro.

El avance era bueno, sólo las frías lloviznas que caían de cuando en cuando alentaban nuestros pasos. El lodo alentaba las monturas. En esos momentos llegaban a mis manos las capas que los indios tejían con largas hojas para que el agua escurriera sin tocarme. Mis ropas de noble no podían mancharse y mi voz no podía interrumpirse. La felicidad de los blancos era completa, algunos cantaban mientras caminaban y sus voces hacían que el ensotanado se persignara cuando llegaban a sus oídos.

Ellos eran los que eran y los lingotes que soñaban repartirse no cambiarían sus historias. Los que nacen en el fango no pueden limpiarse la mugre que los marca y los persigue como una sombra; las sedas y los encajes de Flandes tampoco tienen la fuerza para ocultar sus torvos orígenes. Ellos eran unos pobres diablos, lo único que los alejaba de su pasado eran las armas que tenían. Su poder era capaz de abrirles el camino a sus sueños: una pica valía menos que una ballesta y un jamelgo superaba con creces el valor de una espada mellada. Cada acero y cada animal señalaban con precisión la cuantía del botín que les tocaría. Ellos no eran iguales y su destino lo confirmaría.

*

A pesar de la alianza con el viejo Xicoténcatl, la confianza no estaba en el corazón de don Hernando. El recuerdo de las batallas que se entretejían con las palabras de paz se enroscaba en su alma y lo mordía como la serpiente que envenena con la sospecha. A cada paso que dábamos, los tlaxcaltecas y los huejotzingas le rogaban que no avanzáramos hacia Cholollan. Con voces quebradas le decían que en esa ciudad estaban los amigos de Montezuma, que ahí nos aguardaban los guerreros que sólo esperaban el momento adecuado para mostrar las armas. Ese lugar era peligroso y estaba atado a Tenochtitlan desde que el tiempo era tiempo.

De nada sirvieron las súplicas y los cabellos que se mesaban, mi dueño ignoró a los mandones de los indios con buenas maneras y sobrada confianza.

—Montezuma me teme y pronto se hincará ante mí —les dijo mientras su pecho se inflaba como si fuera un guajolote en celo.

La sospecha de una celada le bastaba y le sobraba para seguir adelante. La idea de que una colorada valía más que mil descoloridas seguía metida en su sesera.

Don Hernando se sentía confiado, invencible, capaz de lograr lo que nadie había conseguido. Para los ensotanados él se transformaría en el nuevo Moisés que le arrebató los paganos a los adoradores de los ídolos endemoniados; ante sus soberanos se convertiría en el guerrero que les entregó las fuentes inagotables de las que manan oro y plata y, para él mismo, quizá se soñaba como el nuevo tlatoani de las tierras que ganaba junto con sus aliados. Los tlaxcaltecas y los huejotzingas, cuando el triunfo llegara, recibirían sus recompensas, pero a don Hernando le tocaría la pieza más grande. Él sabía cómo pagar los favores.

Mi amo no se daba cuenta de que sólo actuaba como lo deseaba el viejo Xicoténcatl. Las ansias de gloria y el anhelo de riqueza le nublaban las entendederas. Ese anciano miraba mucho más con sus ojos muertos que don Hernando con las pupilas abiertas. En muy poco tiempo, los tlaxcaltecas aprendieron a pulsarlo y sabían cómo azuzarlo para destruir a sus rivales. A ratos, él se convertía en un títere cuyos hilos estaban en manos de los caciques.

La mansedumbre y las súplicas de los guerreros de Tlaxcallan eran fingidas. Ellos sólo querían matar a sus enemigos. La historia de Cempoalatl volvía a repetirse. Yo nada hacía por evitarlo, valía más convertirse en una cómplice, en alguien que es capaz de distinguir las dobles palabras y que con una mirada pacta con los aliados. Mi futuro, si es que aún existía, dependía de un juego complicado. Don Hernando y yo jugábamos con una mano oculta.

*

Los ojos no nos alcanzaban para abarcar la ciudad entera. El teocalli de Cholollan era una inmensa montaña labrada por los hombres. Los mandones de Tlaxcallan se detuvieron un instante y me dijeron que, bajo la ceniza y el lodo que lo sepultaron cuando el volcán mostró su furia, estaba el gran templo que apenas mostraba algunas de sus escalinatas. En su interior se escondían los caminos que llevaban al Inframundo, mientras que su cúspide lo unía con los Cielos. La construcción enterrada por el dios del fuego era el cerro perfecto que contenía todas las aguas y todas las semillas que nacieron de las manos de los amos del universo. La ciudad era poderosa; desde que el tiempo era tiempo, los grandes tenían que peregrinar a ella.

Los barrios y los talleres de loza de Cholollan se extendían por los cuatro rumbos del valle, mientras que las milpas se mostraban como un inmenso petate que sólo esperaba el momento para reverdecer. La sangre que se derramaba en sus templos era la garantía de que eso sucedería. Los dioses siempre le sonreían a los cholultecas.

Si los teules se deslumbraron con los templos de Cempoalatl, ahora no les quedaba más remedio que sentir cómo los tomates les brotaban de la cara. Los pueblos de Tlaxcallan eran lugares dejados de la mano de Dios y lo que habían mirado en las tierras de los totonacos era insignificante.

*

Los principales de Cholollan salieron a nuestro encuentro. Ninguno tenía las marcas del hambre, todos mostraban su riqueza para que su poder le chamuscara la vista a los teules y a los guerreros tlaxcaltecas. Ellos eran los mandones de la ciudad sagrada, del lugar donde los soberanos se transformaban en seres que estaban más allá de este mundo. Algunos tenían la mirada pesada y podían convertirse en nahuales. Las narices horadadas y con una piedra del rayo no podían mentirnos. La garra de águila los había marcado para siempre desde el preciso instante en que les perforó el rostro.

Sus voces eran claras, indiscutibles: las armas de sus guerreros no deseaban probar la sangre. Nada le respondieron a don Hernando sobre su alianza, pero los principales estaban dispuestos a garantizar la paz si los teules no desenvainaban sus aceros. Sin miedo podíamos quedarnos como sus huéspedes, y ellos quizás aceptarían parlar con mi amo sobre otros asuntos.

Don Hernando, por más que lo intentó, no pudo obtener otras voces. La sombra de la negativa se le metió en el alma.

*

A unos cuantos pasos de la última casa, los teules y sus aliados levantaron el campamento. Todo parecía tranquilo y las armas estaban tranquilas. La comida no faltaba y los regalos de Montezuma seguían llegando para convertirse en pequeños lingotes. Sin embargo, las noches nos negaban el reposo: las pupilas de los nahuales nos acechaban en la oscuridad, las lenguas emponzoñadas conversaban en las sombras de los palacios y las buenas maneras de los principales trataban de ocultar la oscuridad de la muerte.

Don Hernando los dejó hacer.

Nada perdía si ellos seguían adelante, los hombres de Montezuma no se miraban cerca y la emboscada se difuminaba mientras el Sol avanzaba por el cielo. Pero su mala sangre no podía estarse quieta: "Nos van a atacar", me dijo una noche mientras su mano me recorría los pechos. "Nos van a atacar", repitió mientras sus dedos avanzaban hacia la negra mariposa que descansaba entre mis piernas.

Esa vez, sus manos no llegaron muy lejos.

Mi dueño se levantó y dejó el lecho sin querer enterarse de lo que me había pasado y lo que había escuchado. Don Hernando estaba inquieto. Costara lo que costara, él tenía que hallar el momento preciso para que las conjuras se ahogaran.

*

Sin invocar al Matamoros se trepó a su montura y llamó a los jinetes. Se adentraron en la ciudad con las antorchas que apenas podían amedrentar a la oscuridad. Muchas calles estaban cerradas; en otras, las estacas afiladas impedirían cualquier avance. En una noche todo había cambiado. Cholollan era una ratonera que aguardaba a sus presas.

Volvieron y comenzaron a deliberar, algunos exigían que volviéramos a Tlaxcallan, otros estaban seguros de que los guerreros del viejo Xicoténcatl eran unos traidores y nos habían abandonado a nuestra suerte, y unos más —los que estaban en el bando del Tonatico— exigían que las armas se desenvainaran antes de que los cholultecas lo hicieran. Para ellos, la imagen de la ciudad de Montezuma era suficiente para que la marcha no se detuviera. Las vidas de los enemigos valían menos que las riquezas que estaban en la laguna que se mostraba como el ombligo del mundo.

Yo los oía y los dejaba perderse en las palabras, ellos no sabían lo que conocía.

Así habrían seguido hasta que las lenguas se les acalambraran, por eso tuve que tomar la palabra:

—Los hombres de Montezuma se acercan —le dije a mi amo—. La gente de Cholollan está de su lado.

Don Hernando me preguntó cómo sabía eso. Yo sólo le conté lo que no había podido revelarle: una anciana que me había dicho que abandonara a los teules y me arrejuntara con su hijo para evitar la muerte cuando llegaran los guerreros jaguares.

Ya no había nada que discutir, sólo uno de los caminos quedó delante de nosotros.

*

Al día siguiente, mientras los cholultecas adoraban a la serpiente, don Hernando entró a la ciudad con sus mejores hombres. Todos empuñaban sus armas, ninguno había olvidado ceñirse la coraza. Ellos se adentraron al lugar donde estaban algunos de los principales y de los grandes sacerdotes. Los gritos y las maledicencias de los teules no podían ocultar sus intenciones. Mi lengua no necesitaba transformar sus palabras. Las grandes voces y los gestos torcidos bastaban para comprenderlas.

Los mandones estaban desarmados y sus gritos de nada habrían servido. Ninguno de sus guerreros podía llegar a su lado.

En un santiamén los capturaron y sus muñecas sintieron la aspereza de las cuerdas. La huida era imposible. Los blancos tenían el puñal en el cogote de los prisioneros.

Sin miramientos, don Hernando los obligó a que llamaran a los hombres a una de las plazas.

La gente de Cholollan obedeció a sus principales. Ninguno imaginaba lo que iba a pasar, la adoración de la serpiente no necesitaba armas. Para ella sólo eran las danzas, los cantos y los regalos de la tierra que unen con los dioses.

Poco a poco se fueron reuniendo los cholultecas. Más de mil personas estaban en la plaza. Muchos de ellos ya habían probado la carne de los dioses y sus miradas estaban extraviadas en otros mundos. Mi amo se paró delante de ellos, detrás de él estaban los principales atados y con un puñal dispuesto a arrebatarles la vida.

Los miró con calma, su voz se reveló dura como el acero.

—Ustedes nos traicionaron, nosotros les ofrecimos la paz sobre la que ustedes se zurraron. Yo sé que quieren matarnos, que en los caminos sembraron trampas y que los guerreros de Montezuma se acercan para ayudarlos en la carnicería… yo vi las calles bloqueadas y las puntas que se encajarían en nuestros cuerpos. Ustedes nos traicionaron, son peores que los perros que le muerden la mano a sus amos.

Mi lengua era la suya y yo repetía sus palabras.

Don Hernando apenas tuvo que mover un poco la mano para que el Descarnado se librara de sus ataduras. Los puñales rajaron los pescuezos a los principales y uno de sus hombres disparó al aire. Ésa era la señal que todos esperaban.

La muerte llegó implacable. Los teules y los guerreros de Tlaxcallan y Huejotzingo entraron a la ciudad. Nadie debía quedar vivo, los estoques y las navajas rajaban los cuerpos de los hombres, las mujeres y los niños. Todos eran sus enemigos, todos merecían la muerte. Los cholultecas huyeron y muchos murieron pisoteados. La mayoría no llegó lejos, las calles cerradas y los palos afilados le cerraron el paso.

Ahí estaban, atrapados como animales en una red. Sus gritos ahogaban el ruido de las explosiones y el zumbido de las armas de sus atacantes. La muerte estaba desbocada. Ella sólo se detuvo cuando la fuerza se apagó en las almas de los guerreros.

Los cuerpos de los cholultecas estaban tirados. Los sesos de los guerreros de Cholollan sentían el sabor de la tierra, y las mujeres y los niños mostraban sus tripas carnosas. Después de la matanza, el silencio terminó por imponerse y sólo el ruido de las moscas que se paraban sobre los muertos lo interrumpía.

La gente de la ciudad apenas pudo defenderse. Dios es el único que sabe cuántos murieron ese día.

Antes de que el Sol se ocultara y mientras los zopilotes trazaban círculos sobre Cholollan, don Hernando llamó a los pocos principales que aún quedaban vivos. Les ofreció la paz mientras nuestros hombres saqueaban la ciudad. Nadie podía detenerlos y mi amo los dejaba hacer con tal de que su valor se mantuviera. El botín era lo único que los unía. Poco a poco, en nuestro campamento comenzaron a apilarse las mantas y las capas de plumas, las joyas y las cuentas que brillaban con los últimos rayos del día.

Ahí estaba don Hernando, seguro de que el mensaje ensangrentado le abriría las puertas del palacio de Montezuma. Si el

Señor de Señores trataba de detenerlo, la suerte de sus hombres sería la misma que la de los cholultecas.

Para los guerreros de Tlaxcallan ésa también era una victoria, la gran ciudad que se mostraba como una sombra sobre sus reinos estaba derrotada. Ellos, en muy poco tiempo, se convertirían en sus nuevos amos.

XIX

Antes de que el olor de la muerte se adueñara de la ciudad, partimos de Cholollan y nadie se opuso a nuestro avance. Lo único que anhelaban los sobrevivientes era que nos largáramos. Nuestra presencia era una sombra indeseable. El camino que atravesaba el valle parecía claro, preciso, abierto hasta los puentes que llevaban a Tenochtitlan. A pesar de los murmullos en contra, don Hernando estaba seguro de que debía escuchar a los enviados de Montezuma, la soberbia de la matanza lo había colmado de confianza. Sin embargo, conforme nuestros pasos dejaban sus marcas en el polvo, los tlaxcaltecas, los hñähñu y los pocos guerreros de Cempoalatl que aún seguían con nosotros se negaron a seguir avanzando.

—Allá nos esperan —dijeron sus mandones sin que la sombra de la falsía se adivinara en sus ojos.

—Allá nos van a matar —sostenían los hombres que se adelantaron para mirar por nosotros.

Ninguno mentía. Montezuma no tenía las manos atadas, y en el mejor lugar del camino había colocado sus tropas. Los que vieron a los guerreros decían que su mancha era más grande que el mar, que nunca antes los mexicas presentaron a tantos bravos para dar una batalla. La duda no tenía cabida: si seguíamos adelante estaríamos condenados a un combate perdido de antemano. Por más que fueran los nuestros no serían suficientes para vencerlos.

La marcha se detuvo, las discusiones entre los teules y los principales fueron largas. Al final, nuestro camino se torció hacia las montañas: el frío y los malos que rajaban la piel eran preferibles a la derrota.

La emboscada de Montezuma fracasó y no le quedó más remedio que dejarnos seguir avanzando.

*

Esta vez, las navajas del hielo no podrían vencernos. Nadie debía morir mientras los fríos de las montañas le congelaban las almas. Conforme ascendíamos, las mantas que traíamos desde Cholollan comenzaron a ser repartidas. Los hilos de algodón trenzados con el pelo de los conejos y las plumas que se entreveraban en el tejido nos daban el cobijo que necesitábamos para seguir adelante. Las monturas también fueron protegidas, en los lomos y en el pescuezo, los teules les colocaron los gruesos lienzos que las salvarían de las mordidas del aire. Los vientos fríos no podían traspasar nuestras corazas.

La marcha era lenta, a nadie le importaba que el camino fuera empinado y que, cuando una de las montañas rugía, las piedras rodaran por las laderas. Siempre había un instante que nos permitía protegernos. A pesar de esto, el miedo era real. El recuerdo del teocalli que fue devorado por el dios del fuego se mostraba en cada temblor.

A pesar de esto, el ánimo se mantenía, aunque las canciones se habían callado. Cada paso que dábamos nos alejaba de las tropas de Montezuma que volverían a su ciudad con la cola entre las patas. Los hombres de Tlaxcallan que se decían adivinos sólo aseguraban que los temblores que nos salían al paso eran la seña esperada: el Quinto Sol se apagaría el día que llegáramos a Tenochtitlan.

Cuando estábamos casi a mitad del camino detuvimos la marcha. Don Hernando necesitaba más polvo amarillo y, en el momento en que los hombres volvieron con él de la montaña que humea, poco a poco comenzaron a mezclarlo. El salitre, el carbón y el polvo amarillo se unían mientras los teules trataban de guardar distancia y evitaban que sus aliados se acercaran. Una chispa bastaría para que la desgracia del trueno y el fuego los alcanzaran. Pero no sólo eso, ninguno de los indios debía descubrir los secretos del trueno.

Mi amo sólo miraba, sus ojos estaban fijos en las manos del maestre que revolvía los polvos. Con dos o tres toneles llenos tendría lo suficiente para seguir adelante. Él estaba seguro de que, por grande que fuera, la ciudad de Montezuma caería a sus pies antes de que los barriles se vaciaran.

Yo también observaba, el secreto del trueno tenía que quedarse grabado en mis almas. Era una carta que podría jugar si todo fracasaba.

*

Al llegar al lugar donde comenzaríamos el descenso, la maravilla nos llenó los ojos. Ahí, delante de nosotros estaba la ciudad de Montezuma. El aire era azul y las casas de los dioses se alzaban como si quisieran tocar el cielo. En las aguas, las canoas trazaban delgadísimas líneas y los barrios parecían más grandes que el universo. Todo lo que había oído era verdad. Ninguna ciudad era tan majestuosa como Tenochtitlan. Xicalanco y Putunchán nada eran en ese momento. Lo que alguna vez me maravilló era idéntico a una caca de conejo.

Don Hernando la miró y se quedó absolutamente quieto. Sólo el movimiento de los fuelles de su pecho interrumpía su inmovilidad. Ni siquiera el párpado que a veces le temblaba osaba moverse. Él quería que sus ojos se llenaran hasta rebosar.

Antes de que diéramos el primer paso hacia el valle, le exigió a sus hombres y sus aliados que se prepararan para la marcha. Ningún desorden sería permitido, ninguna mueca de asombro sería tolerada. Ellos tenían que entrar como si fueran los vencedores, como si nada ni nadie pudiera oponerse a sus armas. Todos, absolutamente todos tenían que prepararse para el encuentro con Montezuma.

XX

Delante de nosotros estaba la fortaleza que protegía la entrada a los puentes que llevaban a Tenochtitlan. Nos detuvimos, el final del camino apenas se encontraba a unas pocas leguas. Aunque las armas estaban dispuestas para el combate, don Hernando ordenó el silencio y la tiesura, sólo una yegua lo desobedeció y su resoplido se oyó más de la cuenta. Sobre los muros de cal y canto, los guerreros mexicas nos observaban como si fuéramos menos que los perros que meten el hocico en la basura. Sus flechas no le apuntaban a los hombres ni a los caballos.

El mensaje de los mexicas era claro, absolutamente indudable: el poder y la fuerza estaban de su lado. En un santiamén podían ensombrecer el cielo con la lluvia mortal que brotaría de sus armas. Por más que fuéramos, la victoria era un doblón que giraba en el aire y nunca caería del lado que don Hernando deseaba.

Mi amo quería encontrar las palabras precisas que abrirían las puertas y le permitirían caminar sobre los puentes, pero no le llegaban a la garganta. Su lengua estaba seca, trabada. Él no podía equivocarse, el mínimo error podía provocar una matanza. Sólo Dios sabía cuántos bravos nos esperaban detrás de los muros. El río de la muerte apenas podía ser contenido.

Cuando el silencio estaba a nada de transformarse en una eternidad, ellos comenzaron a mostrarse. Más de mil principales y sacerdotes de Tenochtitlan se apersonaron para recibirnos por órdenes del gran Montezuma. Detrás de los mandones, las tropas mexicas eran más grandes que todos los números que se pueden decir.

*

La mudez, sin que mi amo lo deseara ni lo decidiera, había sido la elección correcta. En ese momento, todas las palabras sobraban.

Al verlos, don Hernando le dio gusto al fingimiento y el teatro. Con un solo movimiento de su cabeza los tambores de los teules comenzaron a redoblar. El sonido era acompasado, ninguno perdía el ritmo. Las horas que dedicaron a practicar no fueron en vano. Los blancos ya habían aprendido el arte de la trampa. Al frente sólo se miraban los hombres cubiertos de metal, detrás estaban los que se protegían con las corazas indias, los que calzaban huaraches y tenían escudos adornados con plumas. Los castellanos a medias no podían abrir la marcha.

Mi amo se bajó de su caballo para acercarse a los nobles.

Sus pasos eran lentos, quería que todos lo miraran, que se dieran cuenta de que el miedo no le manchaba la cara ni le ensombrecía el alma. Cualquiera que lo viera podría pensar que estaba protegido por los hombres búho y los talismanes que alejaban los males. Su medalla milagrosa y sus escapularios eran más poderosos que los ojos de venado, los cascabeles de las serpientes y los colibrís secos que invocaban a los rayos.

Sin que la vergüenza se asomara, él se pavoneaba como si fuera un grande entre los grandes. Yo iba a su lado. Mis movimientos se esforzaban por no parecer los de una macehual, las prendas que me cubrían eran iguales a las que usaban las mujeres de mayor alcurnia. Sin embargo, el pelo de conejo y la sangre de los caracoles que teñía sus hilos no bastaban para darme el valor que necesitaba. Los mexicas no eran como la gente de Tlaxcallan o de Cempoalatl, ellos eran los amos del mundo.

A pesar de los esfuerzos y los pavoneos, ninguno de los mandones estaba sorprendido con la presencia de don Hernando; por más encarnado que fuera su gorro, las plumas de quetzal y faisán lo apocaban y le robaban el tinte que se negaba al brillo. Las pinturas que los tlacuilos de Montezuma crearon cuando desembarcamos habían sido vistas por muchos de ellos. Casi todos sabían que no estaban frente a los dioses y sus achichincles. La idea del regreso de la Serpiente Emplumada apenas era un chisme, un murmullo que sólo podía llegar a los labios de los macehuales. Los teules comían los alimentos de los hombres, se ayuntaban como cualquiera y, cuando recibieron los primeros regalos del Señor de Señores, fueron incapaces de reconocer el vestuario de los amos del universo. Y, por si todo esto no bastara, la historia de la sangre que se regó en los campos de Tlaxcallan aún estaba fresca en sus oídos. Sólo unos pocos creían en los presagios que tal vez le nublaban las entendederas a Montezuma.

La columna de fuego, el incendio del templo de Huitzilopochtli, el rayo que cayó sobre el adoratorio de Xiuhtecuhtli, la lluvia de fuego, el hervor de las aguas del lago, el ave con un espejo en la frente, los hombres con dos cabezas y la mujer cuyo llanto quebraba la noche no significaban lo mismo para todos. Los creyentes y los descreídos se mezclaban entre los principales de Tenochtitlan, pero ellos, por más miedo que tuvieran, no podían pensar ni ser como los macehuales y los miedosos. La peor de las muertes era el castigo para la cobardía de los nobles y los guerreros.

*

Nos detuvimos delante de los mandones, apenas nos separaban unos cuantos pasos.

Mi amo no tuvo tiempo de hablar, uno de los hombres del Señor de Señores se acercó y apenas pronunció unas cuantas palabras en lengua bonita.

—Montezuma, el amo de los cuatro lados del mundo, los espera.

No había más que decir.

Don Hernando caminó tras ellos. Yo seguía a su lado y el negro que detenía la brida de su caballo avanzaba detrás de nosotros. Los blancos no dejaron de tocar sus tambores durante todo el camino por los puentes, sus banderas permanecieron en alto y los ojos de los guerreros de Tlaxcallan y Huejotzingo se llenaron de lo que jamás pensaron mirar. Ellos estaban delante de Tenochtitlan y sus pies tal vez sentirían el suelo sagrado de la ciudad todopoderosa.

*

Mis almas estaban atrapadas en el gran teocalli. La doble montaña que crearon los mexicas explicaba el inmenso poder de Montezuma. Uno de sus lados era el Tonacatépetl, el cerro que contenía las aguas que daban fertilidad a la tierra. Dentro de él también estaban todos los granos, todas las semillas que florecerían gracias a los dones que Tláloc le entregaba al Tlatoani para alejar las hambrunas que apenas se recordaban. Él era el dios que los mexicas alimentaban con la sangre y los corazones de los que tenían dos remolinos en la cabeza. A su lado estaba el Coatepec, la montaña donde Huitzilopochtli nació armado para asesinar a sus hermanos y cortarle la cabeza a la mujer que los azuzó en contra de su madre, la diosa que tenía dos serpientes en vez de cabeza. Huitzilopochtli era el colibrí zurdo, la encarnación de la guerra, la certeza de que las armas de los mexicas terminarían por gobernarlo todo hasta que el mundo se terminara por los terremotos que destruirían a los hombres. Las palabras que hablaban del nopal, el águila y la serpiente eran ciertas: cada una de las tunas coloradas era un corazón que alimentaba a los amos del universo. Contra esos poderes nada podíamos; los mexicas eran más grandes que nosotros, la fertilidad y la guerra estaban de su lado.

*

Avanzábamos por los puentes que eran mucho más anchos que las picas más largas de los teules. Nuestro camino no se topaba con escollos ni retrasos, antes de que llegáramos a las partes levadizas, las gruesas maderas descendían para franquearnos el paso. El Tonatico no le había mentido a mi amo cuando regresó de Ixtapalapan. Tenochtitlan era más grande y más poderosa que todos los pueblos de aquí y del otro lado del mar.

Cuando la ciudad de Montezuma estaba cerca, los principales se hicieron a un lado. Ellos eran las aguas que tal vez se abrían para darle paso al hombre que se soñaba Moisés. Uno de ellos se acercó y con una seña nos hizo detener.

El ruido de los pasos comenzó a escucharse.

Todos los mandones pusieron una rodilla en el piso. Su mirada estaba clavada en el suelo y sus dedos tocaban la tierra para llevársela a los labios. Montezuma se acercaba. Delante de él caminaban los hombres que barrían el suelo y cubrían con petates el camino que sus plantas no debían sentir. Una mota de polvo sería suficiente para deshonrarlo. Esos tapetes jamás volverían a ser pisados por el Tlatoani, su destino estaba escrito desde el momento en que él los tocaba: ellos se convertirían en un regalo sagrado para los principales de la guerra y la ciudad.

Ni mi amo ni yo bajamos la mirada.

Queríamos verlo, sentirlo.

Montezuma tenía el cuerpo rijoso, los tiempos de la guerra seguían marcados en su piel y su carne. Las viejas cicatrices contaban la historia de sus combates y de los prisioneros que había capturado para entregárselos a los dioses. Sus bigotes y su barba apenas le ensombrecían el rostro; la nariz horadada

155

lo revelaba como nahual y su humanidad estaba cubierta con la ropa y las joyas que nadie podría tener. Tenía el rostro pintado, una gruesa línea le corría por un lado de la cara, él era la encarnación del desollado, del guerrero invencible, del único que podía calmar el hambre de los dioses.

*

Mi amo se quiso acercar a Montezuma. No había dado tres pasos cuando los principales lo detuvieron y con una férrea cortesía lo obligaron a bajar las manos. El abrazo era imposible. La amenaza de los mexicas estaba marcada en sus ojos de navaja. El Tlatoani no podía ser tocado por nadie.

Don Hernando se quedó quieto y apenas pudo murmurar las primeras palabras de un rezo.

Entonces se quitó el collar que traía para ofrecérselo a Montezuma como si fuera el mayor tesoro del mundo. Una mano tomó las cuentas brillantes sin que la mirada del principal se detuviera en mi amo. Los mandones se lo entregaron al Tlatoani con la mirada baja y se alejaron sin darle la espalda. El señor de Tenochtitlan lo recibió y la sonrisa apenas se dibujó en su rostro. Nada de lo que pudieran darle era suficiente para atraparlo, ningún regalo podía ofenderlo. Los cachivaches de los teules no tenían valor delante de sus riquezas. Las cuentas, por más brillosas que fueran, no eran capaces de apocar la luz de las plumas y las piedras del rayo.

Montezuma no le habló a don Hernando, apenas movió un poco la mano para que lo siguiera. Su voz era un secreto para los macehuales y para muchos de los principales. Una sola de sus palabras bastaría para que el mundo se nos viniera encima.

*

Entramos a la ciudad muda. La gente sólo levantaba la mirada del suelo después de que Montezuma pasaba. La curiosidad estaba en sus ojos, los teules no eran gigantes, tampoco parecían seres todopoderosos. Las marcas del camino y los combates estaban labradas en sus cuerpos. Al final de la fila, cuando aparecieron los heridos y los enfermos, las sonrisas que anunciaban la venganza se mostraron sin grilletes. Los blancos eran nada, menos que nada.

Yo los veía. En muchos de ellos estaban las señales del odio que estaba a punto de quebrar sus confesiones. Desde los tiempos del abuelo de Montezuma, nadie se había atrevido a poner en duda su poder. Sin que ellos se dieran cuenta, tomé el colibrí disecado que tenía atado a la cintura. Era la única protección que tenía contra la ojeriza y el susto. Mi sombra estaba en riesgo. El peligro de que sus malas miradas hicieran que las arañas, los alacranes y las serpientes anidaran en mi vientre no podía ser ignorado.

Delante de nosotros comenzó a verse una pequeña muralla. En su blancura resaltaban las serpientes que custodiaban los lugares sagrados. Cuando llegamos ante los escalones, uno de los principales nos dio instrucciones precisas: sólo los grandes que acompañaban a don Hernando podían seguir adelante.

Mi amo no tuvo más remedio que obedecer.

Él y yo, junto con el Tonatico y algunos de sus hombres de confianza, nos adentramos en la zona sagrada de Tenochtitlan.

El olor de la ciudad era distinto. El aire ya no era transparente y las moscas panzonas revoloteaban a nuestro alrededor. Sus zumbidos y sus vientres brillosos contaban la historia de los dioses y los guerreros. Las escaleras ensangrentadas de los templos y los tzompantli donde estaban ensartados los cráneos de los enemigos y el de uno de los caballos bastaban para comprenderlo todo. En esos restos estaba escrito uno de nuestros destinos, sólo el santo Santiago podía salvarnos de ese final.

Seguimos adelante. Montezuma nos esperaba en su palacio.

*

Los principales sabían que el tiempo les pertenecía y que su lentitud podía quebrar las almas más duras. Montezuma nos hizo aguardar hasta que las sombras se alargaron y el Sol iluminó las escaleras del gran teocalli. Sin embargo, la espera tenía que ser disimulada. Uno de sus hombres nos llevó a recorrer la morada del soberano. El jardín donde sólo crecían plantas aromáticas, la colección de animales y hombres contrahechos, los cuartos adornados con pieles de jaguar y plumas de quetzal nos golpeaban la mirada y obligaron a don Hernando a sentirse apocado. Nada de lo que había visto en las islas ni de lo que le llenó los ojos en Chololan podía igualarse con lo que miraba.

El señor de Tenochtitlan sabía lo que hacía, antes de que nos presentáramos ante él nos debían quedar claros su fuerza y su poderío.

*

Cuando el asombro había anidado en nuestras almas, Montezuma nos recibió en uno de los salones del palacio. El olor del copal casi nos mareaba y ninguna de las plumas que lo adornaban se miraba fuera de su sitio. Todas apuntaban al lugar preciso. El Tlatoani estaba sentado en su trono cubierto con pieles de jaguar y, a varios pasos delante de él, se miraban los finos petates que nos esperaban.

Nos sentamos y el soberano de Tenochtitlan comenzó a hablar.

—Bienvenidos a esta pobre morada, yo sólo soy huesos y carne. Lo que miran es lo poco que queda de lo que me heredaron mis ancestros. Yo soy pobre y débil. Mis guerreros apenas son unos cuantos y el deseo de paz es lo único que tienen para sostenerse.

Su voz era pausada, cada una de sus palabras sonaba como las de un padre que le suplica a su hijo antes de colocarlo delante del comal donde el humo de los chiles castigaría su osadía.

Mi lengua se volvió la de Montezuma y don Hernando sólo frunció la frente.

Durante unos instantes dudó. Sin embargo, la certeza de que el Tlatoani le temía terminó por adueñarse de su alma. De nada servía que yo tratara de explicarle la doble lengua del señor de Tenochtitlan, de nada valía que mi voz intentara alertarlo de las amenazas que se ocultaban en la falsa pobreza y la cobardía fingida. Don Hernán no pensaba con el corazón ni con la cabeza, las creencias sólo le brotaban del hígado.

—Mi Rey —le respondió a Montezuma con una voz más dura de lo debido— es el más poderoso del mundo. Sus tierras llegan hasta los confines de la Tierra y todos los monarcas se hincan a su paso. Él le ofrece su mano a los mexicas que podrían ser más grandes si aceptan ser sus vasallos. Mi soberano pide poco… ustedes sólo deben adorar a un nuevo Dios, al que creó todo lo que existe, al único que es verdadero y, por supuesto, deben cumplir sus obligaciones como siervos y vasallos. Su trono y el de mi señor pueden ser uno solo en estas tierras.

El amo de Tenochtitlan oyó sus palabras transformadas en las mías. Lentamente se acarició los bigotes ralos y una sonrisa casi marcada por la sorna se reveló en su rostro.

—Ustedes están cansados —le dijo a don Hernando con la más suave de las voces—, vale más que se recuperen del camino. La fatiga no ayuda a los hombres y entorpece sus palabras. El palacio que fue de mi padre los espera; por sus hombres no se preocupen. Ellos también tendrán dónde alojarse.

La conversación se había terminado.

Montezuma se levantó de su trono y se adentró en los corredores del palacio. Sus hombres de confianza esperaron a que nos pusiéramos de pie y nos llevaron al palacio de Axayácatl. Cada uno de sus movimientos estaba marcado por la cortesía, por un servilismo que no podía ocultar su poder. Ninguno de ellos había sido derrotado, todos habían alimentado a los dioses y sabían que Tenochtitlan jamás sería vencida. Nosotros éramos los salvajes cuya sangre le daría vida a las milpas.

Cruzamos la plaza grande en silencio. Frente a la doble montaña que encarnaba el poder de Montezuma estaba el palacio de su padre. Entramos casi confiados, los teules ya nos esperaban junto con los mandones de Tlaxcallan y Huejotzingo. No hubo tiempo para que don Hernando y sus hombres de confianza se sentaran a parlar sobre lo que había ocurrido, las mujeres que allí estaban los llevaron a los temazcales y les frotaron el cuerpo con hierbas.

Mientras el vapor les borraba las marcas del camino y les sanaba las heridas de los combates, la soldadesca recorría el palacio de Axayácatl. En algún lugar tenían que estar las riquezas que les curarían los ardores de la avaricia y la soberbia. Sus manos golpeaban las paredes para buscar los huecos.

Al principio nada encontraron, las sorpresas llegarían más tarde.

XXI

Durante cinco días, la paz fue la única dueña de Tenochtitlan. Ninguno de los blancos osó tomar el acero y los guerreros de Montezuma los miraban con la sorna que apenas ocultaba la oscuridad de sus almas. Allá, lejos de los palacios y los grandes templos, los macehuales seguían con su vida y sólo de cuando en cuando les volvía a la memoria el encuentro del Tlatoani con don Hernando. El tiempo casi era perfecto, los principales llevaron a los teules a recorrer las calles y los mercados; otros los acompañaron a las ciudades cercanas para que sus ojos confirmaran el poderío de los aliados del Señor de Señores. Todos estaban maravillados: el hecho de que el dinero de los mexicas brotara de las plantas de cacao no les entraba en la sesera que rebosaba de avaricia por el brillo de los metales. Casi a diario, don Hernando se reunía con el soberano y sus palabras siempre se topaban con sus evasivas. El ritual del gato y el ratón se repetía incesantemente. Los lugares donde brotaban el oro y la plata casi seguían siendo un misterio, y el vasallaje —cada vez que se mencionaba— daba paso a una voz escurridiza.

*

Mi amo estaba empantanado y sabía que el tiempo corría en su contra. Cada mañana, por los puentes de Tenochtitlan llegaban más guerreros de los confines de la laguna. Así habría seguido el mundo hasta que la muerte nos alcanzara con el filo de las obsidianas. Sin embargo, la piedad del Matamoros le concedió un milagro: cerca de la costa, Coatlpopoca —uno de los vasallos de Montezuma— asesinó a unos cuantos de los teules que se quedaron rezagados. Los detalles de su muerte apenas se conocían y a cada instante se convertían en habladurías. Algunos estaban seguros de que los indios los habían devorado mientras invocaban al Diablo, otros estaban convencidos de que las flechas les arrancaron la vida, y unos más hablaban de los altares ensangrentados y el cuchillo de pedernal que les abrió el pecho para alimentar a los demonios.

Las muertes no le importaban a don Hernando. Ese día estaba contento y, por más esfuerzos que hacía, la furia se negaba a meterse en su alma. Yo lo miré sin velos ni fingimientos, sus labios apenas alcanzaban a murmurar un "por fin" que se entrelazaba con el siguiente.

Mi señor salió de la casa de Axayácatl acompañado por sus mejores hombres. Nada ni nadie podría detenerlo.

Durante todo su andar hacia el palacio de Montezuma, él apretaba los puños para que los arcángeles de la ira se adueñaran de su alma. Su actuación tenía que ser perfecta, sólo así podría acusar al Tlatoani de haberlo traicionado.

*

Yo lo vi y me di cuenta de que el mundo le cayó encima. Los ojos no engañan y el alma no miente, el Tlatoani estaba quebrado, roto. La jícara perfecta ya sólo era un tepalcate polvoso. Por grandes que fueran los demonios que le mordieran el espíritu, Montezuma nunca pudo imaginar que eso le sucedería. Los grandes de Tenochtitlan jamás habían caído en manos de los enemigos. Los tlaxcaltecas, los huejotzingas y los yopes no pudieron atraparlos en los combates más fieros. Los hechizos, las maldiciones y los nahuales tampoco tenían la fuerza para dañarlos y robarles la sombra. En sus manos y sus palacios sobraban los amuletos, sus cuerpos y sus almas estaban protegidos con la durísima coraza de los conjuros y los ensalmos.

Los que alimentaban a los dioses eran intocables, absolutamente invulnerables. La muerte indigna sólo se llevaba a los débiles, a los cuiloni que perdían la vida con tal de que otros salvaran al imperio. Los cadáveres de los cobardes siempre amanecían retorcidos en los caminos que llevaban a ninguna parte. Aunque nadie lo dijera, todos sabían lo que ocurría: esos asesinatos siempre estaban justificados. El Quinto Sol no podía apagarse por la cobardía y el rabo apretado en el fundillo.

Es cierto, es verdad. Lo juro por mis santos y por los dioses que me esperan en la oscuridad que se acerca, la peor de sus pesadillas, el más terrible de sus sueños no podía comprarse con lo que estaba ocurriendo. Por primera vez desde que se sentó en el trono, los hombros del Tlatoani estaban caídos y nadie barría ni entapetaba el suelo que tocarían sus plantas. A pesar de las sandalias, las pequeñísimas piedras que estaban en el suelo de la plaza se le encajaban a cada paso. Las espinas de la deshonra lo habían alcanzado. En esos momentos, él se sabía más cobarde que Tízoc, más débil que los hombres que se arrastraban para suplicar por una tortilla aceda. Las grandes ceremonias que anunciaban su presencia ya no eran posibles.

Montezuma se había transformado en el retablo de los dolores, en el rosario de los mal farios.

*

Mientras caminábamos hacia el palacio de Axayácatl, la gente nos miraba sorprendida. Los ojos de todos se clavaron en el soberano amarrado. Las palabras se volvieron innecesarias. Él era un caído y nadie podía levantarlo. Su pedestal se había derrumbado, las grandes piedras ya eran terrones. Ninguno de los macehuales bajó la mirada, sus dedos se negaron a sentir el suelo y nadie se untó polvo en los labios. El Tlatoani estaba en manos de los teules, el Señor de Señores se había agachado ante los recién llegados. El espíritu de los jaguares le dio la espalda al amo de Tenochtitlan.

Cuando llegamos al palacio de su padre, el golpe del martillo del herrero le quebró el espíritu por completo. Ninguno de los señores de Tenochtitlan había conocido los grilletes. Él fue el primero y también fue el que abrió la letanía que nunca se acabaría. Sus cadenas serían las de todos los derrotados, y ellas se alejarían de los tlaxcaltecas y los huejotzingas que acompañarían a los teules en sus correrías. Montezuma ya no era un hombre, el esclavo se lo había tragado sin que los eructos llegaran a su boca.

Durante unos instantes, el Tlatoani intentó mirar al hombre que apretaba el martillo.

Las llamas de sus pupilas no pudieron amedrentarlo, y el marro siguió aporreando el metal hasta que las chispas quemaron su gloria. En el instante en que sus ojos chocaron con los de mi amo, él le sostuvo la vista. Don Hernando no parpadeó aunque la piel que le cubría el ojo izquierdo revelaba sus miedos. Montezuma era un caído y él estaba a punto de lograr la victoria.

—Ordena que Coatlpopoca se presente ante nosotros —le dijo mi señor con la voz que sólo tienen los que todo lo pueden.

Yo repetí sus palabras y supe que habíamos llegado demasiado lejos.

*

En las calles y en los barrios, la noticia del cautiverio de Montezuma corrió como un reguero, cada una de las palabras que la mentaban era como el agua que se escurre y se mete en las rajaduras sin que el barro pueda detenerla. Tenochtitlan era idéntica a los guajolotes que siguen caminando con el pescuezo retorcido. El Señor de Señores estaba en manos de los teules y los macehuales no sabían qué camino tomar. El odio y el miedo se enroscaban en las almas de los mexicas, pero ellos estaban solos, huérfanos. Las manos de los dioses ya no podían protegerlos.

Don Hernando miraba a los miserables que se arremolinaban frente al palacio de Axayácatl. Mi lengua llegaba a sus orejas para decirle las palabras que apenas se susurraban. Ninguna florecía, todas eran directas, lejanas de los recovecos, distantes de lo oculto. Cuando las escuchaba, el rostro de mi hombre no cambiaba, las sombras seguían metidas en su espíritu y sus ojeras se hacían más grandes por el sueño que le negaría sus caricias. Él había ganado, pero también había perdido.

Yo tenía miedo, mi señor tampoco estaba tranquilo. Cuitláhuac, Cacama y los grandes guerreros habían desaparecido como los espectros cuando el Sol se anuncia. De nada servía que obligara a Montezuma a que los llamara. Sus palabras se perderían en el vacío, en la negrura donde se movían los hombres que se alistaban para la escabechina que se anunciaba en los puñales del gran templo. Esos filos fueron los únicos que no se detuvieron. Pasara lo que pasara, siguieron enterrándose en los pechos, rajando la carne para que las manos de los sacerdotes sintieran los latidos que lo guiaban. Antes de nuestra muerte, los dioses tenían que estar cebados.

La sangre de las escalinatas, los cuerpos desollados y las cabezas ensartadas en el tzompantli eran el anuncio de nuestro futuro: los mexicas vendrían para matarnos.

*

La ciudad comenzó a quedarse sola. En las calles apenas se adivinaban los escudos y las lanzas que se movían con sigilo. Las armas de trueno se asomaron en las puertas del palacio de Axayácatl y en las azoteas los hombres buscaban las señales de la desgracia. Ellos oteaban en vano, sus ojos no podían mirar los espectros y los diablos que se agazapaban en las esquinas.

En las noches, las espadas se mantenían en las manos y los pies no abandonaban sus calzas; los ronquidos casi se ahogaron y los gritos que interrumpían los sueños volvieron con toda su fuerza. Las pesadillas estaban dentro de todos. La fuerza de los grilletes del Tlatoani no pudo espantarlas, el Huesudo los acariciaba cuando llegaba la oscuridad y ellos no se atrevían a cerrar los ojos aunque el nombre de Cristo Jesús estuviera en su boca.

El temor era grande y amenazaba con volverse ingobernable.

Algunos empezaron a pensar que don Hernando había llegado demasiado lejos, que valía más tomar como rehén a Montezuma y regresar a la costa. Ahí podrían parapetarse y resistir hasta la llegada de una nao que soltaría las anclas por la gracia de Dios. Esas velas quizá podrían salvarlos. Tal vez por eso, la fila que se formaba delante del ensotanado nunca se acortaba. Los teules buscaban el perdón que les abriría las puertas del Cielo.

*

A pesar de la captura de Montezuma, mi señor no tuvo más remedio que aceptar que estaba entrampado. El Dios Calaca lo esperaba en las calles con su guadaña, y no podía llamar a los hombres que se largaron con el pecado en el pecho. Los blancos y los aliados que estaban en los caminos y se llenaban las pupilas con los criaderos de oro jamás recibirían sus mensajes. Si uno solo de los teules o de los tlaxcaltecas se aventuraba más allá de los puentes, las flechas de los mexicas terminarían con sus pasos.

Valía más no llamarlos, lo mejor era detenerse la quijada y rogarle a la Virgen para que volvieran con bien. La trampa estaba cerrada aunque los puentes del lago aún no se levantaban.

*

Ya no quedaba más remedio que recular. Don Hernando sabía que sólo le quedaba un camino: volver a fingir delante de todos y mostrarse derrotado como cuando estaba entre mis piernas. Las máscaras iban y venían de su rostro. Ninguna le parecía correcta. Así siguió hasta que por fin halló la adecuada. Los hierros dejaron el cuerpo de Montezuma sin que el óxido alcanzara a mancharle las coyunturas. Las mentiras del perdón y la disculpa brotaron de sus labios sin que su cara lo delatara. Sin embargo, sus sonrisas y sus toscas caravanas valían menos que un papel mojado: nunca dejaría solo al Tlatoani y su puñal siempre estaría dispuesto para arrebatarle la vida.

Mi hombre quería que todos los mexicas los vieran juntos, que todos pensaran que eran idénticos a los hermanos que a veces se pelean por asuntos de poca monta. Como si fueran uno salieron a cazar y compartieron los arcos y las cerbatanas; sin problemas jugaron con las pelotas que derribaban las piezas que se transformaban en premios. Es más, para que la mentira fuera completa, las notorísimas trampas que mi señor hacía en las partidas obligaban al soberano a la sonrisa que siempre era imitada por los principales que regresaron al palacio de Axayácatl.

Todos fingían, pero la verdad no podía ocultarse. Los mandones de los guerreros seguían escondidos, y en algún lugar siniestro las armas se preparaban para el golpe final.

*

Montezuma cumplió su palabra, Coatlpopoca llegó a Tenochtitlan como si fuera un animal apaleado. Cada paso que dio desde sus dominios se le quedó marcado en la piel. Sin que su humanidad revelara la pena y la deshonra, el Tlatoani se lo entregó a los arqueros tlaxcaltecas en el centro de la plaza. El hombre que atacó a los teules se transformó en un san Sebastián y su cuerpo fue quemado en la hoguera que se alimentaba con la madera de los escudos y las armas de muchos mexicas.

El olor de la carne chamuscada se mezclaba con el aroma de las mazas y las flechas. La decisión de don Hernando no era un capricho, el fuego señalaba el destino para aquellos que se atrevieran a levantar la mano en contra de los teules.

Cuando el cuerpo de Coatlpopoca se convirtió en cenizas, Montezuma le habló a mi amo. Sus palabras eran cuidadosas y su mirada estaba ensombrecida por la deshonra. Necesitaba volver a su palacio, quería alejarse de los blancos antes de que se convirtiera en un apestado, en un fardo que le pesaría a todos los mexicas. No podía transformarse en el dedo que estorba ni el brazo que se arranca para evitar el pecado.

De nada sirvió que le mostrara que no era un traidor y que entre lágrimas fuera capaz de reconocer el vasallaje. El llanto que recalcaba su amistad y su sumisión se fue a la mierda. Tampoco sirvió de nada que le entregara a don Hernando a una de sus hijas como prueba de su lealtad. La alianza que se labraría en el cuerpo de la mujer que se llamaría Isabel ya no tenía sentido.

Dijera lo que dijera, hiciera lo que hiciera, el Tlatoani seguiría siendo un cautivo hasta que entregara a sus hombres de confianza. Si los mandones de sus tropas no sentían el peso de las cadenas, él seguiría siendo un prisionero.

*

A pesar de que se salieron con la suya, la muerte de Coatlpopoca no pudo exorcizar el miedo de los teules. En el fondo, él sólo era un cualquiera y su muerte no bastaba para que los mexicas se culearan. Ni siquiera Dios sabría cuántos tendrían que morir flechados para que los guerreros de Montezuma se echaran para atrás y entregaran a sus mandones.

El demonio del pánico era invencible. A mi hombre no le quedó de otra más que dejarlos hacer. La confesión perdió su sentido, el oro era más poderoso que los diablos, y su brillo podía ahuyentar al espanto que los martirizaba. Los martillos y los marros de los teules se ensañaron con las paredes del palacio de Axayácatl. El delicado enjarrado y las pinturas que se diluyeron con la baba de los nopales se fracturaron. Los blancos tenían que encontrar los tesoros. Las riquezas terminaron revelándose ante sus ojos y sus manos ansiosas.

Cada lingote que se fundía valía más que las armas de los aliados indios. Ninguno de los escudos de los tlaxcaltecas tenía el brillo que invocaba la bravura de los teules. La avaricia se convirtió en su fuerza, en sus ansias de presentar combate sin rajarse en el momento preciso.

Pasara lo que pasara, los hombres de don Hernando no abandonarían el botín de la batalla que aún no comenzaba.

*

Las paredes del palacio eran idénticas a las almas de Montezuma, su sonrisa y su displicencia no podían ocultar las rajaduras y las cuarteaduras. El Tlatoani estaba quebrado. Hiciera lo que hiciera se sabía perdido, avergonzado, humillado, incapaz de recuperar la dignidad.

Yo lo miraba. La imagen del Huesudo estaba en su cara. Cuando se quedaba solo, sus almas anhelaban el cuchillo que le permitiría acompañar al Sol hasta el ombligo del cielo; sin embargo, el altar se alejaba de su espalda y las armas huían de sus manos.

No se cuándo, pero sé que él empezó a pensar que su vida se apagaría como la de los perros, como la de los miserables que se pasan toda la eternidad sin poder acompañar al Sol en su camino.

*

El tiempo de la rapiña había comenzado, el oro era lo único que podía soldar las almas trembleques de los teules. Mi hombre le exigió a Montezuma que le entregara los tesoros de

Tetzcoco y que obligara a los mandones de los guerreros a presentarse en el palacio de Axayácatl.

Don Hernando, aunque su rostro mostrara otra cosa, sabía que la batalla no tendría un final favorable. Sus hombres y sus aliados quizá no saldrían vivos de Tenochtitlan, y sus cuerpos sin corazón serían devorados por los sacerdotes, los guerreros y los carroñeros. Los ojos pelones de la muerte lo seguían, el Huesudo lo perseguía aunque tratara de mostrarse invencible. Su cuerpo olía a muerto y la sobaquina se achiquitaba ante el miasma del pánico.

Mi amo siguió presionando y las amenazas brotaron como un vaho implacable. Por más que trató de evitarlo, la mano del Tlatoani terminó doblegándose.

Antes de que el Sol recorriera tres veces el cielo, los teules volvieron con los grilletes vacíos: los mandones de los guerreros no pudieron ser atrapados.

XXII

Aunque los santos y la Virgen se lo hubieran rogado, don Hernando no estaba dispuesto a liberar a Montezuma. Él era como sus perros que no soltaban a la presa que tenían entre las fauces. Sus palabras eran idénticas a las cuerdas que retuercen el gañote, al plomo enrojecido que se derrama en las gargantas para silenciar las voces de los infieles; sin embargo, la voz del Tlatoani seguía siendo escurridiza. A cada pregunta, él sólo respondía con la certeza de la ignorancia, con la ingenuidad que asesinaba las dudas. Cualquiera que lo viera podría convencerse de que no sabía dónde estaban Cuitláhuac, Cacama y los otros mandones de los guerreros.

El silencio y la mentira eran lo único que le quedaba a Montezuma. Si pronunciaba el nombre del lugar preciso, mi amo lo obligaría a que los guerreros mexicas acompañaran a sus hombres para capturarlos. Ése, Dios lo sabe, sería el último acto de sumisión del Tlatoani. Pero eso jamás debería ocurrir, si los escudos de los cuachic se entreveraban con las armas de los teules, los texcocanos también se lanzarían contra Tenochtitlan y todo estaría perdido. Ninguno de los aliados podía perderse.

El recuerdo de las palabras fatales que le dijeron los hombres búho aún le retumbaba en la cabeza al Tlatoani. La voz de Montezuma se escuchaba como una lengua incomprensible, de sus labios sólo manaba una frase inclemente: "Si los guerreros se rinden no quedará cosa con cosa y el Quinto Sol se extinguirá para siempre".

*

Yo lo vi cuando tomó la decisión fatal. Era mejor entregar a Cacama a que Cuitláhuac sintiera las cadenas. En esos momentos, el guerrero valía más que su aliado. Esa noche, la tersura de las aguas del lago se rajó con las quillas de las canoas que partieron al lugar donde se escondía el soberano de Tetzcoco.

Los blancos tenían los dedos en los gatillos y las manos en las empuñaduras de sus espadas. Las palabras de Montezuma no les bastaban para llenarse de valor; aun así, partieron con el anhelo de que la batalla no podría alcanzarlos. Sin el hombre preciso, los guerreros de Tetzcoco seguramente bajarían las armas.

Cacama no pudo resistirse y los teules lo apresaron muy cerca de sus dominios.

*

Cuando la voz de Cacama se escuchó en el palacio, las manos de Montezuma se adentraron en su cabellera. Mientras sus dedos se convertían en garras, los años cayeron sobre su cuerpo. La vejez lo alcanzó en un instante. Las arrugas, las canas y la flacidez de sus músculos se revelaron sin que su ropa pudiera ocultarlas. De nada le servía murmurar que salvaba al imperio y que Cuitláhuac llegaría con sus bravos. El veneno de la traición a los tetzcocanos era más fuerte que sus susurros.

Durante muchas horas, Montezuma se negó a verlo, la mirada de Cacama lo mataría con los filos de la deshonra y la traición. Sin embargo, mi hombre lo obligó a encontrarse con él. Con la cabeza gacha, el Tlatoani avanzó hacia el mandón de Tetzcoco y con miedo le apretó el brazo.

Cacama lo miró resignado.

En sus ojos el reproche era una ausencia, todo su espacio estaba colmado de lástima.

—Cuitláhuac tenía razón, jamás debiste permitir que los teules llegaran hasta Tenochtitlan —le dijo Cacama.

Montezuma asintió sin levantar la vista.

—Tal vez aún puedas hacer algo, tu muerte puede salvarnos —le murmuró el Señor de Tetzcoco antes de darle la espalda.

Yo los miraba y las imágenes de los guerreros y los pochtecas que llegaron a Xicalanco se deslavaban sin remedio. Ninguno de los principales de los mexicas conservaba la soberbia, tampoco tenían la mirada de los que invocan a la muerte. Cacama y Montezuma ya no se movían como si la tierra fuera indigna de sentir sus pasos.

La mano de don Hernando se posó en mi hombro y sus dedos se entretejieron en mis greñas que ansiaban el temazcal.

*

Esa noche, don Hernando volvió a mi lecho para moverse despacio. Los petates y las mantas de Isabel se transformaron en un desierto infinito. Ella ya no valía un grano de chía, sus nalgas temblorosas y flacas nada representaban para mi hombre. Su padre era un guiñapo, un anciano que reclamaba la muerte, un hombre al que, tal vez con un poco de suerte, podría sacarle algo más.

Don Hernando necesitaba alargar el tiempo y anhelaba sentir la victoria que se anunciaba con el sonido de las cadenas. Cacama estaba en sus manos, ya sólo le hacía falta capturar a Cuitláhuac. Esa noche, sus movimientos eran lentos y mi sexo húmedo lo acompañaba sin perder el ritmo; sin embargo, en el último momento, un instante de furia anunció el exceso: el ardor de mi parte era la revelación de lo que estaba a punto de ocurrir. El demonio de la ira se había apoderado de su cuerpo.

*

Esa mañana, don Hernando habló de más con el ensotanado. Las sombras se volvieron más negras antes de que abandonara el lugar donde estaba la imagen del Crucificado. Cuando salió, iba con el rosario en la mano y el rezo en la boca. Su ira estaba bendita. Sólo la Virgen sabe si confesó sus pecados o si le ofreció un trato al dios asesinado. No sé lo que dijo, el silencio era el dueño de mis oídos. El Tonatico era el único que sabía lo que había pasado en ese encuentro, pero él ya se pudrió en su tumba. A pesar de esto, lo que todos veíamos no podía negarse: el espíritu del Matamoros estaba dentro de su cuerpo. Aunque mis tripas me decían que me alejara, como siempre me acerqué para estar a su lado; pero esa vez me dijo que se iría solo. La gruesa barra de hierro temblaba en sus manos y los clavos de la cruz de Cristo estaban enterrados en sus ojos.

A gritos llamó a los mejores. Todos llegaron dispuestos y el cura quedó rodeado por los soldados. Se largaron con la ira en el alma y la certeza de que su Dios y el santo Santiago los protegerían. A su paso, los mexicas abandonaban las calles y los guerreros los observaban mientras pulsaban sus armas. No podían atacarlos. La orden de muerte aún no se pronunciaba.

Atravesaron la plaza y subieron por la escalinata del gran teocalli. El ensotanado rociaba los escalones y pronunciaba ensalmos. El *vade retro Satana* no se iba de su boca. El sudor y la fatiga no frenaban sus pasos.

Llegaron a la cumbre y arrancaron el petate que cubría la entrada de los adoratorios. El olor de la podredumbre, de los coágulos que entintaban a los dioses se les metió en el alma.

Mi hombre levantó la barra y la estrelló contra la piedra labrada. Hicieron falta muchos golpes y palancas para que los amos del universo se quebraran y se despeñaran. El ruido de la piedra contra la piedra se impuso a los sonidos de los hombres.

Ahí, al pie del teocalli, los mexicas miraban lo que nunca habían visto: sus dioses eran derrotados sin que nadie metiera las manos y sin que el cielo se llenara de rayos, sus templos eran profanados como si fueran vencidos por una fuerza más poderosa que los amos del universo.

Los gritos y aullidos se apoderaron de la plaza. Las mujeres se hincaban y se jalaban las greñas, los sacerdotes se cubrían el rostro y los guerreros afilaban sus pupilas para que el odio les tatuara las almas. En ese instante, ellos veían lo mismo que sus enemigos… el Quinto Sol se acercaba al ocaso.

*

Mi hombre volvió apresurado. La furia de Dios no pudo mantenerse en su carne y la certeza de que había cometido el más grave de los errores le dio un zarpazo en la sesera y el hígado. La sangre prieta se le juntaba en el costado. No pudo permanecer de pie, se quedó sentado y miró al cura con odio. Su trato con el Crucificado podía costarle la vida.

Afuera, los macehuales y los guerreros se juntaban en la plaza.

Nadie los había llamado, todos llegaban siguiendo el olor de la venganza, de la muerte que reclama la sangre. Poco faltaba para que comenzaran a avanzar hacia el palacio de Axayácatl. Sus gritos alertaron a los hombres y los arcabuces y las ballestas se asomaron por las puertas en las azoteas.

*

—Vete —le dijo Montezuma.

Mi señor sabía que todo estaba perdido. Antes que la luz del sol se alargara en las ventanas, los mexicas nos atacarían con todas sus fuerzas.

—No puedo, mis naves están hundidas —le respondió don Hernando.

—Mis hombres te harán unas nuevas.

Ahí estaba mi hombre, tratando de recuperar lo perdido, buscando una rasgadura en la red que lo atrapaba. A veces amenazaba y otras rogaba. Montezuma también cambiaba y el viejo adquiría la fuerza de los jaguares para perderla en el siguiente embate.

No había más remedio que pactar, los guerreros mexicas no atacarían y nosotros nos largaríamos cuando los carpinteros estuvieran listos para partir a la costa.

Un error fue suficiente para que todo cambiara, el vencedor era el derrotado y el vencido estaba a punto de alzarse con la victoria.

*

Ya lo he dicho y ahora lo repito, los que piensan lo contrario están equivocados, las desgracias nunca llegan solas. Cuando el mensajero se paró delante de mi hombre, su ánimo se volvió agua de borrajas. La red no estaba rota, la trampa tenía nuevos resortes y la soga empezó a rasparle el cogote. Sus enemigos de más allá del mar habían desembarcado en las tierras de los huaxtecos, y Pánfilo de Narváez no se tardó un parpadeo en convencer al cerdo de Cempoalatl de que se sumara a sus fuerzas. El Cacique Gordo siempre fue un traidor, y esta vez no tenía por qué ser distinto. Los grilletes caerían sobre don Hernando y el mandón se transformaría en el súbdito preferido de un rey invisible. Mi señor estaba rodeado: las armas de los mexicas y las fuerzas de los blancos que venían desde las islas para ponerle los grillos le cerraban los caminos. Su viejo patrón no podía perdonarle su traición.

La promesa que le hizo a Montezuma era idéntica a las natas que flotan en las bacinicas. La posibilidad de la huida y los carpinteros que construirían las naos se esfumaron antes de que diéramos un paso. En esos momentos, mi hombre ni siquiera podía convertirse en una rata arrinconada, en una fiera que sabe que tiene las piedras en la espalda. Sus cálculos y sus planes perdieron el sentido. El Cristo y su madre lo abandonaron a su suerte.

Una de las dos sopas se había terminado sin que él pudiera evitarlo. En ese momento ya sólo quedaban los jodeos, y don Hernando se los tragó sin que las muecas le enchuecaran la cara. Él era idéntico a los hambrientos de poder que mastican la mierda sin hacer gestos. Sin embargo, cualquiera que lo viera pensaría que los recién llegados eran los refuerzos que anunciaban las anclas de las naos infinitas.

Mi hombre fingió y logró engañar a Montezuma: los teules venían para apoyarlo.

*

Así pasó lo que tenía que pasar. Nosotros, con algunos de los hombres y muchos de los aliados, salimos hacia Cempoalatl. Los escapularios colgaban de los gañotes de los blancos que les rogaban a las imágenes cambiar el rumbo de las armas. La doble muerte los miraba entre los cerros. Sus rezaderas no venían al caso: la lengua y la pólvora decidirían el encuentro con los enemigos de aquí y de allá. Antes de tomar el camino, don Hernando le entregó el mando a don Pedro, al Tonatico que apenas podía fingir el valor que había perdido.

*

Los hombres de Narváez no eran tan fieros como muchos lo pensaron. Bastaron unos tronidos y muchas palabras para que sus caballos y sus armas se unieran a mi señor. De nueva cuenta, la lealtad cayó muerta por el filo de la avaricia. Todo parecía bien y los buenos vientos estaban a punto de hinchar nuestras velas, pero el mal no estaba derrotado: el Tonatico también se había equivocado y la muerte rodeaba el palacio de Axayácatl. El miedo lo traicionó y sus armas se lanzaron en contra de los que adoraban a los dioses. La matanza en la plaza grande de Tenochtitlan se volvió en su contra. Los cuerpos que se quedaron en el piso invocaron a los guerreros. Don Pedro estaba rodeado, las armas de los mexicas exigían la muerte de los teules y sus aliados.

Mi hombre se calló la verdad que llegó de Tenochtitlan y ordenó que avanzáramos sin detenernos. Ninguno de los hombres que acompañaban a Narváez podía enterarse de lo que pasaba. El error del Tonatico tenía que ocultarse a toda costa. Las noches no frenaban nuestros pasos y los quejidos de los hombres jamás llegaron a sus orejas. Ningún lamento, por grande que fuera, lo hacía mover sus ojos del camino.

Teníamos que seguir adelante. Ahora éramos más y eso tal vez cambiaría las cosas.

XXIII

Cuando llegamos a Tenochtitlan el Sol estaba a punto de morirse. La puerta fortificada mostraba su abandono y la soledad se revelaba delante de nuestras miradas. Una sola flecha habría bastado para que las ansias de combate se adueñaran de las almas de los blancos. A cada paso las tinieblas se volvían más espesas y el silencio se transformaba en un atole de pinacates que se pegaba a la piel para invocar al Descarnado. La ciudad parecía muerta y las pocas llamas que se veían apenas alcanzaban a alumbrarla para ocultar a los nahuales que nos esperaban con ansias de sangre. Las sombras estaban vivas y seguían nuestros pasos. Los redobles de los tambores no tenían sentido y los pendones con águilas de dos cabezas habían perdido su fuerza. El único estandarte que se mantenía en alto era el de la Virgen a la que le rogaban los teules. El ruido de los cascos en el puente parecía llegar a los confines del universo. Las espadas estaban fuera de sus vainas, las mechas de los arcabuces se miraban dispuestas y las picas de los jinetes apuntaban a los enemigos invisibles. Nadie nos salía al paso y así seguimos. El miedo era nuestro único dueño.

Los soldados que abandonaron a Narváez para seguir a mi amo sintieron cómo su cuerpo era abrazado por las serpientes. La frialdad de las escamas transformaba su respiración en vaho. Nadie se lo dijo, ninguno les advirtió, pero ellos sabían que la muerte los acechaba a la vuelta de la siguiente esquina. Las voces que llegaron a las islas para contar las historias de los tesoros eran incapaces de curarles el miedo. Los mexicas no eran como los hombres de aquellos rumbos, sus armas no estaban dispuestas a rendirse y la guerra estaba tatuada en sus cuerpos. Yo los vi y la temblorina les marcaba las manos y hacía que sus labios se movieran para intentar pronunciar una plegaria.

Mi caballo iba al parejo del de mi hombre. Las palabras se habían ido de mi lengua, una sola podría llamar a la muerte. Yo sólo anhelaba que los dioses nos miraran, que sus bendiciones cayeran sobre las armas de los teules y guiaran sus plomos hacia los blancos precisos. Pero en esos momentos no sabía a quién rogarle: el santo Santiago apenas oía a los blancos, el Crucificado había muerto después de que le clavaron una lanza en el costado, y la Virgen estaba ocupada en sus cosas. Ella, aunque quisiera escuchar los ruegos, tenía que amamantar a su hijo y darle de comer a su marido. El carpintero José no podía salir de su casa sin un itacate. Lentamente, el nombre de Huitzilopochtli comenzó a revelarse en mi corazón y sus letras me retumbaban en el hígado. Él era el único que podría salvarnos, sus navajas todopoderosas eran capaces de darnos la fuerza... pero ese dios también nos daba la espalda.

*

En el momento en que la plaza grande se mostró delante de nosotros, la verdad nos ardió en las almas. Las herraduras se resbalaban por la sangre y las marcas de la batalla estaban en los edificios. Las paredes de los templos y los palacios habían perdido su lisura para dar paso a las huellas del combate. Todo lo que le habían dicho a mi amo era poca cosa.

Las llamas se habían consumido, los rescoldos ya sólo eran cenizas. Sin embargo, el olor de la muerte y la chamusquina seguían presentes y se quedaban atrapados en los pelos de la nariz. Ningún aleteo quebraba el silencio. El frío y la oscuridad ahuyentaron a los zopilotes que ansiaban picotear a los cadáveres. Las entradas del palacio de Axayácatl estaban ciegas, apenas una luz mortecina anunciaba las antorchas dispuestas a darle fuego a las mechas. Yo lo sabía, pero el silencio tenía que seguir en mis labios: los mexicas nos dejaron entrar para atrapar a los teules y sus aliados. Nosotros éramos los ratones y ellos los gatos que tenían los ojos amarillos para aluzar las tinieblas.

Nuestros pasos no se detuvieron, pero nuestros cuerpos sentían los cortes de las navajas que nacían en las sombras que ocultaban a los mexicas. Ahí, entre las oscuridades más negras, los guerreros nos miraban para esperar el instante preciso, la orden que le soltaría la rienda a los corceles del fin del mundo.

Mi hombre se negó a encajarle las espuelas a su caballo. Un solo trastabilleo de su montura le soltaría la lengua a los blancos que ansiaban augurios y señales. Don Hernando no podía permitir que su miedo se mostrara ante sus hombres y sus enemigos, por eso siguió avanzando como si nada pasara.

Así, cuando llegamos al palacio de Axayácatl, él sólo entró después de que el último de sus soldados cruzó la puerta. Ese desplante era lo único que le quedaba.

*

—Mátame —le dijo Montezuma.

La voz del soberano nada podía ordenar, sus palabras apenas suplicaban y no eran capaces de desafiar al silencio que imponía su presencia en el palacio de Axayácatl. Juro por el Dios crucificado que las paredes se tragaban las palabras y que el pánico era idéntico al lodo que atrapa las piernas.

Mi hombre lo miró, mi voz era intrascendente.

Él lo entendía todo sin necesidad de mi lengua.

Tal vez, durante un solo parpadeo, la lástima llegó al alma de mi señor y su mano se aferró a la daga que colgaba de su cintura, pero don Hernando soltó la empuñadura en un santiamén.

Montezuma aún le servía y no podía arrebatarle la vida. Su muerte levantaría las armas y sus labios quizá pudieran frenarlas. El Tlatoani estaba condenado a la vida.

—Tú eres el Señor de Señores —murmuró mi hombre con tal de animarlo.

Yo se lo dije con el aliento de la compasión, pero ninguna de mis palabras pudo sanar sus almas. Ésa fue la primera vez que me miró con detenimiento. Ya nada faltaba para que su voz buscara mis orejas para contarme su historia. Antes de que el Sol se asomara entre los cerros, él me pidió que me sentara a su lado. Sin embargo, en ese instante, aún tenía que responderle a mi amo:

—Yo no soy nada… ya sólo soy nada —le dijo Montezuma.

Tenía razón. Cuando los mexicas comenzaron a atacar a los teules después de la matanza, don Pedro lo obligó a presentarse ante su pueblo. Era el momento del todo por el todo, de la tirada de dados que terminaría con la partida. Levantó a Montezuma, le puso el cuchillo en el gañote y a jalones lo llevó a la puerta del palacio.

Yo no lo vi, pero dicen que el miedo lo obligó a salir con el pecho descubierto y la súplica en los labios. Les pidió que se fueran, que levantaran a los muertos y bajaran las armas; les rogó que no atacaran a los blancos. Los mexicas, a pesar de todo lo que había sucedido, aún eran sus súbditos y Tenochtitlan era aliada de un rey invisible.

La gente casi le obedeció con el alma negra; pero allá, en los rincones de la ciudad, Cuitláhuac empezó a mover sus piezas en los escaques más negros. Las calles que rodeaban el palacio comenzaron a cerrarse con las piedras que impedían la huida y los guerreros esperaban la orden de ataque en los lugares que estaban más allá de la vista de los blancos. Todos los caminos parecían cerrados, el único que quedaba abierto llevaba al Infierno.

*

La deshonra del Tlatoani apenas les daba un poco de tiempo. Mientras las cuentas de los rosarios se deslizaban entre los dedos de los teules para rogar por un milagro, él abrió sus labios para decir las palabras que jamás había pronunciado. Montezuma confiaba en mi memoria, se encomendaba a mí para que su historia no se olvidara. Si los viejos libros se habían quemado una y mil veces, y las piedras labradas mentían sin clemencia, él quería que sus hechos no se perdieran. Alguien, aunque fuera una mujer, tenía que recordarlos para que las sombras no se adueñaran de sus glorias. Yo lo oía mientras los blancos trataban de descubrir las lanzas en la oscuridad, y ahora, mientras mi muerte se acerca, su voz apenas se escucha como un susurro incomprensible. Él está en el otro mundo y yo lo acompañaré muy pronto. Su historia y la mía se perderán para siempre.

*

Desde el día que los hombres de don Pedro se lanzaron a la matazón, la comida y el agua dejaron de llegar al palacio de Axayácatl. A cada momento, los platos se veían más grandes y la sed empezó a apretarle el gañote a los teules. Más de uno, sin que nadie lo viera, se bebió sus orines para aplacarse la hinchazón de la lengua. El hambre era su enemiga y el jinete de la peste llegó con ella. Un negro con la boca podrida se llenó de llagas y granos que supuraban el miasma de la muerte. Los blancos lo arrinconaron y lo abandonaron a su suerte mientras se ponían en la cara los trapos que trataban de detener los olores de la enfermedad. Ellos anhelaban las máscaras con largas narices, los ensalmos y las reliquias que podían alejar a la viruela.

Por más que lo deseaban, ellos no podían salir. El hambre y la peste los matarían sin que sus armas pudieran salvarlos. A pesar de los hombres de Narváez y los aliados indios, los teules perderían la vida si abandonaban el palacio. Su mundo se desmoronaba, los sueños de gloria e hidalguía huían ante los filos de obsidiana. Las tripas que gruñían y las pústulas del prieto comenzaron a derrotar al oro, las lenguas que se quebraban por la sequedad vencieron a la avaricia. Ellos ya sólo querían conservar la vida.

Los caballos rojos, negros y bayos galopaban entre las nubes. El blanco se había largado ante la certeza de la derrota. El ensotanado sólo hablaba de ellos, de las palabras de san Juan que anunciaban el fin del mundo. La puta de Babilonia, el dragón de siete cabezas y las trompetas del mal no abandonaban su boca. Ése era el pago por los pecados, por lo que hizo en la tienda de la fornicación, por los robos y las torturas, por las mujeres que dejaron este mundo con el sexo ensangrentado y los ídolos que aún quedaban en pie. El Demonio los había tocado y los teules tenían que pagar por sus caricias.

*

Mi hombre tenía que obligar a Montezuma a que hiciera algo para salvarlos. Las palabras de muerte volvieron y los hierros ardientes se mostraron ante sus ojos. El Tlatoani no tuvo más remedio que aceptar, su voz impidió que el hambre acabara con los blancos. Una palabra entrecortada fue suficiente para que desde Tlatelolco llegaran las petacas llenas de mazorcas. Cuando los tamemes las dejaron en el piso, don Hernando acarició sus granos, pero el miedo lo obligó a soltarlas.

Entonces llamó a uno de los aliados. El tlaxcalteca lo obedeció sin replicar. Le dijo que tomara una mazorca y la mordiera, sus ojos lo escrutaban para adivinar el efecto de las pócimas.

Nada pasó, y sólo entonces permitió que sus hombres se alimentaran.

*

El bramido de los jaguares quebró el silencio. Las flechas y las piedras se transformaron en lluvia y la muerte cercó el palacio.

El primer día, los teules resistieron. Los rayos de los cañones, los relámpagos de los arcabuces y las saetas de las ballestas impidieron que los soldados de Cuitláhuac llegaran a la puerta. Cuando llegó la noche, los ayes y los aullidos eran incontrolables. El maestre Juan cauterizaba las heridas y amarraba trapos para tratar de contener las sangres que no paraban. Las más de las veces sus esfuerzos eran en vano.

La oscuridad no trajo la paz. Las flechas, las lanzas y las hondas buscaban los cuerpos de los teules que se asomaban en las azoteas y la entrada del palacio. Todos tenían los ojos pelones. Aunque el sueño tratara de vencerlos, los blancos y sus aliados tenían que mirar para descubrir el avance de los mexicas. Esa noche, cuando el cansancio estaba a punto de derrotarlos, el ataque volvió con furia. Algunos de los guerreros jaguar llegaron a las terrazas y otros pusieron sus pies en la entrada. Ahí, cuerpo a cuerpo, los teules los enfrentaron a tajos y golpes; ahí, sin que nadie los defendiera, ellos se mataron hasta que el Sol se anunció en el cielo.

El Descarnado no tenía llenadero y los hombres búho invocaban a los nahuales y los horrores. Sus voces y sus cuerpos se adivinaban en las azoteas que rodeaban al palacio. Los arcabuces y las ballestas no alcanzaban a herirlos. El plomo y las flechas caían al suelo por el poder de sus maldiciones. La cruz que les mostró el ensotanado no pudo alejar a los demonios. Ellos querían sangre y anhelaban la muerte. Nosotros sólo buscábamos la salida en un laberinto sin puertas.

*

Don Pedro insistía en la huida, pero cada vez que las palabras salían de su boca, los guerreros de Cuitláhuac volvían a la carga. Parecía que los hechiceros adivinaban sus pensamientos y que los guerreros intuían el miedo que le carcomía los labios. Ninguno de los bravos de Tenochtitlan escucharía la rendición, ninguno bajaría las armas hasta que la carne de los enemigos llegara a su boca. Nada podía detenerlos. Costara lo que costara, ellos seguirían avanzando.

Los combates continuaban fuera y dentro del palacio. Cada una de las habitaciones y los corredores se llenaban con los muertos y los heridos que no conocieron la piedad. En los pasillos, los hombres se golpeaban con mazas y más de uno de los blancos se quitó el casco para estrellárselo en la cabeza a los atacantes hasta que sus huesos se quebraron para desparramar sus tripas. Ahí, mientras se revolcaban como los perros que pelean, los puñales y las manos en el cuello definían el volado de la vida y la muerte.

La derrota ya estaba a unos cuantos pasos.

*

Los días seguían sin que llegara la misericordia y sin que un milagro abriera los cielos. Los ruegos del cura y los teules habían perdido su sentido. Los guerreros de Cuitláhuac avanzaban inclementes. Una de las azoteas ya era suya y en los cuartos cercanos se escuchaban sus voces. Nuestro tiempo se agotaba, las rayas de nuestra vida estaban a punto de mocharse.

Y fue entonces cuando mi señor tomó la última decisión. Si el Tonatico lo había logrado, él haría lo mismo. Junto con sus hombres acorazados salió a la azotea con Montezuma. Él debía obligar a que sus guerreros se retiraran; a como diera lugar, el Tlatoani tenía que conseguir que les dieran una oportunidad para huir de la ciudad que ya había levantado los puentes.

Montezuma llegó a la azotea del palacio con el ruego en los labios y sus palabras se desmoronaron, las piedras y las flechas lo obligaron a retirarse. Los escudos de los teules apenas pudieron protegerlo. El Tlatoani estaba herido. La furia había borrado su imagen de los ojos de sus súbditos.

*

Cuando bajaron, mi hombre le gritó al matasanos que salvara a Montezuma. Los trapos y las manos nerviosas del maestre Juan llegaron a su cuerpo. Las heridas no eran graves, pero yo sabía que ya estaba muerto. Los gritos de los blancos que desenvainaron sus puñales no tenían sentido aunque mi amo los obligara a envainarlos.

Me acerqué, Montezuma me pidió agua pero no la bebió.

La imagen de la calaca que respondía al reflejo de su rostro lo obligó a alejarla de sus labios. Por última vez, la gruesa vena que rompía la lisura de su frente se mostró ante los ojos de todos.

De nada sirvieron los emplastos y los trapos. El Tlatoani estaba muerto, y ya no necesitaba sentir la lengua del Descarnado en su carne.

XXIV

El momento de huir había llegado. A nadie le importaba que los dados mostraran la peor de las tiradas y que los jinetes armados no se revelaran en las barajas que los teules pintaron en los trozos del cuero de un tambor desvencijado. Cada vez que los castellanos ponían la mano sobre el monte y pronunciaban las palabras "por lo que quiero saber", el as de espadas se mostraba ante ellos. A pesar de esto, los augurios de los blancos que conocían la voz del que no tiene sombra tenían que ser ignorados. Aunque la suerte nos diera la espalda, teníamos que hacer la última apuesta. Las alforjas se llenaron con los lingotes y las armas del trueno se retacaron con la pólvora y los plomos que nos abrirían paso. La situación era desesperada y no quedaba más remedio que jugarse el todo por el todo, el Dios crucificado sabía que las palabras de don Hernando sólo buscaban lograr lo que parecía imposible.

—Llévense el oro que quieran, por honra les pertenece —le dijo a sus hombres con tal de forzarlos a sentir el beso de la avaricia.

Ellos sonrieron y le agradecieron fingiendo valor. Pasara lo que pasara esos teules ya no serían unos muertos de hambre y estarían dispuestos a defender su oro con aceros y dientes.

Todo el día, los blancos y los tlaxcaltecas se alistaron. Sus mandamases discutieron hasta los últimos detalles de lo que haríamos. Nada, absolutamente nada podía quedar a la buena de Dios. El peso de los lingotes volvería bravos a los cobardes. La noche sería nuestro único escudo y las manos del santo Santiago nos protegerían de los endemoniados que acechaban en las sombras.

*

Las tinieblas llegaron al palacio de Axayácatl sin que las antorchas se encendieran para ahuyentarlas. La llama más tímida podía dar al traste con los planes. Mi amo estaba en la azotea. El silencio lo golpeaba mientras sus ojos trataban de escudriñar la oscuridad. El rayo que rasgó el cielo fue una bendición. Durante un instante, la blancura reveló la ausencia de los mexicas. Cuitláhuac y sus hombres apenas eran sombras que se ocultaban en la lejanía. Don Hernando besó su medalla milagrosa y la lluvia comenzó a caer hasta que las tímidas gotas se transformaron en torrentes.

Mi hombre bajó y miró a los suyos.

—Ahora —les dijo.

Su voz sonaba decidida, segura. Nadie sabía lo que pasaba por su alma.

Los teules y los indios comenzaron a salir del palacio. El ritmo de las gruesas gotas era lo único que se escuchaba. Los gritos que llamaban a la batalla estaban mudos. Las patas de los caballos se miraban cubiertas con trapos y todos tenían las armas en la mano.

Comenzamos a avanzar hacia los puentes. Uno de ellos, el que parecía más corto y cercano se revelaba como un rayo de esperanza. Cada una de sus maderas se transformaba en el clavo ardiente del que debíamos sujetarnos.

Durante varias calles seguimos adelante sin que nadie se acercara. Las vías cerradas con escombros parecían conducirnos hacia el camino anhelado. Las luces de Tlacopan eran nuestro asidero. La huida estaba al alcance de nuestras manos. El Matamoros había hecho un nuevo milagro.

Los hombres que cargaban el cadáver de Montezuma iban junto a nosotros. Don Hernando estaba seguro de que el cuerpo del Tlatoani nos daría una última ayuda. Cuitláhuac bajaría las armas con tal de recuperarlo para entregarlo al fuego que lo llevaría a los cielos. A pesar de todo, el Señor de Señores merecería la última honra, sus cenizas tenían que reposar en algún lugar del gran teocalli.

Poco a poco, la confianza empezó a sonreírnos. Sus labios eran tímidos y apenas se le notaban en el rostro. La diosa Fortuna con su rueda todopoderosa nos daba la oportunidad de verlos desde arriba. Abajo, en el suelo polvoso que destruye la esperanza, estaban los guerreros mexicas que no alcanzaban a herirnos con sus miradas. Cuitláhuac y sus bravos quizás habían decidido que podíamos largarnos sin derramar una gota de sangre. Tal vez, la envejecida promesa de Moctezuma aún tenía valor, y ellos nos dejarían llegar a la costa para largarnos con las alforjas llenas y la cola entre las patas.

Nuestros pasos se sentían seguros y la cercanía del puente iluminaba las miradas.

*

El hombre que señaló el camino hacia el pontón no pudo gritar de felicidad. Las flechas le desgarraron la vida y los aullidos de la guerra devoraron sus últimos lamentos. En todas las calles que nos rodeaban y desde todas las azoteas, los mexicas nos atacaban. Las gotas, las piedras y las flechas se fundieron en una lluvia implacable. El plan de mi amo había fracasado, ni siquiera tuvo tiempo para ordenar que los hombres levantaran el cuerpo de Moctezuma para que los guerreros de Cuitláhuac bajaran las armas. Ninguna de sus palabras podía ser escuchada.

El peso de los lingotes y los pertrechos alentaban nuestros pasos. Algunos, los que estaban más cerca del puente, abandonaron lo que cargaban y huyeron sin detenerse a mirar lo que ocurría a sus espaldas. La vida valía más que todo el oro del mundo.

Los mexicas nos habían alcanzado. El choque de los escudos y las armas se apoderó del universo. Su fragor silenciaba los gritos de dolor y las voces que pedían un milagro. Dios nos había abandonado, nuestros pecados tenían que ser castigados.

Con el poco valor que les quedaba, los teules que iban en la retaguardia trataron de detenerlos, pero el tiempo que tardaban en volver a cargar sus arcabuces los entregó a las armas de los enemigos. Las saetas y las mazas eran más rápidas que el fuego y el plomo. Por más acero que les cubriera el cuerpo, no pudieron contener la furia de los guerreros. Las mazas quebraban los cascos, los cuchillos les rajaban el pescuezo y las lanzas se les encajaban en las tripas hasta que la sangre se transformaba en vómito. Uno de ellos, que apenas estaba protegido con una coraza de algodón, sintió el filo de las navajas que lo degollaron con un solo tajo. Los ojos abiertos de esa cabeza miraban nuestro destino. El Descarnado sólo se lamía los dientes por la escabechina.

*

Mi hombre y yo huimos hacia el puente.

Los golpes que le dábamos en los ijares a nuestras monturas eran desesperados y los fuetazos que les marcaban el cuero eran la única esperanza que nos quedaba. Los blancos que cargaban el cuerpo de Montezuma lo dejaron tirado al borde de la laguna. Ahí se quedó, manchado de lodo, olvidado para siempre. El zumbido de las flechas opacaba la lluvia y los gritos de los mexicas silenciaban los truenos.

Cabalgábamos sin voltear atrás. Un solo movimiento de cabeza nos convertiría en piedra. Si don Hernando se hubiera atrevido a girar su rostro, se habría transformado en una estatua de sal. El castigo del Crucificado jamás debe mirarse.

Huimos como los perros y milagrosamente cruzamos el puente.

Los que tenían la avaricia enroscada en el corazón no se salvaron, las aguas los devoraron. El peso del oro y la plata los entregaron a los ahuizotes que se escondían en la laguna para matarlos. Ninguno llegó a sentir el fondo cubierto de lama, los dientes y las garras de esas bestias les arrancaron la vida antes de que pudieran invocar a la Virgen.

*

Nuestros pasos no se detuvieron hasta que llegamos lejos y los aullidos de los mexicas se trocaron en un murmullo que nos amenazaba con transformarse en un eco incesante. Tenochtitlan era una sombra, una negrura inmensa que se recortaba por la luz de la Luna.

Ahí estábamos, los vivos y los heridos, los que pronto se irían al Infierno y los que sabían que el Cielo era impasible. Mi hombre se sentó y se recargó en un árbol. Nada quedaba de sus sueños, todo lo había perdido en un instante. En ese lugar se quedó hasta que la lluvia se fue para otro lado y el Sol se asomó. Aunque quisiera, ya no tenía caso preguntar por los caídos, cientos de teules y tlaxcaltecas se quedaron en el camino. Su rescate era imposible. Nada de lo que pudiera ofrecerle a Cuitláhuac podía cambiar su destino.

La imagen de sus aliados y sus amigos no se salía de su cabeza y el ruido de las mandíbulas de los mexicas que los devoraban le taladraba las orejas. La derrota lo había alcanzado, ahora sólo le quedaba la posibilidad de salvar lo poco que le quedaba. La yegua que cargaba su oro pastaba cerca de él.

Yo lo vi cuando se levantó y caminó hacia ese animal. Sus manos desanudaron las correas de las alforjas y se internaron

193

en el cuero para sentir el frío del metal. Por más que tocó los lingotes, la luz no volvió a su mirada.

*

No había tiempo para lamerse las heridas. Los guerreros de Cuitláhuac y las fuerzas de los aliados de Tenochtitlan se acercaban. A cada instante, sus pasos invocaban al Huesudo. Con los cuerpos dolidos y las heridas apenas cubiertas con los jirones de nuestra ropa continuamos la marcha. Sólo algunos suertudos lograron que el maestre Juan les diera unas puntadas para detener la sangre. Mi hombre tenía la mano herida, pero se negó a que el maestre le arreglara los huesos. Nadie debía mirarlo con las marcas del matasanos, él debía mostrarse como alguien que aún podía enfrentarse a cualquiera.

A como diera lugar teníamos que llegar a Tlaxcallan. Allá, entre la miseria y las tortillas delgadas podríamos recuperarnos si el viejo Xicoténcatl no nos daba la espalda. Don Hernando confiaba en que la vida del hijo del soberano era suficiente para abrirnos las puertas de la ciudad. El momento de la venganza en contra del joven que osó desafiarlo aún no llegaba.

*

Llegar muy lejos era imposible. Las tropas de Cuitláhuac nos pisaban los talones. Aunque abandonábamos a los muertos a la buena de Dios, los heridos alentaban nuestros pasos. El Descarnado impulsaba a los mexicas. Lo único que nos quedaba era una acción desesperada. Antes de llegar a Otumba, mi hombre ordenó que la marcha se detuviera. Los heridos más graves quedaron detrás de la delgada línea de escudos y los jinetes desenvainaron sus armas.

Ante los ojos de los teules el horizonte comenzó a poblarse; sólo Dios sabe cuántos enemigos se acercaban. Los miles estaban frente a los cientos maltrechos.

—Es el todo por el todo —le dijo mi amo al Tonatico.

Don Pedro apenas asintió mientras apretaba la empuñadura de su espada. La posibilidad de una sorpresa había muerto antes de nacer. Huir también era imposible.

Los caballos comenzaron a andar al trote y don Hernando levantó su arma antes de dar el grito de guerra.

—¡Por Santiago! —aulló y los cascos hicieron que la tierra retumbara.

Los guerreros aztecas se lanzaron en contra de los jinetes. El choque contra las bestias acorazadas abrió una zanja en sus filas. Las espadas se estrellaban contra los escudos y rajaban las corazas de algodón. La sangre dejaba tintos a los teules. Cada muerto que caía tenía los signos de la venganza que no encontraba sosiego, cada herida que los salpicaba era cuenta que apenas se pagaba.

El Dios de la ira era el dueño de las almas de los teules.

El valor de los blancos era la certeza de su muerte.

La batalla no fue muy larga, en la primera embestida de los jinetes ocurrió un milagro. Uno de ellos mató al jefe de las tropas mexicas y le arrebató su estandarte. Los guerreros de Cuitláhuac se retiraron. Don Hernando juraba por todos los santos que los enemigos huyeron por el miedo, pero yo estaba segura de que no querían perder más hombres. Un ejército descabezado no puede triunfar en la batalla. Sin embargo, el tiempo de su venganza ya estaba marcado: después de que alimentaran a los dioses, los mexicas y sus aliados seguramente se lanzarían en contra de Tlaxcallan para aniquilar a sus enemigos. La profanación de Tenochtitlan no podía ser perdonada.

XXV

Cuando por fin pudimos tocarla, la muralla de Tlaxcallan hizo que el alma nos regresara al cuerpo. Las largas maderas puntiagudas y las piedras unidas nos abrieron las puertas del Cielo. El camino había sido terrible y muchos teules no llegaron a contemplar la tierra prometida. No pocos de los indios que nos acompañaban también se fueron al lugar de donde jamás se vuelve. El Descarnado les encajó su lengua de navaja en las tripas mientras la sangre se les salía por la boca. Los vómitos colorados que se entretejían con las oscuras melenas de los coágulos señalaban su fin. A cada paso que dábamos, alguien se quedaba tirado sin que nadie se preocupara por tenderle la mano. Los zopilotes nos acompañaban en el camino y las ansias de sobrevivir estrangularon la piedad. Un instante perdido o un pie lento decidían su vida o su muerte. Lo que pasó no puede negarse, el recuerdo de las desgracias y los abandonos se transformó en las telarañas que brotaron en el hígado de los sobrevivientes. Los blancos y los indios ya no podían ser los mismos después de esa marcha.

Las líneas de humo que anunciaban los fogones de la ciudad llenaron de lágrimas a los teules. Pasara lo que pasara, la vida era una posibilidad que estaba al alcance de sus manos. Dos de ellos se hincaron y levantaron la vista al cielo mientras sus brazos se extendían para darle gracias a sus dioses y prometer lo que jamás cumplirían. Un pecado lleva a otro pecado y las almas se pierden con el primero que se comete. El Crucificado, si es que los miró, apenas pudo burlarse de sus poses y sus falsos arrepentimientos. Lejos de sus tierras, ellos olvidaban lo que estaba mandado: las muchas mujeres que tendrían como esclavas, las vidas que cegaban y las ansias de oro pronto borrarían las palabras que pronunciaron en vano.

Yo los miraba y sólo podía contemplar a don Hernando para tratar de adivinar mi destino.

*

Sin grandes ceremonias, el viejo Xicoténcatl nos permitió la entrada a la ciudad y sus hombres empezaron a curar a los heridos; por más que quisiera, el maestre Juan no podía darse abasto. Más de uno de los teules rengueó hasta el final de sus días, y varios quedaron marcados por las cicatrices y las amputaciones. Los dedos de don Hernando no recuperaron su antiguo movimiento, la herida que jamás sanó se convirtió en el eterno recuerdo de su derrota.

La imágenes de esos momentos están labradas en la piedra de mi corazón: dábamos lástima, muchos llegaron a Tlaxcallan sin otra cosa más que lo vestido. Mientras avanzaba en sus calles, el lodo de mi huipil y las desgarraduras de mi enredo sólo mostraban mi desgracia. Yo no podía mostrarme como la doña y mi lengua tampoco podía derrumbar las murallas. La actitud de mi hombre tampoco valía. Por más que tratara de pavonearse, todos sabían que los mexicas nos habían vencido y que el camino quedó oscurecido con las sombras de los muertos.

A pesar de la derrota en Tenochtitlan, los hechos de Otumba aún le daban algo de confianza al soberano ciego. Con un poco de suerte, su apuesta no estaba del todo perdida. Según él, los blancos quizás eran capaces de vencer a los mexicas y por eso valía más tenerlos de su lado; pero, si los teules ya estaban quebrados para siempre, se los podría entregar a Cuitláhuac a cambio de una larga tregua. Don Hernando y los blancos tal vez valían lo mismo que la sal y las mazorcas que desde los tiempos de Montezuma no llegaban a Tlaxcallan. La santísima Virgen es testigo de que sus acciones no estaban marcadas por la piedad, el cacique ciego era el titiritero que guiaba las acciones de mi hombre.

En esos momentos, mi lengua apenas podía seguir las palabras de don Hernando. El cuerpo me dolía y mis almas eran grises como las sombras que se deslavan por los males que provocan los hechiceros. Todo estaba perdido y el sueño de ser más grande de lo que debía terminó en un bacín.

Sin oponer resistencia me dejé llevar. Las mujeres que me acompañaron al temazcal me sabían agotada. Esa tarde, los dioses se apiadaron. El humo aromático y las hierbas con las que frotaron mi cuerpo empezaron a sanarlo. La fiebre del camino apenas alcanzó a rozarme con sus temblorinas.

Una de esas mujeres me miraba.

Yo no era como ella. En esos días, por infaustos que hayan sido, ya me había transformado en el ser doble que era palabra y espada, yo era la dualidad que se mostraba como hombre y mujer. Ella, al igual que muchos otros, sabía que don Hernando y yo éramos una sola criatura. Nuestra derrota y los horrores del camino no le entraban en la cabeza.

—¿Volverán a Tenochtitlan? —me preguntó con una voz casi miedosa.

El cansancio no me dejó pensar.

—No lo sé, estamos vencidos —le respondí sin darme cuenta de que la verdad se mostraba en mis labios.

*

Mis palabras se transformaron en los vientos que llegaron a los oídos del viejo Xicoténcatl. Por más que las mujeres nobles hubieran sido penetradas por los hombres de confianza de mi amo, la alianza con los teules quizá nada valía. Los niños que pronto les brotarían del cuerpo ya no tenían importancia. Cada una de las letras del "estamos vencidos" revelaba lo que sólo tenía que ocultarse. En este momento no tiene caso mentir, el Descarnado me mira y mi lengua no puede torcerse: delante del soberano ciego apenas se abría un camino, tenía que pulsar a los blancos, sólo así podría descubrir si sus almas no estaban irremediablemente quebradas.

*

Poco a poco, los días comenzaron a aluzarse. El viejo Xicoténcatl era paciente y tenía al tiempo de su lado. Los teules se reponían mientras los armeros reparaban los hierros maltrechos. Algunos de los blancos fueron y vinieron a la montaña humeante para traer el polvo amarillo que invocaba los rayos. Los cuerpos heridos no podían posponer la necesidad de armarse.

Mi hombre —después de que se pasó varias lunas en la cama que le construyeron con unas maderas casi lisas— comenzó a recuperar su talante. A él ya no le importaba que las riquezas que debía entregarle a su rey se hubieran perdido en la huida, el caballo que cargaba su oro había llegado a Tlaxcallan. Las cuentas que entregaría a su soberano podían dejarse de lado hasta que la suerte le cambiara. Tenochtitlan valía mucho más que todas las riquezas que habían robado en el palacio de Axayácatl.

Los designios del Todopoderoso siempre son incomprensibles, él sólo tira los dados en un juego enloquecido. Quizá por eso, la diosa Fortuna terminó por compadecerse de las desgracias de don Hernando. Los hombres que mandó a la costa con el Jesús en la boca volvieron con buenas noticias: los teules que aún seguían allá no habían sido atacados y el camino no ocultaba una celada. La ruta de la huida o del milagro apenas peligraba. La Vera Cruz podía protegerse y convertirse en el lugar donde podrían refugiarse hasta que las velas de una de sus naos se miraran en el horizonte.

*

El mandón de Tlaxcallan hablaba con él. Cada vez que se encontraban insistía en tocarlo. Sus manos podían sentir cómo cambiaba el espíritu de don Hernando.

Casi siempre se quedaba callado y apenas se olisqueaba los dedos para tratar de descubrir el olor del miedo. Sus ojos nublados se quedaban fijos en el rostro de mi hombre. El momento de jugar la carta definitiva aún no llegaba.

*

—Los amigos se ayudan, los que abandonan a los que les tienden la mano sólo son unos cobardes —le dijo el anciano ciego una mañana.

La voz del cacique sonaba cavernosa, sus palabras no ocultaban las amenazas.

—Yo lo sé —le respondió mi hombre con ganas de llevar la fiesta en paz—, favor con favor se paga.

El viejo Xicoténcatl sonrió y las arrugas de su rostro lo transformaron en una mueca, en una calavera apenas cubierta con el cuero colgante.

—La gente de Tepeaca nos amenaza, éste es el momento en que ustedes deben mostrar que no están vencidos… si algo les queda en el hígado tienen que mostrarlo —susurró el mandón.

Aunque la duda del anciano ciego le ardiera a don Hernando, sus palabras no podían ser desobedecidas.

Mi hombre asintió con un movimiento de cabeza que mi lengua transformó en palabras.

Había que volver a la guerra y, a pesar de todo lo que había ocurrido, mi amo se sentía complacido. Algo bueno habría de

201

salir del combate. Si lograba controlar Tepeaca, el camino a la costa quedaría absolutamente libre. Ninguna sombra se interpondría entre sus hombres y las grandes aguas.

*

La gente de Tepeaca no resistió el ataque de los teules. A pesar de las heridas que aún no sanaban, los hombres de mi amo demostraron su bravura. Cada cuerpo que caía era una manera de vengarse de lo que había ocurrido la noche maldita. Poco importaba que ellos no fueran mexicas, alguien debía pagar y ellos lo hicieron.

Ese día, los guerreros del soberano ciego no se mancharon las manos en el combate, apenas se dignaron contemplar la batalla con los ojos atentos para tratar de medir a los blancos. Y, sólo al final, cuando las llamas todavía eran las dueñas de la ciudad, entraron sin que nadie se les opusiera.

Mi amo y el ensotanado volvieron sobre sus pasos. No querían mirar los cuerpos tasajeados y masticados. La alianza tenía un precio y ellos tenían que pagarlo aunque sus almas ardieran en el Infierno.

XXVI

Después de la matanza, el viejo Xicoténcatl no tuvo tiempo para dudar. El juego con un as bajo la tilma ya no tenía sentido: don Hernando jamás podría ser entregado a los mexicas y más le valía amacizar la alianza con los teules. Aunque los cadáveres de Tepeaca apenas pudieran mirarse como una muestra del poder de los blancos, lo que ocurría en las costas era más peligroso que una ciudad incendiada. Las palabras sobre los tesoros de Montezuma habían cruzado las grandes aguas. Allá, en las islas, los blancos inventaban historias para hacerse a la mar y sumarse a las tropas de mi amo. Ninguno sabía de la noche maldita en la que fuimos diezmados, todos podían jurar que los pendones del rey invisible estaban a punto de ondear sobre los teocallis de Tenochtitlan.

La duda no tenía cabida en el alma de esos teules. Si querían una parte del botín debían apurarse y retacar las embarcaciones con todo lo que pudieran para lograr que mi hombre triunfara. Las armas del rayo y los toneles de pólvora, las espadas que aún brillaban y las ballestas recién aceitadas se escondían en el vientre de los barcos mientras sus pilotos juraban que tomarían otro rumbo. La Vera Cruz no estaba marcada en sus cartas de marear, sus destinos eran una mentira que buscaba los vientos que llevaban a otras costas. La fama de que mi señor sabía recompensar a los suyos también atravesó el mar en las naos que parecían cáscaras de nuez o en las embarcaciones que mostraban en sus costados las bocas de fuego.

Dios lo sabe: en esos días, las velas se hinchaban con los vientos de la codicia.

*

Cuando las lluvias empezaron a asomarse, los teules que recién habían desembarcado llegaron a Tlaxcallan. Eran como las hormigas que abren la marcha que anuncia la larga fila de tenazas dispuestas a devorar lo que encuentran a su paso. Los primeros apenas eran unos pocos y apenas traían un par de monturas, después se les sumaron los que vinieron por su voluntad y los que fueron golpeados por las olas y los vientos. El tiempo de los nortes nos bendecía. Cada nave que se hundía o que quedaba herida en las cercanías de la Vera Cruz nos daba su tributo. A diferencia de los blancos con los lomos recios y armas dispuestas, los náufragos estaban enflaquecidos y marcados por los males. Ellos eran los panciverdetes que aceptaban lo que fuera con tal de no ser abandonados a su suerte. En sus manos, una lanza de los tlaxcaltecas era idéntica al madero que podía salvarlos de las olas hambrientas.

El número de monturas creció hasta que casi sumaron una centena; las armas de trueno también crecieron. Junto a los falconetes desvencijados que sobrevivieron a la noche maldita se miraban los que cruzaron las aguas y que aún no tenían las marcas del combate. Más de una iglesia se quedó sin campana con tal de sanar la codicia de los blancos. Cuando los tocaba, las bocas ardientes por el Sol me revelaban sus ansias de sangre. La armas de fuego esperaban el badajo de la lumbre que llamaría a sus diablos.

Sin que nadie metiera las manos, la derrota que sufrimos en Tenochtitlan dejó de serlo; a fuerza de ser repetido, su recuerdo se transformó sin que a ninguno de los teules le preocupara la verdad. Esa desgracia ya sólo era una prueba que el Dios de los blancos le impuso a don Hernando. El nuevo Moisés tenía que enfrentarse a los escollos para rescatar a la gente de la adoración del Diablo.

*

Mi hombre volvió a ser el que era. En las noches, sus almas se confesaban después de que aflojaba la presión de mis piernas. Cuando la humedad de mi cuerpo aún no se borraba de su carne, su voz se volvía suave y memoriosa. Sus sueños de riqueza y blasones eran un murmullo incesante. Sus palabras se entreveraban con los recuerdos de las mujeres que lo esperaban del otro lado del mar. El aroma de la esclava negra que le dio un hijo y la blancura de la piel de Catalina brotaban de sus labios. Ellas, aunque ninguno de sus hombres lo supiera, estaban tatuadas en sus almas.

—¡Quién fuera como Montezuma para tener a todas las mujeres que se desean! —me decía como si estuviera rezando.

Yo lo escuchaba en silencio, en mi cabeza sólo revoloteaban las palabras.

Don Hernando quería sentarse en el trono cubierto con pieles de jaguar, y yo pensaba en el lugar que me tocaría. Las mujeres de los tlatoanis también tienen jerarquías. La Xuárez quizá sería la primera, la carne en la que se dibujan los ríos azulados siempre es mejor que la prieta. Ella era la única que le ofrecía a mi hombre la posibilidad de lograr la paz con su viejo patrón. Los lazos de amistad que unían al mandamás de la isla con esa familia lo obligarían a perdonar la traición de don Hernando.

Después seguiría yo y, al final de la cola, estaría la negra. Ella era una esclava y yo era la lengua de mi hombre. Un animal oscuro no puede igualarse a la mujer que derrumbó las murallas. Los lugares estaban dados y el pasado nunca volvería a alcanzarme. El recuerdo de la tortilla dura que embarraba en las ollas jamás regresaría para marcarme las costillas. Yo sería la doña, la segunda, la casa chica que se mira desde las ventanas de la casa grande.

Soñar no me costaba nada y sólo avivaba mis deseos. Mi cuerpo dispuesto volvía a incendiarse y atrapaba a mi hombre para grabarle el lugar que me correspondía.

*

La preparación de la guerra continuaba con el ritmo de los martillos y el cuidado de las manos que mezclaban los polvos del trueno. Las chispas que brotaban de los yunques atizaban el fuego de las almas que se volvían tan rojas como las espadas que chillaban cuando las sumergían en aceite.

Los tlaxcaltecas y los teules que se acercaban a Tenochtitlan siempre volvían con las noticias que anhelaba mi amo. Los caminos que llevaban a nuestro campamento no habían sido pisados por los bravos de Cuitláhuac y sus aliados. Ellos nos esperaban y transformaban su ciudad en una fortaleza que se soñaba inexpugnable. Aquí y allá levantaron palizadas con puntas amenazantes y, en las entradas de los puentes, las piedras se colocaron para formar murallas. En sus puentes, los cortes buscaban impedir el avance de cualquier atacante. Por más que lo desearan, los ojos de los enviados de don Hernando no podían llegar muy lejos, pero ellos estaban ciertos de que, en los arsenales del Tlatoani, las flechas y las lanzas se acumulaban mientras las manos lascaban las piedras para crear puntas mortales.

Los panciverdetes de don Hernando no eran como los hombres búho cuyas almas pueden volar o transformarse en los animales que no levantan sospechas. Por eso no pudieron verlos y las palabras de lo que ocurrió jamás llegaron a sus labios. Sin embargo, su silencio escondía la certeza de que los teules que fueron capturados por los mexicas entregaron sus corazones en los altares. Los pechos abiertos, las cabezas que ensartaron en los tzompantli y los cuerpos que le entregaron su piel a los guerreros y los sacerdotes eran tan importantes como las murallas. Los dioses no podían darle la espalda a Tenochtitlan.

*

Los ojos de los teules no tenían reposo, sus orejas estaban atentas a todos los rumores y las verdades que llegaban desde la laguna. Poco a poco, las palabras rectas comenzaron a mostrarse: una plaga se adueñaba de Tenochtitlan. El caballo bayo del Apocalipsis caminaba en sus calles. La gente se llenaba de bubas y los hombres búho nada podían contra ellas. Las fiebres y el pus mataban a todos los que alcanzaban sin que los ensalmos y los talismanes pudieran vencerlos. Nadie estaba a salvo. Cuitláhuac también se encontró con el Descarnado mientras sus ojos miraban a la nada.

Mi hombre los oía y la sonrisa se mostraba en su rostro. Con gran cuidado se acariciaba los dedos que se le engarrotaron en la noche funesta.

—Dios y Santiago castigan a los diableros —les dijo a sus hombres con la seguridad de que sus palabras llegarían a todos los oídos del campamento.

Ninguna señal del Cielo podía ser ignorada.

*

A pesar de la peste, don Hernando sabía que sólo le quedaba una oportunidad para cubrirse de gloria. Las desgracias de la oscuridad endemoniada no podían repetirse, en el fondo de su alma sabía que la prueba de Dios sólo había sido una derrota. El pasado no podía convertirse en futuro; por eso, él entraría a Tenochtitlan cuando la muerte caminara por sus calles y se hubiera apoderado de todas las chinampas. Antes de que sus pies la tocaran, no debía quedar piedra sobre piedra y las aguas de la laguna se mirarían enrojecidas. Mi hombre ya no caería en la trampa de las palabras dulces que abrían las puertas. Las ratas y los zopilotes debían ser los únicos testigos de su victoria.

El destino de la ciudad que flotaba en el lago estaba decidido. El avance de los teules y sus aliados sería lento, muy lento. Sus pasos debían amedrentar y sus sombras se volverían más negras con las vidas que cegaran. Cada uno de los pueblos que apoyaban a Tenochtitlan sería presa de las llamas y sus hombres debían terminar colgados de los árboles y con las tripas de fuera. Los que tuvieran suerte tendrían una marca achicharrada en la cara y se convertirían en esclavos. La G que el hierro les labraría era el signo de la guerra implacable.

Todas las alianzas de los mexicas debían quebrarse, ningún alimento podría llegar a manos de Cuitláhuac. El sitio sería terrible y nosotros teníamos que apoderarnos de las aguas y las tierras.

*

Los montes cercanos a Tlaxcallan comenzaron a quedarse pelones. Las hachas derribaban los árboles más gruesos y sus troncos sin ramas eran jalados por los tamemes. Las líneas que trazaban en el suelo eran las señales del camino que llevaba a la gloria. Los carpinteros que vinieron de las islas unían los tablones y cubrían sus delgados huecos con brea y trapos. Las naos tenían que resistir el peso de los falconetes que vomitarían muerte sobre Tenochtitlan y sus embarcaciones.

Mientras las naos se alistaban, los graneros comenzaron a llenarse; las mazorcas, los chiles y los granos se acumulaban. Los teules no estaban dispuestos a pasar hambres, ellos sólo rechazaban las semillas de huautli que les parecían endemoniadas. El recuerdo de los pequeñísimos granos ensangrentados los convertía en alimento del Diablo. Los hombres de Tlaxcallan y Huejotzingo también se alistaban: las navajas que dividían las plumas, las delgadas cuerdas que ataban las puntas y las mazas donde se ensartaban los filos de obsidiana se acumulaban en los almacenes del viejo Xicoténcatl.

Día a día, los hombres que se unían a la guerra contra los mexicas llegaban a nuestro campamento. Los blancos y los morenos se entretejían aunque sus corazones los separaran: don Hernando se soñaba el nuevo tlatoani, el cacique ciego estaba seguro de que su poder sería inmenso, los teules se relamían los labios al imaginar el oro, y la gente de los pueblos anhelaba quitarse de encima a los mexicas.

Todos tenían una razón y ninguna era la misma.

*

Aunque todo marchaba como Dios lo mandaba, las nubes de la traición comenzaron a verse. Algunos teules ya no querían seguir adelante, ellos exigían regresar a las islas. Su lealtad con el antiguo patrón de mi hombre se mantenía firme y el recuerdo de las armas de los mexicas les retorcía las almas. Don Hernando los escuchó y les permitió largarse sin pensarlo dos veces. Valía más que no estuvieran a su lado en el momento definitivo. La posibilidad de guerrear contra los suyos y los mexicas era inaceptable.

Los fieles al mandamás de la isla recibieron un barco y se largaron sin llevarse un solo lingote.

—Los cobardes no merecen nada —les dijo delante de todos los teules.

Ninguno de los teules los apoyó, todos sabían que su parte del botín se había engrandecido. Y algunos se apoderaron de las armas que no pudieron llevarse. Los que apenas tenían un garrote comenzaron a sentir el peso y el olor del acero.

*

Cuando las velas de la nave se hincharon, el alma de mi amo recuperó la paz, pero no por mucho tiempo. En el campamento, las maledicencias se arrastraban como las serpientes y los amigos de su rival que se quedaron estaban dispuestos a matarlo.

209

El mandón de la isla se adivinaba detrás del puñal que anhelaba su carne.

El tiempo de la venganza volvió sin miramientos. Los que deseaban su muerte fueron capturados y engrilletados. Uno de ellos besó al Huesudo delante de las tropas, los demás se hincaron para suplicar clemencia.

La lenta muerte era un ejemplo que no podían ignorar.

Mi amo los perdonó, pero su destino sería implacable: ellos serían los primeros que entrarían en combate. Los mexicas cumplirían la sentencia que don Hernando le dictó al escribano.

*

El día anunciado llegó. Mi hombre abría la marcha y tras él se miraban sus pendones. Los tambores de los teules redoblaban y los caracoles de los tlaxcaltecas zumbaban para llamar a sus dioses. El tiempo era perfecto y ninguno de los rituales quedó pendiente. El cura había mojado a los soldados mientras los teules coreaban los rezos al santo Santiago:

> Las armas victoriosas del cristiano
> venimos a templar
> en el sagrado y encendido fuego
> de tu devoto altar.

Ellos no fueron los únicos que invocaron a los dioses. Los altares de Tlaxcallan estaban ensangrentados y sus guerreros sintieron el acre sabor del hígado de los prisioneros que entregaron sus vidas.

Mi amo los dejó hacer y con una mirada desterró al ensotanado de los templos. Dios y el Diablo tenían que estar de su lado.

*

Nadie se atrevía a cerrarnos el paso y la verdad murió asesinada cuando nos adentramos en los caminos. Los pueblos incendiados y los cadáveres nacían por todas las causas: las viejas rencillas con Tlaxcallan y Huejotzingo se trocaron en baños de sangre y los aliados de Cuitláhuac tuvieron el mismo destino. Si los teules hubieran tenido suficiente sal, la habrían regado en los campos después de que incendiaron las milpas. El Dios de la venganza estaba de su lado. Todas las noches, antes de tomarme, mi hombre murmuraba la misma plegaria: "Y ejecutaré contra ellos grandes venganzas con terribles represiones; y sabrán que yo soy el Señor cuando haga caer mi venganza sobre ellos". Y, cuando sus palabras se volvían mudas, me mostraba su naturaleza tiesa, enhiesta por los rezos.

Don Hernando se sentía todopoderoso. Mi amo se soñaba capaz de ordenarle al Sol que detuviera su camino hasta que las murallas se derrumbaran y las matanzas terminaran; él creía que los arcángeles bajarían del Cielo para enfrentarse a los enemigos con sus espadas de fuego y los rayos que destruirían los templos de los infieles. Delante de él, las aguas de la laguna de Tenochtitlan se abrirían para dejar pasar a los guerreros de Dios que derrotarían a los diablos y los infieles.

Yo lo veía y sabía que su silla cubierta con una piel de jaguar era la imagen del teul que se soñaba tlatoani.

*

Cuando la laguna de Tenochtitlan ya estaba cerca, las fuerzas de mi hombre se dividieron. La inmensa serpiente que llegaba al horizonte comenzó a rodear el valle. Conforme avanzábamos, los pueblos abandonados nos salían al paso. Las cosechas que aún no maduraban ya se habían levantado y las plantas tiernas estaban arrancadas. Las casas estaban solas y muchas apenas eran tizones.

La gente huía a todas partes. La peste y la venganza de los teules guiaban sus pasos. Algunos caminaban hacia la ciudad de Cuitláhuac para pedir clemencia y dormir como perros en las calles mientras invocaban a los dioses para alejar a las bubas; otros buscaban los caminos que desembocaban en los lugares donde vivían algunos de los suyos y, unos más, fingiendo lo que no eran, trataban de sumarse a nuestras huestes.

Ninguno de ésos logró su cometido. Las miradas de los tlaxcaltecas los descubrían y la muerte los devoraba. Los cuerpos rajados se quedaban en las orillas de las veredas para advertir el precio de la mentira.

*

A cada paso que dábamos el mundo se volvía distinto. Tenochtitlan no sería un hueso fácil de roer. La resistencia nos amenazaba con hacerse más fuerte. En su ciudad, los xochimilcas nos esperaban y estaban dispuestos a jugarse el todo por el todo. Los combates se dieron en las aguas y en la tierra. Las canoas de los mexicas y los lugareños estaban colmadas de arqueros, y los guerreros de a pie no daban un paso atrás.

Las naos que se construyeron en Tlaxcallan decidieron la batalla. El fuego de los falconetes se apoderó de las embarcaciones de los enemigos o las hizo estallar con la furia del metal que todo lo raja. Todos los que cayeron a la laguna fueron muertos con las picas de los teules. Ninguno debía salvarse, las aguas debían volverse tintas antes de que la ciudad cayera.

Cuando mi hombre cargaba contra los xochimilcas, su caballo cayó desmayado. Una bestia como el *Romo* no estaba hecha para las batallas. Los guerreros indios lo rodearon para apuñalarlo, pero el santo Santiago abrió los cielos para que llegaran los teules de Cristóbal de Olea. Las estocadas y los plomos acabaron con los bravos, aunque el salvador de mi amo quedó herido. Tres cuchilladas le rajaban la piel y cada una de ellas fue sanada con una promesa de oro.

A pesar de los afanes de sus defensores, Xochimilco cayó y el fuego se adueñó de ella. Los teules entraron en su calles cuando las llamas aún no se apagaban. El fuego era su guía, ninguna mujer salvó su pureza. Las tiernas, las maduras y las viejas fueron profanadas sin miramientos.

Mi hombre no hizo nada para detener a la soldadesca. Esas mujeres eran parte del botín y sus hombres tenían derecho a poseerlas. Los más bravos se quedaron con las que les parecían más hermosas, a ninguno le importó que su cara quedara marcada con el hierro ardiente. Su propiedad tenía que distinguirse de las otras.

XXVII

Los golpes de los marros que se estrellaban contra las piedras anunciaban preparativos para la batalla. Las paredes de cal y canto que llevaban agua a Tenochtitlan fueron derribadas después de varios intentos y cuatro tronidos que las fracturaron como si fueran los huesos de un anciano. Costara lo que costara, el acueducto de Chapoltepec tenía que ser destruido. Las palabras de los hombres búho tenían que convertirse en realidad: en Tenochtitlan y en sus cercanías no debía quedar piedra sobre piedra. El plan de mi hombre era preciso: la peste, el hambre y las lenguas hinchadas por la sed habrían de ser invocadas antes de que las espadas se desenvainaran y los falconetes vomitaran fuego.

A cada porrazo que escuchaba, mi amo se sentía seguro de que se adueñaría del tiempo y las tripas de los mexicas. Si las armas y las embarcaciones no lograban vencerlos, las lenguas ansiosas y las ratas hambrientas que se anidarían en los vientres de sus enemigos le entregarían la ciudad. Después de que llegaran los días de miseria, un saco de maíz y una jícara llena de turbiedades bastarían para que los mexicas suplicaran clemencia. En esos momentos, ninguna persona con tres dedos de frente podía dudar de las palabras que se volvían un eco en su sesera: Cuauhtémoc nada podía en contra de los diablos de la sed, la flacura y la peste.

El agua que buscaba un camino hacia la laguna salobre señaló el momento del ataque. Mi hombre la miraba, con calma avanzó hacia la orilla antes de que le encajara las espuelas a los corceles de la guerra. El Infierno aún tenía que ser contenido. Sus dedos apenas se mojaron en la laguna y se los lamió para sentir el sabor del salitre que nadie podría beber. El agua que no apagaba la sed era su aliada. Lentamente, su mano se adentró en mi cabellera y trazó la línea de mi espalda hasta que se detuvo en mis nalgas. Los ardores de la guerra también eran los ardores de su carne. El poder y la sangre entiesaban su naturaleza.

*

Las entradas a los puentes estaban cercadas por los teules y sus aliados. Nada ni nadie podía entrar o salir de Tenochtitlan por esos caminos. El cadáver del negro que murió cubierto de pústulas también hacía su trabajo desde las tierras de Satán, la peste brotaba de él y se metía en las narices de los mexicas para apoderarse de su sangre. Día a día, el número de enfermos aumentaba mientras que los hombres búho eran incapaces de derrotar a la peste. Sus ensalmos eran palabras que se perdían entre las alas de los murciélagos y los cantos de los tecolotes que volvían más negra la oscuridad de la noche.

A pesar de todo, el momento de recorrer los puentes a todo galope aún no llegaba. Cada paso que diéramos quedaría marcado con sangre. Los guerreros de Cuauhtémoc nos esperaban con las armas listas y las trampas dispuestas, muchas maderas habían sido quebradas para dificultar nuestros pasos. Un solo error bastaba para que los blancos cayeran a la laguna y el peso de sus armaduras los condenara a la muerte. Por más fuerza que tuvieran en los brazos, su coraza los entregaría a la lama que crecía en el fondo. Mi hombre lo sabía: antes de que de la boca de los capitanes teules pronunciara el grito de "¡Por Santiago!", las naos tenían que acercarse a los pontones.

*

Desde la orilla, mi hombre y yo mirábamos a los remeros y los soldados que preparaban los pertrechos. Las bocas de los falconetes y los arcabuces se retacaron con una precisión que envidiarían las navajas de los barberos. Cuando el Sol llegó al centro del cielo, los teules empezaron a disparar contra los guerreros mexicas. De las armas de rayo brotaban trozos de metal, los clavos oxidados y retorcidos, los pedazos que recogieron cerca de las fraguas y los cachos de lo que fuera se encajaban en los cuerpos de los defensores.

A cada tronido seguía el silencio que se quebraba por los aullidos de los heridos que tenían la carne desgarrada. Las corazas de algodón apretado no podían resistir el vómito de Lucifer. Los que sobrevivían a las explosiones nada podían hacer. La distancia protegía a los blancos, las flechas de los mexicas se ahogaban mientras que los zumbidos de las saetas de las ballestas y los plomos de los arcabuces se llevaban a muchos de los guerreros del Tlatoani. Poco a poco, entre las maderas que formaban el camino, las gotas de sangre comenzaron a filtrarse. El agua verdosa se manchaba con el rojo de la muerte. Las líneas que trazaban las serpientes que se acercaban a los puentes anunciaban la única hambre que podría ser saciada. Su piel fría se nutría de las vidas perdidas.

Dios sabe que don Hernando estaba seguro de que los mexicas se retirarían después de las primeras explosiones. Según él, las muertes y las heridas los obligarían a abandonar los puentes con la cola entre las patas. Nadie, absolutamente nadie podía resistir tantos rayos y tanta lumbre. Estaba equivocado, cada guerrero que caía invocaba al que llegaba para ocupar su sitio. La guadaña del Huesudo, por más vidas que segaba, no alcanzaba a terminar con los defensores. La única noticia negra que llegó a nuestro campamento jamás fue creída por los capitanes de los teules y ahora se transformaba en una cachetada: mientras ellos se preparaban para el ataque en Tlaxcallan, Cuitláhuac y Cuauhtémoc reunieron a miles y miles de bravos para vencer a sus enemigos.

Aunque los truenos de los falconetes y los arcabuces mantenían un ritmo implacable, los mexicas no abandonaban sus puestos. Me puse la mano en el pecho. Mi corazón latía como si fuera el tambor que los acompañaba. Sin embargo, la llegada de la oscuridad obligó a que los bergantines se retiraran. Las canoas de los mexicas podían atacarlos en la noche y la lucha cuerpo a cuerpo era un riesgo que no podía correrse, ninguna de las naves que se armaron en Tlaxcallan podía hundirse ni caer en manos de los enemigos. Tenochtitlan no se rendiría sin su presencia.

*

La primera estrella se encendió en el cielo y las embarcaciones atracaron cerca de nuestro campamento. Las sogas pasaron de mano en mano y los nudos se hicieron con prisa. Todos los tripulantes estaban seguros de la victoria. Ninguno tenía un rasguño, la muerte sólo había cabalgado en los puentes. Los marineros y los que alguna vez fueron pescadores se sobaban los brazos para alejar el cansancio que les dejaron los remos que de cuando en cuando se atoraban en las yerbas. En cambio, los guerreros contaban sus hazañas mientras limpiaban sus armas con un trozo de piel aceitada. El tizne que tenían en el rostro podía mantenerse firme para acentuar su triunfo. Si alguien hubiera creído todas sus historias, ellos serían más terribles que el Huesudo y Tenochtitlan ya sólo sería el lugar de la muerte.

Mi hombre se acercó a ellos y su boca se llenó de alabanzas.

Cada tronido de los falconetes fue festejado con grandes voces y cada disparo de los arcabuces y las ballestas mereció sonorísimas palmadas en el lomo. Como si fuera un dios que todo lo puede, don Hernando ordenó que se abriera un tonel de grog y que a cada uno de los que atacaron los puentes le dieran una pinta colmada. Para ellos, el aguardiente de las islas valía más que el vino rancio, un trago de ese fuego transparente era más pegador que un buche de Rioja. Todos aplaudieron con ganas y los vivas rasgaron el silencio de la noche. El santo Santiago estaba de su lado.

*

Cuando les dio la espalda, el rostro de don Hernando perdió la sonrisa. En ese instante no le importaba que sus hombres sacaran los naipes y los dados para apostar el botín que aún no tenían. Los lingotes de oro imaginado cambiarían de manos sin que nadie pudiera sentir su peso. Él sabía que, en muy poco tiempo, las almas de los tahúres se incendiarían al tomar la baraja fatídica o al mirar el número que destruía sus ansias, pero ése no era su problema; los capitanes de los jugadores tendrían que lidiar con los pleitos que nacían de las trampas reales e imaginarias. Las amenazas del cepo y la horca bastaban y sobraban para sosegarlos.

Mi hombre caminaba en silencio. Las nubes estaban en su sesera.

Poco a poco, sus hombres de confianza comenzaron a seguirlo. Ellos y yo conocíamos nuestro destino. La tienda donde discutían los secretos nos esperaba.

Entramos, las pocas velas que quedaban en el campamento estaban encendidas. La luz era amarillosa, casi anaranjada. Uno de los esclavos negros había colocado bajo ellas las jícaras que trataban de no perder una gota de sebo, algo podría recuperarse para que la negrura no triunfara. Las sombras de los teules se oscurecían y palidecían por obra de los temblores de los pabilos que llenaban el aire con un olor rancio.

Mi amo pidió que sirvieran vino. El largo trago que tomó de su jícara lo obligó a arrugar la cara por el sabor avinagrado. El calor y el traqueteo de las mulas lo descomponían en muy poco tiempo.

Don Hernando chasqueó la lengua y sus dedos recorrieron la jícara.

Las pinturas de los cholultecas muertos le recordaban la matanza que en vano le dio confianza. Ninguno de los errores del pasado volvería a repetirse y los toneles de buen vino no tardarían en llegar desde la otra orilla de las grandes aguas.

De pronto, el silencio de mi hombre chocó con la única voz que se atrevió a enfrentarlo con el orgullo de la matazón.

—Vencimos —dijo el Tonatico mientras alzaba un vaso de barro en el que sólo se miraban las lamidas del fuego.

Su rápido movimiento derramó unas cuantas gotas sobre la tierra.

Mi hombre lo observó y elevó su jícara. El polvo secaba el vino. Lo que miraba no podía ser casual… el santo Santiago se revelaba en lugares insospechados y la posibilidad de que les diera la espalda no podía ser ignorada. Él era veleidoso como las olas del mar que tiene el color de los chalchihuites.

Cuando la celebración por el triunfo estaba a punto de soltarse la rienda, don Hernando levantó la mano.

Su exigencia de silencio no podía ser ignorada.

—Poco daño les hicimos —murmuró.

Sus ojos recorrían las caras de sus hombres de confianza, su voz sonaba grave, seria, incapaz de sentirse feliz por los cuerpos de los mexicas que se quedaron tirados en los puentes. El festejo de vino y mujeres perdió su sentido.

—Dios sabe que no les miento y el santo Santiago es testigo de que mis palabras son verdaderas —les dijo con una sonrisa amarga marcada en el rostro—, hoy matamos a muchos, pero en Tenochtitlan todavía quedan miles de guerreros dispuestos a enfrentarnos. Hoy ganamos, pero aún no triunfamos. La ciudad sigue firme y los mexicas no están dispuestos a bajar las armas. Por más que lo deseen, ninguno de ustedes puede asegurar que los tlaxcaltecas aguantarán una larga batalla, nadie de los que aquí estamos es capaz de jurar que el plomo y la pólvora que tenemos será suficiente para vencerlos… La Virgen sabe que ganamos el primer combate, pero la guerra todavía es una moneda en el aire. Nosotros no somos como los hijos de los herreros que se engañan con tres martillazos y cinco chispas.

Don Hernando casi parecía tranquilo, aunque la temblorina de su párpado descubría su miedo.

—Tenemos de nuestro lado el cerco; el hambre y la sed son nuestros aliados, y la viruela también mata para nosotros —lo interrumpió el Tonatico.

—Tal vez, tal vez —le respondió mi hombre—, pero esto puede durar mucho más de lo que pensamos. Los ataques a los puentes no pueden terminarse, pero también debemos ofrecer la posibilidad de que el nuevo Tlatoani se rinda. Cuauhtémoc sabe que están cercados, que nosotros podemos resistir mucho más que él. Sus días están contados. La única comida que le queda es la de Tlatelolco.

La posibilidad de que los guerreros de Tlaxcallan se echaran para atrás no había sido considerada por los capitanes de don Hernando. Esa alianza les parecía firme, indestructible; sin embargo, desde la primera vez que chocaron con él, era claro que el joven Xicoténcatl odiaba a los teules y podía traicionarlos con la mano en la cintura. El recuerdo de las batallas que se mezclaban con las palabras floridas del cacique ciego le ensombreció la sesera a los blancos. El anciano con los ojos muertos podía darles la espalda sin tentarse el alma.

El momento de las decisiones había llegado.

—Yo puedo ir, Cuauhtémoc me escuchará —afirmó el Tonatico.

Mi amo lo miró y sólo sonrió. Él lo sabía capaz de eso y más, pero el momento de las apuestas arriesgadas aún no llegaba.

—Tú no puedes ir —le dijo don Hernando con voz pausada—, ni siquiera Cristo es capaz de garantizar que regreses. Manda a uno de los capitanes de Tlaxcallan, mejor uno de ellos que uno de los nuestros.

*

El capitán tlaxcalteca se adentró en el puente cuando la luz estaba naciendo. Dos días lo esperamos en vano mientras los rayos de los bergantines caían sobre los puentes. Desde antes de que partiera, la esperanza de su regreso ya se había largado del corazón de don Hernando. La posibilidad de que Cuauhtémoc se rindiera se escapaba como agua entre los dedos apenas apretados. Pero algo de luz le quedaba en las ánimas. Los dobles juegos no podían fallar: si el guerrero de Tlaxcallan moría de mala manera, el odio contra los mexicas se volvería más grande entre sus hombres.

Al amanecer del tercer día, su cabeza apareció clavada en una lanza a unos cuantos pasos de nuestro campamento. Cuauhtémoc no estaba dispuesto a rendirse y los tlaxcaltecas aullaron de furia.

—El santo Santiago nos regaló unos días —me dijo mientras la cara se le iluminaba.

*

El combate no cesaba. Todos los días, el fuego y la muerte bailaban una danza siniestra; pero a ciencia cierta nadie podía decir quién sería el vencedor.

A fuerza de gritos y trampas, los guerreros de Cuauhtémoc atraían a las embarcaciones a los pantanos donde se quedarían atrapadas. Más de una vez sus tripulantes se salvaron por pelos; sólo cuando llegaba el silencio de la matanza, los teules podían empujar y jalonear las naos para escapar del fango. Nadie dudaba que lo lograrían, pero más de uno se fue para el otro mundo y muchas armas fueron devoradas por la lama.

Los bergantines ya no podían navegar solos. Las canoas de los mexicas se acercaban como si fueran un enjambre y las flechas de los mejores arqueros dejaban como alfileteros a los teules. Conforme la batalla se volvía más cruenta, las embarcaciones de mi hombre tenían que internarse en la laguna en parejas. Apenas así lograban que los estallidos de los falconetes mantuvieran a raya a sus atacantes. Los cadáveres de los mexicas flotaban en la laguna y las llamas trazaban infiernos en las naos. Todos esos cuerpos estaban hinchados y sus brazos se abrían sin que nadie pudiera cerrarlos. Cerca de los puentes, el olor del agua salobre comenzó a cambiar, la pestilencia de la muerte y los cuerpos podridos revelaba los horrores de esos miasmas.

El avance en los puentes era lento y terrible. Los blancos y los tlaxcaltecas se jugaban la vida y chocaban contra los mexicas. Las navajas que se estrellaban en las corazas de los teules provocaban chispas y trastabilleos. La lucha era cuerpo a cuerpo. Por más que lo deseaba mi hombre, las monturas aún no podían hacer sonar sus cascos en los puentes. Cada palmo que caía en manos de sus guerreros tenía que ser reparado para asegurarlo y librarlo de sus trampas. Los esfuerzos que costaban sangre dieron resultados: los falconetes y las grandes armas del rayo ya se movían junto con los soldados blancos y lograban que muchos mexicas cayeran antes de que se iniciara el combate de las espadas y las mazas.

El ataque continuaba implacable, pero Tenochtitlan aún estaba lejos de las manos de mi hombre.

*

Yo los oí y susurré sus palabras, pero mi amo no quiso escucharlas. La soberbia le había cerrado las orejas. Los días malditos siempre vuelven y se repiten sin que nada ni nadie pueda evitarlo. El tiempo es una serpiente que se muerde la cola. Las voces de los hombres búho de Tlaxcallan cayeron en el abismo de la sordera. El día nueve caimán, don Hernando sólo debía protegerse y alejarse de las batallas. El mal fario estaba anunciado desde la noche en que murió Montezuma.

Mis ruegos no lograron nada, el recuerdo de la oscuridad maldita no pudo amedrentarlo. Con el pecho hinchado decidió atacar Tlatelolco. El único lugar donde quedaba comida tenía que caer en sus manos. Sin devolverme la mirada le encajó las espuelas a su montura y partió acompañado con otros jinetes.

*

El ruido de los cascos en el puente no tenía rivales. Los hombres del Tonatico estaban cerca y controlaban las primeras calles de Tlatelolco. El silencio era idéntico al que arropó a la noche funesta. De pronto, los alaridos de los guerreros mexicas revelaron la emboscada. Más de mil jaguares de Cuauhtémoc los atacaron con toda su furia. Esa vez los rayos estaban ausentes y las navajas de sus mazas no centellaban. Los teules tenían que defenderse y salvar a los que caían en las aguas. Los tlaxcaltecas huían sin que nadie pudiera detenerlos. Los mexicas rodearon a mi hombre. Por más que se resistía, ellos lo jaloneaban para apresarlo y entregarlo a los dioses. A tajos, don Cristóbal se abrió paso entre los enemigos y volvió a salvarlo.

Los teules lo rescataron y lograron huir. Tras ellos sólo quedaron las huellas de la derrota.

*

Cuando volvieron al campamento, la grisura de sus sombras era incapaz de ocultar la mordida de la desgracia. Más de cien teules murieron en el ataque a Tlatelolco, y cientos de tlaxcaltecas se fueron al lugar del que nadie regresa. Varios blancos fueron capturados y todos conocían el destino que les esperaba. A mi hombre le sangraba la pierna por el largo tajo que le hicieron, pero la herida le dolía menos que el arma de rayo que abandonaron.

Don Hernando desmontó y a gritos llamó a Cristóbal. Esta vez no le ofrecería el oro y el moro, sus manos no tendrían la fuerza para sostener todos los lingotes que le entregaría en ese instante, poco importaba que la mula que cargaba sus riquezas suspirara por el peso perdido. El salvador de su vida se merecía eso y más.

Sus grandes voces se repitieron, pero el silencio era su única respuesta.

—No lo logró —le dijo uno de los jinetes mientras se santiguaba.

Mi amo le dio la espalda y caminó hacia la tienda donde se urdían los secretos. Como siempre, sus hombres de confianza siguieron sus huellas. El maestre Juan abandonó al herido que estaba atendiendo y tomó sus agujas para suturar la herida de don Hernando. Una pinta de vino y un palo para morder completaban sus bártulos.

*

Yo no lo acompañé. Las palabras que le había murmurado y que se negó a escuchar lo llenarían de furia. Don Hernando, aunque tuviera el nombre de Cristo en los labios y le rezara al santo Santiago, no podía desoír a los hombres búho que todo lo veían.

No pude oír lo que discutieron, pero el eco de sus voces terminó por llegarme. Uno de sus capitanes le echó en cara el ataque y lo culpó por los muertos que se quedaron tirados en Tlatelolco. Los cautivos también le ennegrecieron la saliva y las almas que devorarían los demonios de los altares avivaron la lumbre de sus palabras. La soberbia era un pecado y los teules que lo acompañaron tuvieron que pagarlo.

Mi hombre apenas pudo bajar la mirada para ocultar los ojos anegados.

Así hubiera seguido, pero el Diablo le ofreció una salida. Su mano señaló la puerta de la tienda y de su boca salió el nombre de uno de los que aún le tenían respeto al mandón de la isla.

—Él es el culpable —gritó con la fuerza que le quedaba—, él quiere que fracasemos, que mi muerte se convierta en el pendón de los que nos odian… él fue, él es el traidor que conspira con los mexicas y con el hombre que nos odia en San Cristóbal.

Sus hombres no tuvieron más remedio que morderse la lengua. El recuerdo del mandamás de la isla al que traicionaron bastaba y sobraba para explicar la derrota.

Esa noche, en el campamento, los puñales de los teules se desenvainaron y un blanco no pudo contemplar el amanecer.

XXVIII

El avance era lento. La herida que pulsaba en la pierna de mi hombre no podía ser olvidada. Cada puntada que lo amenazaba con reventarse volvía negra su sangre y su corazón se oscurecía también con las manchas de la venganza. A cada paso que daban los teules, el fuego completaba la destrucción. El vaticinio de los hombres búho de Tlaxcallan se cumplía con todo su horror: en Tenochtitlan no quedaría piedra sobre sobre piedra y sus dioses serían asesinados. Ninguna casa de los macehuales fue perdonada. Los gritos y las súplicas de los que se achicharraban no conmovían a los blancos ni a sus aliados, los que intentaban huir con la piel ennegrecida morían antes de que pudieran alejarse un palmo. El plomo o las flechas asesinaban su voz y sus pasos. Las órdenes de don Hernando no tenían vuelta de hoja, nadie podía desobedecerlas, si alguno de sus soldados o de los tlaxcaltecas se atrevía a desafiarlas terminaría colgado de un árbol como una advertencia para los que osaran tomar ese camino. Todos, absolutamente todos los mexicas debían morir hasta que las armas de Cuauhtémoc y sus guerreros se convirtieran en ceniza delante de mi amo.

La piedad estaba muerta y las palabras de paz no tenían sentido, los puentes habían caído en manos de los teules y los teocallis de Tenochtitlan se miraban al alcance de sus manos. Nadie intentó detener a los tlaxcaltecas que hundían sus cuchillos en la carne de los mexicas para cortar las lonjas que devoraban mientras la sangre les escurría por las comisuras de los labios y trazaba ríos en su piel; el ensotanado se cosió los labios delante de los cadáveres de las mujeres y los niños que se atrevieron a acercarse a la orilla de la laguna para arrancar las raíces que espantarían su hambre. Nada importaba que esos macehuales tuvieran la tropa raída, que estuvieran desmelenados y la calaca se les asomara en el rostro. La guerra a sangre y fuego no reconocía a sus víctimas.

El cura apenas podía cerrar los ojos para murmurar una plegaria por su alma. La derrota de los demonios tenía un precio y él, siempre hambriento del perdón que lo salvaría de las llamas eternas, tenía que pagarlo. Cada muerto que se encontraba era una indulgencia por las veces que se metió en la tienda de fornicación.

Dios, después del milagro de la muerte, entendería sus flaquezas y las perdonaría gracias al baño de sangre.

*

El olor de Tenochtitlan era distinto, el aroma del copal que anunció la llegada de Montezuma agonizaba, el aire azul de las chinampas hedía. Los teules sólo podían seguir adelante con el rostro cubierto con un trapo empapado en vinagre. Los toneles de vino descompuesto por fin sirvieron para algo y mi hombre pudo dejar de arrugar la cara y chasquear la lengua cada vez que se llevaba a la boca una jícara donde flotaba un trozo de melena.

A cada paso de los blancos, las imágenes del fin del mundo se mostraban ante sus ojos, los árboles habían perdido su corteza, los perros brillaban por su ausencia y las ratas no se asomaban. Los cuerpos hinchados no tenían huaraches, ese cuero —a fuerza de ser masticado y remasticado— les había matado el hambre durante unas horas. Ninguna hierba quedaba en los agujeros que hicieron las coas, y los hoyos que dejaron las raíces arrancadas revelaban las mandíbulas hambrientas y las lenguas escaldadas. Las únicas bestias que se veían eran los zopilotes y los tlaxcaltecas les disputaban sus presas a pedradas.

Las señales del Apocalipsis estaban frente a los teules, pero ninguno de sus jinetes podía lograr que los mexicas se rindieran. Los combates no menguaban y ocurrían sobre los cuerpos de los guerreros destripados, los muertos de hambre que se arrastraban para esconderse y los seres a los que la piel se les reventaba por las pústulas de la peste.

Bernal, cuando volvía al campamento, me decía que el hedor de los muertos ya no se podía sufrir.

*

A pesar de su fuerza, el Huesudo y los jinetes del fin del mundo no podían contener los odios añejos. Por quítame estas pajas, el joven Xicoténcatl abandonó el campamento y volvió a Tlaxcallan. Antes de partir, su rostro se miraba atufado y sus pasos sonaban como los de un gigante que va en busca de sus armas para cobrarse las viejas afrentas. El murmullo de la retirada y la traición comenzó a escucharse entre sus guerreros. A las promesas de don Hernando se las llevaba el viento. El coro casi silente era idéntico al sonido de las langostas cuando se tragan las milpas y sólo dejan a su paso la desolación que revela la flaqueza del alma. La pestilencia de la traición se sentía en el aire y se transformaba en una baba espesa que se pegaba en la piel de los teules.

Dios sabe que mi hombre no estaba dispuesto a volver a perderlo todo. La Virgen es testigo de que tampoco era capaz de darse el lujo de que la traición le encajara un puñal en el lomo. La victoria estaba a unos pasos y los tlaxcaltecas no podían abandonar la batalla; las ánimas del joven Xicoténcatl y del cacique ciego debían quedar labradas con los hierros del castigo. Aunque no lo quisieran ni lo aceptaran, ellos eran sus aliados.

Sin pensarlo dos veces, mi hombre mandó a sus hombres de

confianza a la ciudad que dos veces nos abrió las puertas. Las consecuencias no importaban, a como diera lugar tenían que traer al guerrero.

Apenas tardaron unos días en volver y el joven Xicoténcatl se encontró con el Descarnado en el centro del campamento. Nadie leyó los papeles de rigor y mi amo apenas dijo unas cuantas palabras amargas antes de que el mecate se tensara en su gañote. Los soldados tlaxcaltecas no abrieron la boca y su padre nada se tardó en enterarse de lo ocurrido.

Los que lo vieron, dicen que el cacique de Tlaxcallan apenas cerró los ojos, pero no tuvo los tamaños para levantarnos la canasta y mandarnos al Diablo. Pasara lo que pasara era claro que los teules triunfarían y su alianza no podía quebrarse. A pesar de la muerte de su hijo, el titiritero enceguecido trataba de recuperar los hilos.

El mensajero que llegó de Tlaxcallan no sorprendió a don Hernando. Él sólo pronunció palabras bonitas con el culo fruncido.

Mi amo lo oyó y le dio una palmada en la espalda.

El cuerpo del joven Xicoténcatl aún colgaba tras él y sus cuencas oscuras mostraban los picotazos de los cuervos.

Esa noche, cuando la oscuridad silenciosa se adueñó del mundo, mi hombre me miró y habló con voz dulce:

—Nadie puede traicionarme, yo soy el nuevo tlatoani —me dijo, y sus manos se transformaron en caricias.

*

El día de san Hipólito, la lluvia y los truenos se apoderaron del mundo. Los teules no podían usar las armas del rayo y sus ojos se llenaban con las imágenes de los miserables que ponían sus jícaras sobre el suelo para beber un poco. Cada trago era acompañado con un bocado de lodo que intentaba engañar a sus tripas. La batalla había cambiado, las flechas se habían acabado y las lanzas se convertían en recuerdos. Los dardos rotos y las puntas quebradas se miraban en las calles. Las armas apenas eran una sombra en Tenochtitlan, sus hombres sólo podían combatir a garrotazos y pedradas, a golpes y mordidas como los animales arrinconados que sienten el olor de la muerte. Con cada movimiento del Sol ellos se volvían más débiles, los arsenales estaban vacíos, mientras que la peste y el hambre estrangulaban sus almas. Los mexicas sabían que estaban derrotados, pero ninguno se rajaba en el momento de la batalla. Así seguirían hasta que su Tlatoani entregara la ciudad.

*

En la laguna, las naos de los blancos seguían vigilando mientras sus tripulantes trataban de achicar el agua. La lluvia quería que abandonaran sus puestos, que sus remos los llevaran al atracadero, pero los planes de los dioses fueron en vano, el santo Santiago los derrotó en los cielos a grandes estocadas.

Uno de los teules se dio cuenta de lo que pasaba en la ribera de Tenochtitlan. Varios hombres y unas cuantas mujeres se trepaban en una larga canoa. La ausencia de los guerreros era notoria.

Las pértigas de las embarcaciones mexicas comenzaron a moverse y los remos del bergantín se apresuraron para alcanzarla. Nadie debía huir, todos tenían que besarse con el Huesudo antes de que tocaran la orilla.

Nada se tardaron en alcanzarla.

Las ballestas apuntaron a los tripulantes de la canoa. Uno de ellos se levantó mientras intentaba ocultar su desgracia. Era Cuauhtémoc. La ropa que traía ya no era la de un tlatoani, su tilma estaba tejida con gruesas fibras de maguey y el lodo la marcaba como el mapa de su desgracia; las joyas no se miraban en su cuerpo y las plumas no se revelaban en su cabeza. El águila había caído.

Las piernas lo traicionaron y el soberano tuvo que hincarse en la canoa. La guerra suicida estaba perdida.

Allá, en la distancia, un muchacho mexica observaba lo que pasaba. Su Tlatoani había sido capturado y la tristeza le marcaba el rostro. Los días de hambre y peste, de muerte y fuego se le quedarían marcados hasta el fin de sus días. Él, si acaso sobrevivía, perdería su nombre cuando el agua de los curas le cayera en la cabeza.

*

Las voces que anunciaban la captura de Cuauhtémoc se adueñaron del campamento. Mi hombre y yo avanzamos a grandes pasos al lugar donde atracó el bergantín que lo traía.

Mi amo lo miró, la lluvia y los truenos se fueron del cielo.

Nos quedamos sordos durante un instante. Era como si todas las campanas del universo hubieran dejado de tañer al mismo tiempo, como si la música de las alturas se quedara muda al contemplar lo que sucedía en la Tierra. Los tambores y los caracoles que llamaban a la guerra en Tenochtitlan también dejaron de escucharse. La certeza de que el soberano estaba en manos de los teules era el anuncio de la derrota.

Don Hernando le puso la mano en el hombro al Tlatoani.

Nadie impidió que lo hiciera.

Con una calma calculada caminó con él a su lado por todo el campamento. Sus hombres y los guerreros de Tlaxcallan tenían que verlo, la ciudad destruida estaba en sus manos.

*

La tienda de los secretos nos recibió. El cuerpo de Cuauhtémoc temblaba, sólo Dios sabe si la temblorina era por el orgullo perdido o por la derrota. Mi hombre le ofreció de comer y el soberano caído devoró todo lo que estaba en el plato. Las maneras señoriales de Montezuma estaban muertas.

Mi amo y él hablaron. Mi lengua cambiaba con las palabras: a veces era una navaja que todo lo rajaba y a ratos se convertía en una súplica o en una mano que ofrecía sanar las heridas. Antes de que el Sol renaciera, el acuerdo estaba cerrado. Los mensajeros de Cuauhtémoc partieron a Tenochtitlan.

*

Los teules y los tlaxcaltecas los miraban avanzar por los puentes. Todos traían las manos vacías y el hambre labrada en el rostro. Los que antes eran soberbios como los dioses ahora se mostraban vencidos. Tenochtitlan era abandonada y el Quinto Sol agonizaba sin que nadie le ofreciera un corazón para salvarse. La larga fila que avanzaba por el puente era la imagen de la derrota.

Los hombres de don Hernando miraban a las mujeres, las que aún conservaban señales de belleza eran tomadas y llevadas al campamento. A los blancos no les bastaba con una, las riendas que tenían del otro lado del mar se habían desgarrado. Esas hembras conocían su destino, una jícara con comida y un poco de agua clara bastaban para que se entregaran con la mirada baja.

Los hombres que tenían la sombra de los guerreros se los disputaban los teules y los tlaxcaltecas. Los blancos estaban urgidos por tener esclavos y el rostro de los mexicas pronto conocería las marcas del hierro enrojecido; en cambio, los de Tlaxcallan nada se tardaban en atarlos para mandarlos a sus tierras. Ellos alimentarían a los amos de todas las cosas y el poder de sus ciudades eclipsaría al de Tenochtitlan.

Sólo los macehuales sobrevivieron, ellos no eran peligrosos y ya sabían obedecer a sus amos.

*

Tenochtitlan casi estaba abandonada, pero mi hombre insistió en ingresar en sus ruinas con toda la pompa. Nadie se interpuso a nuestros pasos. El olor de la carroña nos daba en la cara, el tizne se levantaba con el aire y se nos pegaba en el cuerpo. Los cuerpos seguían tirados y el miasma de la peste nos acechaba. Las costras de piel flotaban como una ventisca. Entramos al lugar de los templos, los ojos de don Hernando apenas se detuvieron en el tzompantli donde estaban las cabezas de los blancos que no conocieron la victoria. Sus ojos buscaron en vano el rostro del hombre que lo salvó dos veces. Una señal bastó para que sus hombres lo destruyeran y le dieran cristiana sepultura a los despojos de sus compañeros.

En la seseras de los hombres de confianza de mi amo retumbaba la idea de abandonar la ciudad después de que terminara el saqueo. Había que encontrar el oro y la plata antes de que el polvo devorara los palacios.

Más de uno le murmuró a don Hernando lo que pensaban; sin embargo, sus palabras caían en oídos sordos.

—Aquí nacerá la capital del nuevo reino —les respondió mientras miraba el doble templo de los mexicas.

La posibilidad de contradecirlo no existía, sólo yo sabía que mi hombre anhelaba convertirse en el nuevo tlatoani.

*

La pestilencia nos obligó a retirarnos. Los teules tomaron el camino a Coyohuacan; allá, lejos de la muerte, ellos celebrarían la victoria. Los cerdos que llegaron de las islas terminaron sus días en los cazos y las mujeres palmearon las tortillas y molieron los chiles y los jitomates que acompañarían los trozos de carne que rezumaban grasa. Los blancos comieron y bebieron, los tlaxcaltecas sintieron el dulce sabor de la fritanga que en algo les recordaba al de sus enemigos. A cada trago, las lenguas se soltaban. Todos los hombres de mi amo presumían los miles que mataron.

La fiesta era grande, pero el fantasma del fracaso rondaba a don Hernando y sus hombres de confianza. Por más que habían buscado y rebuscado en los palacios de Tenochtitlan, las riquezas no eran tan grandes como lo esperaban. Sin mulas cargadas de oro y plata, la fidelidad de los blancos pendía de un hilo gastado.

De nada servía que entraran y salieran de la tienda donde estaban Cuauhtémoc y los principales de Tenochtitlan y sus ciudades aliadas. Las ratas les comían la lengua cuando las palabras *oro* y *plata* se pronunciaban.

—La fiesta de la victoria no durará para siempre —les dijo don Hernando a sus hombres de confianza.

Todos asintieron.

*

Al final, una colorada valió más que mil descoloridas. Cuauhtémoc y los principales fueron amarrados mientras mi hombre insistía en su única pregunta. Sus lenguas seguían trabadas. El verdugo se acercó y con calma comenzó a untarles el aceite en los pies. La pregunta eterna se repitió y el silencio se mantuvo. Así hubieran seguido hasta que el tiempo se acabara, pero las llamas convocaron las palabras.

Después de que los principales recuperaron la voz, el maestre Juan y los hombres de las hierbas se acercaron a sanarles las quemaduras; los teules los dejaron solos y mi amo se negó a escuchar a Cuauhtémoc cuando le suplicaba que desenvainara su puñal para arrebatarle la vida.

Las palabras de los mandones eran ciertas y las mulas regresaron cargadas. El nuevo botín les devolvió el alma.

*

Poco a poco, los teocallis fueron derrumbados delante de las hiladas que trazaban las nuevas calles. Tenochtitlan estaba muerta y de sus entrañas surgía el nuevo tlatoani. Mi hombre se adentraba en la ciudad que aún reclamaba su nombre y volvía a Coyohuacan con los ojos llenos de maravillas. Sin embargo, por más que lo quisiera, no podía seguir entre las ruinas: el olor de los cuerpos que se quemaban y los que se hinchaban antes de que fueran entregados a las llamas, las costras de la viruela que flotaban y la destrucción lo obligaban a volver sobre sus pasos. El tiempo era suyo y de cuando en cuando miraba cómo nacía su casa en el lugar donde había estado el palacio del señor de Coyohuacan.

A pesar de las mulas cargadas, el reparto del botín no dejó contentos a todos y las maledicencias no tardaron en mostrarse. La avaricia nunca tiene llenadero y don Hernando no perdonaba las deudas. Cada caballo fue tasado a precios en oro y cada onza de plomo se transmutó en una de plata.

Una mañana, en uno de los muros recién encalados de la casa de mi hombre, le leían las palabras que cantaban el odio de los teules:

> ¡Oh, que triste es el ánima mía
> hasta que todo el oro que tiene
> tomado Cortés y escondido lo vea!

Don Hernando lo sabía, Tenochtitlan no sería suficiente para llenarles la panza a los diablos de la avaricia. La búsqueda de riquezas tenía que seguir adelante. Don Cristóbal, uno de sus hombres de confianza, debía partir al sur acompañado por los teules y los tlaxcaltecas. Las voces de los indios decían que allá, en la espesura de la selva, los ríos tenían tanto oro que podían enceguecer a quienes los miraran.

XXIX

La Luna cambiaba y volvía a cambiar su rostro. Los emplastos de hierbas ya no entraban en mis humedades para dejarlas tan secas como las tierras de los chichimecas. Las verdes plantas que Itzayana machacaba eran las hojas muertas que se resquebrajaban hasta volverse parte del polvo que nadie extraña. La esclava que alguna vez vivió en Putunchán estaba arrumbada en el más oscuro rincón de la memoria, ahora yo era la doña que se vestía con los enredos y los huipiles que obligarían a hincarse a sus viejos amos. Yo era la lengua de rayo, la palabra todopoderosa, la voz que desgajaba los montes. Yo era el privilegio encarnado y mi lugar entre las hembras de don Hernando tenía que quedar asegurado hasta que el vaho del Descarnado se arrastrara para llegar a mi lecho. El vientre y los pechos me crecían mientras él se pavoneaba en las calles de Coyohuacan y entre el polvo de los templos derrumbados de Tenochtitlan. Ninguno de los teules podía dudar de la fuerza generadora de su naturaleza, de la tensa hombría que le colgaba entre las piernas. Mi hombre era más macho que todos los machos. En unos cuantos meses, yo pariría al varón que sería bautizado con el nombre de su abuelo.

Don Martín Cortés, el viejo que vivía al otro lado del mar, ya había olvidado las jaquecas y las canas verdes que le brotaron por las diabluras del joven Hernando. Desde que sus cartas comenzaron a cruzar las grandes aguas, él se sentía orgulloso de lo que lograron las armas de su hijo, y Catalina Pizarro, su mujer, quizás anhelaba abrazar a su nieto mestizo. Todo esto suena muy bien y me llena de paz; pero, a decir verdad, nunca supe si fue cierto... Las páginas que hablaban tal vez no tenían los garabatos que hacían sonar mi nombre. En ellas yo sólo era un olvido, una sombra que apenas se asomaba entre los renglones, una desmemoria cuidadosamente calculada. Tal vez, yo no podía ser la primera; por más que lo deseara, ese lugar estaba destinado a una mujer tan blanca que los ríos de sangre le trazarían mapas en la piel.

*

El Huesudo sabe que las tinieblas silenciaban mi nombre. Lo que yo pensaba sólo era una mentira, un deseo imposible, un sueño que jamás debió meterse entre los escondrijos de mi alma. Lo que sí es una verdad con todas las de la ley es que, con dientes, papeles y oro, el anciano Martín estaba dispuesto a defender las glorias de su hijo. Costara lo que costara, el soberano invisible tenía que premiarlo por sus logros y las heridas que le marcaban el cuero. Cada puntada que le había dado el maestre Juan y cada dedo tieso por el combate valían cientos de fanegadas y el servicio de miles de indios; pero mi amo no sólo merecía las tierras y los hombres, don Hernando también debía recibir el hábito de la Orden del santo Santiago, en la puerta de su casa de Coyohuacan tenía que labrarse un escudo de armas y su poder sobre esta parte del mundo habría de ser ratificado con un papel en el que se leyeran las tres palabras que nadie podía desobedecer: "Yo, el Rey", diría su última línea. Después de la victoria sobre los mexicas, mi amo no podía quedarse atrás, si algunos de los capitanes que lo acompañaron ya tenían su escudo, y en uno de ellos se miraba un soberano con un grillete en el pescuezo, él se merecía todo lo que deseara. Él, costara lo que costara, tenía que ser el capitán de todas las expediciones que salieran de estas tierras: en el norte derrotaría a la reina Calafia y sus amazonas para apoderarse de las perlas y los ríos de zafiros, en el sur llegaría hasta El Dorado que enceguece a los hombres con el brillo de sus muros y, por si todo esto no bastara, él también cruzaría las aguas del mar recién hallado para apoderarse de las tierras de las especias.

Don Martín también estaba convencido de que las palabras de odio y veneno que nacían en la lengua del isleño que fue traicionado en Vera Cruz terminarían ahogadas por las riquezas que llegaban de las tierras ganadas por mi hombre. Dios es testigo de que los regalos a tiempo eran más fuertes que las demandas de justicia y los mejores procuradores. Nadie, absolutamente nadie podía poner en duda los blasones y los títulos que le correspondían al aventurero que se transformó en el nuevo Moisés y halló las fuentes de oro y plata que podían inundar a Castilla.

*

En esos días, mientras la vieja Tenochtitlan se derrumbaba para anunciar el parto de la nueva ciudad, yo sólo tenía un deseo que se transformaba en las serpientes de la angustia. Todos los días, cuando la campana del templo anunciaba la tarde, mis dedos recorrían las cuentas del rosario y mis manos entregaban a los braseros los papeles ensangrentados que alimentarían a los dioses que se miraban en el ocaso. Ellos tenían que hacerme el milagro. A uno le di más fieles que las estrellas, y a los otros los derroté en la batalla de las palabras.

Mi hijo debía nacer con la piel clara y sus ojos recordarían el color que se marcaba en los de su padre; su rostro no podía verse lampiño, una suave pelusa lo mostraría como el más digno de sus herederos. Mi Martín no sería un bastardo, un ser a medio camino entre los hombres y los animales. Lo prieto no se le notaría en el cuerpo, esa mancha ya estaba en los hijos que mi hombre le hizo a la esclava que mandó traer de las islas cuando la victoria aún humeaba en los jacales y los templos de los mexicas. Esos escuincles eran como las mulas y ese nombre —animal y salvaje— se les quedaría para siempre.

*

Yo sólo miraba a la negra para desentrañarla. Mis ojos se detenían en cada una de las partes de su naturaleza: las nalgas abultadas y las chichis que se bamboleaban a cada paso no eran un peligro. Su vista, donde lo amarillo opacaba a lo blanco, tampoco tenía la pesadez que se necesitaba para achicharrar a los colibrís disecados y los ojos de venado que me colgaban sobre el vientre. Ella siempre sería una esclava, y todos los teules y sus curas me nombraban la doña. Poco importaba que el rey de don Hernando no hubiera firmado un papel lleno de garigoles para darme ese nombre, el respeto que me tenían bastaba para que esa palabra brotara de todas las bocas, y para que más de un tlaxcalteca se hincara delante de mí y sintiera el polvo en sus dedos y sus labios.

Nada me importaba que mi hombre yaciera en las noches con otras mujeres: él se montaba en una de las hijas de Montezuma para saberse más poderoso que el Tlatoani muerto; él resoplaba sobre la nuca de la negra que aullaba como una perra y, si aún le quedaban fuerzas, buscaba entre las indias a una que le llenara la vista para tirársela sin contemplaciones. Don Hernando era el soberano, el mandamás, el cacique de esta parte del mundo y todas las mujeres eran suyas.

El nuevo tlatoani ya estaba sentado en el trono de los jaguares y nada ni nadie podía oponerse a sus deseos. Él hacía lo que tenía que hacer y yo lo miraba mientras me acariciaba el vientre.

*

Los días eran plácidos. Mi mirada desde la ventana y mis pasos junto a los de mi hombre bastaban para señalar la doña que era. El vientre crecido era la señal que confirmaba mi lugar. Toda la fila de sus mujeres se alineaba detrás de mí. En el peor de los casos, los teules apenas podían murmurar que yo era la catedral y que las otras apenas llegaban a capillas que podían ser olvidadas a mitad del monte.

El Sol me calentaba sabroso y los vientos negros no llegaban a Coyohuacan. Lo único que interrumpía mi sueño eran los ruidosos jadeos de la negra que se ayuntaba con mi hombre. Todo iba bien, pero, una mañana, el mensajero que desmontó sudoroso invocó la desgracia. Allá, por el rumbo de Cuauhtzacualli, unas naos llegaron desde las islas. Un atraque en el muelle tembleque no era un hecho extraordinario, tampoco merecía el envío de un correo apresurado; sin embargo, en una de las embarcaciones venía Catalina Xuárez con toda su parentela. El olor del oro y las ansias de nobleza los obligaron a cruzar las aguas sin que don Hernando los invitara. Ellos querían su parte del botín y los recuerdos amargos podían olvidarse gracias al brillo de la riqueza.

Mi hombre no se había revolcado con Catalina de buena gana, su fealdad sólo aguadaba su tiesura. Ella —por más que fingiera y posara— no le daba nobleza, pero los ínfimos indios y las pocas tierras que compartía con el hermano de esa mujer eran una buena razón para tirársela y afianzar la propiedad que apenas lo alejaba de la pobreza. La escasa fortuna no podía terminar en un bacín por un miembro que amenazaba con convertirse en un moco de guajolote. El más macho de todos los machos aún existía. Delante de él ya sólo quedaba un camino: mi amo entró a su recámara y se montó en la Xuárez. Dios sabe que en su cabeza estaban las imágenes de la esclava negra. Ese cuerpo generoso era el recuerdo que aliviaba la presencia de una naturaleza huesuda y una nariz retorcida.

Mi amo me dijo que hizo todo lo posible para resistirse a que un cura los bendijera en un templo apenas adornado, pero

—al final— no le quedó más remedio que bajar la cabeza. El mandamás de la isla metió las manos en favor de la Xuárez y nada podía hacer para evitar el compromiso. Sin embargo, al cabo de un tiempo, su matrimonio se volvió conveniente. Gracias a ese sacramento, su patrón le confió la expedición que lo cubrió de gloria y le abrió las puertas a la traición que dejó al isleño con la furia atragantada.

*

Los preparativos para recibir a la Xuárez empezaron con todas las de la ley mientras mi hombre trataba de alentar sus pasos. A pesar de la falta de amores y pasiones, de los olvidos quebrados y los recuerdos amargos, ella tenía que ser bienvenida como la esposa del guerrero que derrotó a los mexicas. Sin que yo pudiera meter las manos, la mujer huesuda y tensa que desembarcó en Cuauhtzacualli me robó mi lugar entre las hembras de don Hernando, la catedral que tenía labrado mi nombre entre los vellos de mi sexo se derrumbaba sin que nadie pudiera evitarlo.

El día que llegó a Coyohuacan, las calles estaban engalanadas con palmas y flores, los indios bailaron sus mitotes y los teules lucieron sus monturas y sus armas. Eran iguales al Florambel que tanto le gustaba a Bernal. Cuando llegó el momento de menear los bigotes, los platones rebosaban sus guisos y los odres de vino se abrían sin cesar. En las mesas que se montaron, las jícaras y las copas transparentes convivían sin que nadie se alarmara. Los guajes, el barro y el vidrio se entrelazaban para festejar el nacimiento de un mundo nuevo. Al fondo del salón, tres músicos bastante desafinados que recién habían dejado las armas, amenizaban las pláticas con unas canciones que se esforzaban por parecer castas, aunque a la hora de la verdad no lo lograban. La recepción parecía perfecta, sólo la temblorina del párpado de mi hombre desentonaba con las risotadas.

Antes de que la fiesta se terminara, la cara de palo viejo de la Xuárez empezó a aflojarse, pero la sonrisa apenas le duró unas horas en el rostro. La esclava negra, la hija de Montezuma, las indias jóvenes y mi vientre abultado le llenaron el hígado de bilis negra.

*

Los invitados se habían ido bastante alumbrados y sus cantos apenas se escuchaban en la lejanía. Catalina gritaba y maldecía para exigir que todas nos largáramos al putero del que habíamos brotado. Con grandes voces aullaba que nuestra rajada era la puerta del Infierno y que las humedades que salían de ella eran las de los súcubos que le robaban el alma a su marido. Nosotras éramos la inmundicia, ella era la pureza inmaculada que se honraba con las telarañas que se tejieron sobre su sexo. Su odio no conocía los límites, más de una vez trató de latiguear a la negra y, si las manos de mi hombre no la hubieran detenido, me habría pateado el vientre para matar a mi hijo.

Los días se volvieron oscuros y turbios. En Coyohuacan, Catalina y yo merecíamos la palabra *doña* por parte de los teules, y los ensotanados fingían ignorancia sobre los incesantes amoríos de don Hernando. La Xuárez era una perra rabiosa que sólo buscaba a quién encajarle los colmillos.

A pesar de todas sus maldiciones, el Descarnado sabe que nada podía contra nosotras. Al final, casi todo el tiempo estaba encerrada en sus aposentos y únicamente salía para insultar a mi hombre; pero, delante de los capitanes blancos y los curas, se tragaba el odio que le envenenaba la sangre. Aunque la lengua le supiera amarga, la Xuárez estaba obligada a posar como la esposa verdadera, como la mujer que parecía legítima, aunque se ensombrecía por lo que ocurría en su casa.

*

La Xuárez amenazaba a mi hombre con largarse y denunciarlo ante los curas. Y, cuando su voz hacía temblar las paredes, invocaba los nombres del soberano y del patrón burlado. Ellos también sabrían de sus pecados, de la historia pecaminosa que ocurría en estas tierras. Don Hernando apenas la miraba y la dejaba con la palabra en la boca después de que alzaba los hombros o se burlaba de ella. Nadie la quería en la casa y los sirvientes escupían en sus platos antes de entregárselos.

*

El día de Todos los Santos, mi amo invitó a sus capitanes y sus hombres de confianza. Los botijos de vino que recién habían llegado eran una buena razón para juntarse y levantar el codo hasta que la borrachera los derrotara. El pretexto de una fecha bendita y la certeza de que la expedición a las Hibueras los colmaría de riquezas, les daba la oportunidad de soltarle la rienda a las pasiones y las palabras que no se cansaban de inventar batallas y valentías que jamás ocurrieron.

A nadie le importaba que esas historias fueran falsas y que las tropas que partieron hacia la selva sólo siguieran un eco. Después del tercer trago que les corría por el gañote, era claro que todos habían sido grandes matadores, que ninguno se había culeado en el momento preciso, y que sus hijos poblarían estas tierras como blancos a medias. Todas las indias eran suyas y los teules jamás fallaban en los petates. Don Hernando era el tlatoani, ellos eran sus principales. Los blancos, a fuerza de palabras retorcidas y rectas beodeces, cambiaban el pasado para convertirlo en lo que se les pegaba la gana. Sabían que los vencedores escriben la historia, pero olvidaban que los vencidos son los que la cuentan.

En el salón de la casa de Coyohuacan había más velas que en todos los templos que se habían levantado. Ninguna ceremonia, por pomposa que fuera, podía competir con las ceras que se quemaban en ese momento. Los platones comenzaron a llegar a la mesa mientras los teules aplaudían y vociferaban loas a su amo. En ellos no se miraban los nabos que todos los días comían del otro lado del mar. Ésa era la comida de los labradores, de los muertos de hambre que estaban lejos de la hidalguía y la riqueza. Después de la victoria, los capitanes teules sólo merecían aves y, si hubieran podido, sus dientes se habrían encajado en la carne de los delfines, las ballenas y los unicornios que se adivinaban en el norte del nuevo reino. Los cerdos sólo eran el alimento que compartían con sus tropas.

*

En la larga mesa que se armó en el centro del salón, mi hombre estaba sentado junto a Catalina, pero su esclava negra y yo estábamos al alcance de sus manos. Apenas tenía que estirarlas un poco para sentir nuestra piel y mostrar su desprecio.

La Xuárez estaba sitiada, el cuerpo de mi hombre y el de la negra la flanqueaban.

Las jícaras con vino corrían sin freno, a cada trago las carcajadas se hacían más fuertes. Don Hernando me tomó la mano con un cariño perfectamente calculado. Yo lo dejé seguir adelante, si sus dedos hubieran recorrido mi piel para asentarse sobre mis nalgas o sobre mi vientre no lo hubiera detenido. Mi hijo reconocería sus toscas caricias y se movería para corresponderlas. Yo era la doña, la catedral, el ser doble que era palabra y espada. La Xuárez, apenas un pasado que podía ser borrado sin que nadie lo añorara. Si la historia de la batalla de Tenochtitlan se reescribía en esa mesa, los acostones de mi amo también podrían ser vueltos a contar.

La Xuárez dio un golpe en la mesa y se levantó. Durante un instante el silencio se impuso.

—¿Qué te propones hacer con tus indias y tus negras?, ¿qué quieres hacer con lo mío? —le preguntó a mi hombre con el mal marcado en los ojos.

Mi amo la miró con sorna.

—¿Con lo tuyo? —le preguntó mientras sonreía—, yo no quiero nada de lo tuyo, lo viejo y lo seco nada pueden contra lo joven y lo húmedo.

La Xuárez entendió sus palabras y las risotadas que festejaron la ocurrencia de mi hombre se volvieron un latigazo.

Se fue en silencio y la fiesta siguió como si nada hubiera pasado.

*

Los gritos de las criadas lo obligaron a levantarse como alma que lleva el Diablo. Sus calzas se quedaron tiradas junto a mi cama y ni siquiera pidió su espada. Algo grave ocurría y mi hombre tenía que estar ahí antes de que los chillidos se adueñaran de Coyohuacan. Las voces que sólo repetían "está muerta, doña Catalina está muerta" retumbaban en la casa y ya se oían en la calle. Más de tres oyeron esos aullidos y pronto los convirtieron en murmullos. Los viejos odios que surgieron de la avaricia tenían un nuevo motivo para renacer en las lenguas envenenadas.

Mi hombre se detuvo frente al cadáver que estaba tirado en la cama. Las cobijas estaban revueltas y en el piso se miraban los trozos de un aguamanil y una jícara. El recuerdo de su mirada en la fiesta y las maldiciones que continuaron casi hasta el amanecer le impedían dar un paso adelante. Para no variar, la Xuárez le había aventado todo lo que estaba cerca de su mano y las criadas no se atrevieron a levantar los trozos. Valía más que ellas se esperaran a que su cólera se atreguara.

Con calma, mi hombre se acarició la barba y, sin que las lágrimas se asomaran en sus ojos, ordenó que trajeran al cura, a los escribanos y al alcalde. Ellos tenían que dar fe de lo que había pasado.

Ahí se quedó, tranquilo y sin preocupaciones.

Los ojos tiesos de la Xuárez estaban fijos en el techo y de la boca apenas le escurría un lentísimo goteo de baba casi rosada.

En el almohadón estaba el mapa que revelaba la presencia del Huesudo y su guadaña.

—Que Dios la tenga en su gloria —dijo mi amo con tal de que la sonrisa no se le asomara en la cara.

*

Todos llegaron en un santiamén. Mientras los dedos aceitosos dibujaban cruces en la cara de la muerta, las plumas se afilaron y bebieron tinta para llenar muchos pliegos. La muerte había sorprendido a Catalina sin que nadie pudiera evitarlo. Los aires fríos, las venas que se revientan sin dar aviso o el corazón que se detiene de súbito eran las razones que se leían en aquellos papeles. Los diez pequeños moretes que se le miraban en el pescuezo fueron ignorados por todos. Los escribanos y el alcalde no tenían los tamaños para preguntar lo que sólo debían callar. Pero, cuando estuvieran afuera, otro gallo les cantaría.

*

Cuando la noticia comenzó a correr, las lenguas de los teules y los ensotanados perdieron el sosiego. La Xuárez no podía morirse así como así. Los murmullos que se detenían en las marcas del cuello culpaban a don Hernando de haberla estrangulado. Si él había sido capaz de colgar y mutilar a muchos de los que se interpusieron con sus ansias de gloria, también podría haber hecho lo mismo con la mujer que anhelaba la destrucción de sus amantes.

Otros, los que siempre miraban al cielo cuando mentaban el nombre de mi amo, hablaban de enfermedades súbitas y mortales, de la mala sangre que tenía esa mujer y de cómo la bilis negra le arrebató la vida después de uno de sus berrinches. Y, unos más, los que apretaban las nalgas ante la posibilidad de que la indiada tomara sus armas, estaban seguros de que los hombres búho la habían asesinado. Esa noche se habían oído los aleteos de los murciélagos y el ulular de los tecolotes no conoció el silencio.

Yo sólo escuchaba los rumores y mis labios se sellaban con la cera de lo que se sabe y se debe callar.

*

Mi hijo nació y yo lo dejé hacer. Los hombres búho no revisaron las fechas propicias y nadie enterró la tripa que lo unía a mi cuerpo en un campo de batalla. Las palabras que le decían a los nobles que llegan al mundo no fueron pronunciadas por los principales de Coyohuacan. Mi hombre y yo caminamos en el templo y el cura le mojó la cabeza para borrarle los pecados y alejar a los demonios.

Don Hernando estaba orgulloso y sin miedo a la ojeriza dejaba que todos los teules miraran a Martín. Yo sabía que nada podía hacer para impedirlo, apenas y pude colgarle del cuello un ojo de venado que hacía tintinear la medalla de la Virgen.

Mi lugar en la fila de las mujeres estaba garantizado. La Xuárez estaba en el camposanto y los comedores de cadáveres borraban su memoria.

*

Yo no sabía lo que pasaba y, cuando me di cuenta, ya era muy tarde. Allá, del otro lado del mar, el viejo Martín le buscaba una nueva mujer a su hijo. Mi hombre, viudo ante los ojos de su Dios, necesitaba una esposa, alguien que confirmara su grandeza y que le diera los hijos que tendrían sobrados blasones.

El palabrerío que corría en las tierras que están en la otra orilla del mar era como la miel que atrae a las moscas. La riqueza y el poder de mi hombre eran suficientes para que muchos le ofrecieran sus hijas: la nieta de un conde caído en desgracia fue la primera que se apuntó, pero su nombre fue rechazado sin miramientos. La dote de juventud y honradez no le llenaba el ojo a su posible suegro; pero ese paso en falso nada valía, don Martín comenzó a buscar a la hembra precisa: Juana Ramírez de Arellano y Zúñiga. Dicen que era hermosa y que su sangre era de oro.

Don Martín negociaba y renegociaba. La opulencia de la dote que ofrecían los Ramírez de Arellano tenía que ser compensada con creces, la joven sólo iría a las tierras recién ganadas si una armada la escoltaba. Los papeles iban y venían, los pliegos cruzaban las aguas y el asunto no se decidía.

Yo nada sabía, pero allá, en la lejanía de la selva, también comenzaban a escucharse las voces de la traición. La expedición a las Hibueras se hundía en los pantanos.

XXX

Mi hombre no terminó de leer los papeles que tenía en la mano. Unas cuantas palabras fueron suficientes para que la felonía mostrara su ponzoña. Él, a fuerza de tragos, fiestas y caravanas, había olvidado que el más amigo es traidor y que el hombre verdadero siempre miente. Las páginas que olvidaron su lisura por la humedad de la selva terminaron desperdigadas en el suelo mientras su respiración perdía el compás. Esa noche, la suerte le sonrió al mensajero que llegó de las Hibueras; si hubiera permanecido un instante más en la casa, la mala muerte se lo habría cargado sin miramientos. Alguien tenía que ser el pagano por las malas noticias.

Antes de que cayera la siguiente gota de la vela, las venas del pescuezo se le hincharon como calabrotes y sus maldiciones retumbaron en la casa de Coyohuacan. Dios y la Virgen quedaron embarrados de mierda con sus gritos. El santo Santiago es testigo de que el peor de los herejes no sería capaz de pronunciar esas palabras que abrían las puertas del Infierno; pero eso no le importaba a mi hombre, las llamas eternas no lo acobardaban.

El pasado volvía a alcanzarlo sin darle el consuelo de la misericordia.

Cristóbal de Olid había partido a sojuzgar las tierras del sur y, antes de que las riquezas se asomaran, se unió al viejo patrón de don Hernando. Sus lenguas negras y retorcidas se entrelazaron gracias a los emisarios que cruzaron las aguas y afianzaron la perfidia. La lejanía de mi amo permitió que ellos se juntaran para cobrarle las deudas reales e imaginarias, las traiciones que les ardían desde el día del desembarco y, por si esto no bastara, a esas afrentas se sumaba una muerte que sólo se explicaba en los papeles y se nublaba en las palabras de los blancos. El espectro de la Xuárez exigía venganza. La mano del hombre que fue traicionado en la Vera Cruz volvía a mostrarse en tierra firme para tratar de apuñalar a mi amo por la espalda. La negra sombra que brotaba de la isla oscurecía la selva.

Dios sabe que no miento, el recuerdo de los blancos que fueron colgados y mutilados antes de que iniciáramos la primera marcha hacia la ciudad de la laguna ya no espantaban a nadie. Para acabarla de torcer, muchos de los capitanes creían que, tras su partida del campamento antes de que comenzara el último ataque, los leales del mandamás de la isla se habían largado para siempre. El puente de plata que don Hernando tendió a los enemigos y los traidores les parecía suficiente para creer que estaban vencidos y que jamás volverían. Sin embargo, los deseos de revancha no estaban muertos, tras la derrota de los mexicas, las ansias de oro que no fueron satisfechas con las mulas que llegaron de Tenochtitlan sólo atizaban el odio de los teules que anhelaban darle una puñalada trapera.

A como diera lugar y sin que importaran las consecuencias, el patrón isleño tenía que cobrarse la muerte de la Xuárez y recuperar las riquezas que mi hombre le había arrebatado a la mala. Lo que en la corte no podían lograr sus leguleyos y valedores, él lo conseguiría con alianzas retorcidas. Olid estaba en contra de mi amo y, sin que nada le mordiera el alma, le entregaría la selva a su viejo enemigo.

Los grandes ríos de oro no llegarían a Coyohuacan ni a la ciudad que esperaba su nuevo nombre. Ellos cruzarían el mar para desembocar en la isla.

Cuando los insultos se apagaron en su boca y la temblorina de la cólera abandonó su cuerpo, don Hernando llamó a sus hombres de confianza. Los criados de la casa salieron como almas que lleva el Diablo para llevar su recado. El miedo que le tenían a los espectros palidecía ante la furia de mi hombre.

Por más que lo deseara, mi amo no podía negarse a enfrentar la realidad que le dio un revés en las Hibueras. La riqueza que se escondía en la selva era lo único que podía salvarlo: ese botín aplacaría las lenguas de los maledicentes que pintaban las paredes de su casa y lo difamaban en la corte. Es más, los lingotes afianzarían la frágil lealtad con sus capitanes y lograrían que el soberano invisible reconociera los méritos que aún le negaba. Cada pepita de oro y cada joya que se fundiera eran indispensables para que él amacizara su poder y convenciera a todos que era el único que podría cruzar la Mar del Sur para apoderarse de las tierras de las especias. Don Hernando anhelaba conquistar todos los mundos para que su nombre sonara en las cuatro esquinas de la Tierra.

*

Ninguno de los capitanes se hizo el remolón ante sus palabras. Todos agacharon las orejas y metieron la cola entre las patas cuando sus miradas chocaron con la ira implacable. Ellos sabían que no podían desobedecer sus órdenes: cinco navíos bien artillados y una centena de los mejores soldados armados hasta los dientes partirían a las Hibueras antes de que la luna cambiara su rostro. Olid debía ser castigado, y su cuerpo, cuidadosamente desollado por un tlaxcalteca, terminaría colgado en una ceiba antes de que la vida se le escapara en el último de sus jadeos. Las hormigas y los carroñeros lo despacharían al otro mundo con una lentitud impasible. Sólo el Diablo sabe por qué razones no ordenó que lo devoraran los de Tlaxcallan que gustosos repetirían las torturas recién descubiertas. Las noticias que llegaban del norte le revelaron a mi hombre que los indios de aquellos lugares ataban a sus enemigos en un poste y que, mientras bailaban a su alrededor, le arrancaban trozos de carne que iban devorando.

A como diera lugar, la buena muerte le sería negada, nadie le acercaría una cruz, ningún cura le dibujaría el símbolo de Dios con los dedos embarrados de aceite. Sus pecados no podrían ser escuchados en los cielos, el perdón que nace del arrepentimiento le sería negado. Olid debía arder en lo más profundo del Infierno y su alma se transformaría en el viento negro que acecha en la selva.

*

Los preparativos para la guerra contra Olid fueron más que veloces. A sus hombres de confianza no les tembló la voz cuando ofrecieron el oro y el moro, cuando adelantaron monedas y lingotes para convencer a los que dudaban. Todos los que se sumaran en contra del traidor nadarían en oro y ganarían tantas tierras que la vista no les alcanzaría para ver sus mojoneras. Los caciques de Tlaxcallan también fueron convocados, lo que habían ganado con la derrota de los mexicas palidecería al mirar las riquezas que se escondían en la selva. Ellos, junto con los teules, serían los nuevos caciques de las Hibueras.

Los capitanes no eran los únicos que hacían promesas que no sabían si podrían cumplir o si Dios los castigaría por los insultos que no escucharon. A mi hombre tampoco le importaba si los vientos de la Mar del Sur estaban a favor o en contra, si las corrientes los llevarían por el rumbo correcto o los entregarían a las fauces de las bestias marinas o a los tentáculos de los seres que se agazapaban en las profundidades. Las ansias de venganza gobernaban su alma. En la guerra contra don Cristóbal, él se jugaba el todo por el todo.

En unas pocas semanas, los trapos de las naves se soltaron y el viento del Diablo los hinchó. La furia de mi hombre guiaba al timonel.

*

El tiempo se volvió espeso, el Sol se movía en el cielo con una lentitud exasperante. Mi amo pasaba los días mirando el camino por el que debía llegar el mensajero que daría sosiego a su cólera. El polvo que se levantaba en la vereda bastaba para que enviara a los jinetes más veloces para alcanzar a un desconocido que venía de un pueblo cercano. Los teules siempre volvían sudorosos, con las manos vacías y la mudez tatuada en la boca. Las noticias de las Hibueras brillaban por su ausencia. El corazón de don Hernando se había llenado de telarañas, sólo cuando no le quedaba más remedio se acercaba para darle una tosca caricia a Martín, y apenas unas pocas noches se metía en el cuarto de la negra que gritaba al sentir su miembro en lugares contra natura. Nada le calmaba la furia, los alacranes anidaban en sus tripas.

Su desesperación se hacía más fuerte cuando el sol se ocultaba. La noche era el territorio de las pesadillas y los gritos que le arrancaban el sueño. Mis brazos no lo consolaban y las cartas de su padre apenas eran leídas. Las exigencias de los Ramírez de Arellano podían esperar hasta que se resolvieran las desgracias de las Hibueras. Lo único que él quería leer era que el rey invisible le daba la espalda a su enemigo isleño y a los hombres que lo traicionaron.

Después de muchas semanas, la zozobra lo obligó a decidirse.

Los guerreros de Tlaxcallan y los teules debían volver a marchar bajo su mando para aniquilar a Olid y sus traidores. Don Hernando sabía que el Diablo andaba suelto y era capaz de volver a los suyos en su contra, los cinco navíos bien artillados quizá ya estaban en manos de Cristóbal y, desde las aguas de la Mar del Sur, podría partir una expedición.

A mi amo nada le importaba que sus hombres de confianza le rogaran para que no abandonara las tierras recién ganadas. Las Hibueras estaban muy lejos y sus riquezas apenas eran palabras. Valía más alejar las nubes que miraban en el horizonte: Cuauhtémoc estaba vivo y los mexicas podrían levantarse en contra de los blancos y los tlaxcaltecas. La rabia de la derrota aún no se había apagado. Unos más —que también tenían las nalgas apretadas por el miedo— le suplicaban que no los abandonara a su suerte. En cualquier momento, del otro lado del mar podrían llegar los procuradores que preguntarían por la muerte de la Xuárez y revisarían las cuentas para asegurarse de que las riquezas del soberano invisible no habían sido robadas. Gracias al oscuro final que tuvieron los caballos cargados de oro que se perdieron en la noche infausta, ellos se pondrían del lado de sus enemigos y los hombres que no se sentían satisfechos con el reparto del botín.

Ninguna de sus palabras pudo conmover a mi hombre. La expedición no podía posponerse hasta que llegara un mensajero con buenas nuevas. A lo más, don Hernando accedió a llevarse a Cuauhtémoc y algunos de los principales de Tenochtitlan y sus aliados caídos. Ellos se convertirían en los rehenes que garantizaban la paz de la indiada. Un solo grito de guerra y un correo veloz bastarían para que la vida abandonara el cuerpo del Tlatoani derrotado y para que los mandones cautivos lo acompañaran en el camino hacia la tierra donde el viento corta como navaja.

Incluso, sin que yo se lo pidiera, me dijo que tenía que acompañarlo. Martín se quedaría en Coyohuacan a cargo de las criadas y de uno de sus hombres de confianza.

*

Nuestra marcha parecía perfecta. Nadie, absolutamente nadie osaba enfrentarnos y todos los pueblos que encontrábamos en el camino hacia Cuauhtzacualli nos recibían con flores y comida. En más de uno, las mujeres que nos entregaban se sumaron a las tropas para regocijo de los teules y los hombres de Tlaxcallan. Ningún petate estaba vacío y en varios se miraban más de dos cuerpos que se movían con el ritmo del placer. Don Hernando era el amo indiscutible, el señor de señores, el tlatoani ante el que todos debían hincarse para sentir el sabor de la tierra en sus labios.

Los mensajeros iban y venían con los papeles que hablaban maravillas. La indiada estaba tranquila y las armas seguían enterradas, las naves que podían atravesar las grandes aguas no se miraban en el horizonte, y los hombres de mi amo aún podían ponerle la pata en el cogote a los que ansiaban enfrentarlo. Nadie era capaz de poner en duda la fuerza del conquistador que se apoderó del trono de los jaguares. Por todo esto, tras unos pocos días en los caminos y las veredas, la confianza volvió al corazón de mi amo y los sueños de sentarse al lado de su soberano lo acariciaban en las noches.

El verde del mal era una ausencia y la certeza de que la vida de Olid pendía de un hilo marcaba el rumbo de nuestros pasos.

*

Así habrían seguido las cosas, pero una mañana todo comenzó a cambiar. Mi hombre había leído y releído los pliegos que llegaron desde Coyohuacan. La sonrisa del triunfo y el ceño fruncido se alternaban en su rostro. Poco a poco, los Ramírez de Arellano daban su brazo a torcer y los blasones parecían estar al alcance de sus manos.

Se levantó sin prisa y se acercó al lugar donde yo estaba.

Durante un instante trató de acariciar mi cabellera, pero su mano se cerró antes de que pudiera tocarla.

—Tenemos que separarnos —me dijo.

Su voz sonaba seria.

Yo sabía que las explicaciones sobraban. La carta que había cruzado las grandes aguas bastaba y sobraba para entender sus palabras.

El miedo a perder mi lugar me mordía el alma. Yo no podía terminar como una cualquiera, como una india que sólo le calentaba el petate a un palurdo de mierda.

Mi hombre me leyó las almas.

—No te preocupes —murmuró con ganas de atreguar a los demonios que me mordían—, tú quedarás en buenas manos y mi hijo siempre será mío. Martín es el hijo del nuevo tlatoani.

Apenas pude mover la cabeza para aceptar.

Se fue sin darme explicaciones.

No sé si él me miró mientras volvía al campamento.

La historia de los hombres que alguna vez llegaron en su cayuco oliendo a grasa de tortuga volvía a repetirse. Mi amo estaba a nada de venderme.

✻

Lo vi hablar con Juan Jaramillo. El capitán de todas sus confianzas tenía que obedecerlo. Todo lo que estorbara la gloria de mi hombre tenía que ser abandonado.

Antes de que cayera la noche, don Hernando, Jaramillo y el cura se pararon delante de mí. El humo que brotaba del incensario y los acariciaba era el anuncio de una ceremonia grande. Nada podía discutir, mi lengua que todo lo podía estaba engarrotada. Juan me tomó la mano, el hombre de Dios me dio un rosario y en silencio caminamos hasta el centro del campamento. Ahí, a unos cuantos pasos de nosotros, se había levantado una cruz y frente a ella se miraba la mesa en la que despachaba don Hernando.

El ensotanado sólo dijo lo que tenía que decir, la pequeña campana sonó tres veces y una criada ató mi huipil a la ropa de Jaramillo.

No hacía falta que ocurriera algo más. Delante de Dios y los hombres, el mandamás de los teules había ordenado nuestro matrimonio.

Antes de que entrara a la tienda de mi nuevo marido, mis ojos se detuvieron en los de don Hernando. La paz regresaba a mis almas y él tenía que saberlo. Yo volvía a ser la primera de la fila, aunque ahora lo era de uno de sus capitanes. La cabeza del ratón era mejor que la cola del león.

Mi vida estaba salvada, mi lugar había sido bendecido por el dios de los blancos y, para que no quedara duda, don Hernando le entregó a Jaramillo un cofre lleno de plata como mi dote, después de eso, le extendió los papeles que decían que algunas tierras y hombres me habían sido encomendadas.

La desgracia no me había tocado. Yo seguiría siendo una doña.

*

Cuauhtzacualli ya estaba cerca y el viejo río que me vio nacer nos salió al paso. Mi nuevo hombre y don Hernando no pudieron negarme lo que les pedía. La ruptura y la dote bastaban para que ellos aceptaran. Antes de que el Sol llegara al ombligo del cielo, yo estaría de regreso en el campamento para reanudar la marcha.

Unos cuantos teules me acompañaron al lugar donde fui parida. Nos adentramos en la selva y pronto llegamos a las ruinas del pueblo sin nombre. Las maderas que sostenían la casa de mi madre estaban chamuscadas y las hierbas retorcidas se apoderaban de sus vestigios. El techo de hojas casi estaba derrumbado y el dulce miasma de la podredumbre se metía en la nariz. El viejo olor a limpio estaba muerto y entre las piedras que sostenían el comal se miraba un nido de víboras. La historia de su desgracia había sido devorada por la selva. Nadie guardaba memoria de lo que ocurrió en el caserío que estaba a mitad de la nada. Cualquiera le pudo soltar las riendas a la muerte sin que las razones importaran. Todos se fueron al lugar del que nunca se vuelve, los filos del acero o de la obsidiana los despacharon sin que pudiera saberse quién los empuñaba.

Nada quedaba y, aunque por un instante estuve tentada a hacerlo, no quise buscar los huesos de los míos. La calavera del hombre que montaba a mi madre no merecía que la escupiera, y los huesos de la mujer que me parió tampoco debían ser hallados. Ella era nada y la nada la había devorado.

Todo mi pasado estaba enterrado. Delante de mí sólo quedaba el futuro con Jaramillo.

*

Cuando Cuauhtzacualli quedó atrás, las desgracias llegaron. Una a una se fueron sumando hasta crear el rosario de la muerte. El cofre lleno de plata que tanto cuidaba Jaramillo cayó en uno de los ríos y nadie tuvo el valor de rescatarlo. Los ojos de los caimanes que apenas se asomaban en el agua eran una advertencia siniestra. Mi dote terminó ahogada. El Descarnado sabe que no miento y que, a partir de ese momento, la venganza de Dios y de la Virgen cayó sobre nosotros. Los insultos de don Hernando no podían permanecer sin castigo. El Infierno verde nos abrió las puertas.

Los pueblos a los que llegábamos estaban abandonados, la comida comenzó a escasear y las embarcaciones que nos traerían los bastimentos navegaban en lugares inciertos sin acercarse a la costa. Sólo de cuando en cuando las ballestas y los arcabuces podían matar una pieza digna de ser considerada: los venados y los puercos montaraces estaban escondidos en lo más profundo de la selva, y muy pocos tenían el valor para adentrarse en ella. Las fauces y las flechas que se ocultaban en la oscuridad eran suficientes para acalambrar sus pasos.

Los únicos que lograban llevarse algo de carne a la boca eran los tlaxcaltecas, cada mañana una de las mujeres que les regalaron desaparecía sin que nadie preguntara por su destino. Los huesos fracturados y con el tuétano lamido eran algo de lo que ninguno quería enterarse. Es cierto, las hembras que tenían la bondad marcada en el alma estaban condenadas a muerte, sólo las más emputecidas sobrevivirían a la marcha infernal.

La tortura del hambre y el pecado de devorar a las mujeres apenas anunciaban las puertas del Infierno. Los males que nacen de los vientos negros empezaron a atacarnos sin que nadie pudiera enfrentarlos. Los conocedores de las hierbas estaban muertos, ninguno de los hombres búho nos acompañaba y el barbero que se sumó a la expedición ya no podía levantarse. El chorrillo pestilente que le salía de la cola le secaba la carne. Las sombras se perdieron y la ojeriza cayó sobre muchos. Los teules y los tlaxcaltecas ardían en fiebres, y sus vómitos marcaban los pasos a medias que dábamos.

Los tamemes también empezaron a morirse y las cargas se quedaban tiradas en el camino. La mesa de don Hernando se olvidó en una vereda y lo mismo pasó con las sillas de caderas. Nadie volvería por ellas, los insectos las devorarían antes de que alguien lo intentara. Lo único que no podían abandonar eran las armas, si el peso de las cuerdas le arrebataba la vida a los cargadores que jalaban los falconetes, siempre habría alguno para sustituirlos.

Esos martirios no llegaron solos, los muertos que se quedaban tirados en el camino apenas anunciaban la mayor de las desgracias. En las noches, cuando las llamas de las fogatas apenas eran rescoldos, Cuauhtémoc y los principales cuchicheaban con la indiada. Yo los oía y sus palabras hablaban de la venganza de los dioses que fueron derribados de los altares. Los horrores que ocurrían eran un designio de los Cielos. El momento de recuperar el reino se miraba al alcance de sus manos. Los teules estaban débiles y el santo Santiago les daba la espalda. Los mexicas y los tlaxcaltecas podían volverse uno y transformarse en los dueños del mundo.

A cada paso que dábamos, la guadaña del Siriquiflaco cortaba los hilos de la vida de una persona. Sin embargo, don Hernando estaba empecinado en seguir adelante. Por más que le suplicaban y le rogaban, por más que le decían y le murmuraban, él seguía en sus trece. Las vidas que se perdieran nada importaban, lo único que le interesaba era ver el cadáver de Olid colgando de una ceiba.

*

En las noches, los rumores que brotaban de la boca de Cuauhtémoc se transformaban en el ruido de las cigarras. El hombre que había sido mi hombre los escuchaba y sabía que las armas de los indios estaban a punto de alcanzarlo. Los capitanes tlaxcaltecas estaban seguros de que las promesas de don Hernando valían menos que un papel empapado. El miedo a los dioses caídos ya estaba dentro de sus almas flacas. Lo que no había logrado el puñal de su viejo patrón, lo conseguirían los guerreros que escuchaban al Tlatoani derrotado.

La ira volvió por sus fueros. Cuauhtémoc y los principales fueron atados. Delante de los tlaxcaltecas los arrastraron hasta un claro de la selva. Ahí estaban, tirados, sus ropas se miraban desgarradas y el lodo se les embarraba en la carne. Uno de ellos trató de levantarse, pero a fuerza de patadas aprendió que tenía que quedarse en el suelo. Poco a poco, los teules más fieros comenzaron a rodearlos.

Con una voz que asustaba con su calma, don Hernando les exigió que confesaran su traición. Mi lengua repetía sus palabras sin que el tono del horror pudiera brotar de ella.

Los mandones caídos guardaban silencio.

Cuando don Hernando se hartó de las palabras, las torturas comenzaron. Uno de los teules tomó una tabla y la estrelló contra las plantas de los pies de los principales. El golpe que les retumbaba en la cabeza les arrancaba los gritos que ansiaban silenciar. Siete veces les pegaron y siete veces las palabras enmudecieron en su boca. A fuerza de batallas y sacrificios, ellos aprendieron a resistir lo indecible.

El martirio se detuvo.

Cuauhtémoc y los suyos comenzaron a recuperar la respiración. Todos tenían los ojos cerrados y apretados, sus labios sangraban por los dientes que se encajaron para aguantar los golpes. El dolor sólo podía soportarse con un nuevo dolor.

Durante un instante, se sintieron seguros de que habían convencido a sus torturadores. El silencio era su aliado. Estaban equivocados. El hierro ardiente les chamuscó la piel y, al retirarlo, les embarraron sal hasta que aullaron.

Tres chamuscadas fueron suficientes para quebrarlos. Ellos aceptaron lo que hicieron y lo que no hicieron, ellos confesaron sus traiciones y terminaron inventando muchas más para alejar a los verdugos. Al final, cuando ya poco quedaba de Cuauhtémoc y los principales, don Hernando ordenó que los colgaran de un árbol.

—Esto les pasa a los traidores, éste es el destino de los perros que muerden la mano de su amo —les dijo a los tlaxcaltecas antes de volver a su tienda.

Mi voz repitió sus palabras y, aunque ningún monte se miraba, el eco las transformó en una repetición eterna.

*

La muerte nos rondaba, todos sabíamos que no teníamos fuerzas para desandar el camino y que tampoco podríamos enfrentar a los hombres de Olid. Todo estaba perdido y la gloria de la derrota de Tenochtitlan flotaba como nata en un bacín despostillado. Coyohuacan y la ciudad que brotaba entre las hiladas donde se acomodaban las piedras de los antiguos teocallis eran un recuerdo que nos retorcía el alma.

Por más que tratábamos de avanzar, nuestros pasos cada vez eran más lentos y el silencio de la fila de los sobrevivientes apenas se interrumpía por los quejidos y los hombres que se desplomaban. De pronto, ante nosotros, apareció un jinete. Venía desde las Hibueras y a grandes voces pedía hablar con don Hernando.

Nada se tardó en recibirlo y sus palabras le cambiaron el rostro.

Nuestra marcha jamás tuvo sentido. Olid había muerto hacía meses, las puñaladas de los hombres de don Hernando le arrebataron la vida y, ahora, todos se preparaban para recibirlo.

Esas voces nos devolvieron el alma al cuerpo y el hombre que fue mi hombre volvió a hincharse como un guajolote para encontrarse con sus capitanes. Las desgracias y los horrores ya no importaban, cuando él tomara la pluma podría reescribir la historia cuantas veces le viniera en gana.

Epílogo

Volvimos. Coyohuacan y México habían cambiado, don Hernando era reclamado del otro lado del mar para que rindiera cuentas, los representantes del rey invisible lo enfrentaban con palabras y una larga ristra de cargos. Juan Jaramillo miraba lo que pasaba. Su buen nombre lo salvó de las persecuciones y los procuradores que tenían el alma tan negra como sus ropas. Nada me dijo, pero yo sabía que el mundo de los guerreros teules estaba agonizando; ellos, aunque tuvieran las armas y los cuerpos marcados por las batallas, ya no podían enfrentarse al poder de su rey y su Dios. El tiempo de los soldados y los aventureros moría con la llegada de los nuevos mandamases.

A pesar de todos los escándalos y los enfrentamientos, mi vida transcurría en una suave monotonía. Los ires y venires de Jaramillo a la Ciudad de México lo alejaban de mi lecho durante varios días y yo no extrañaba sus tímidos amores. En las noches, cuando las luces se apagaban, él colocaba una sábana sobre mi cuerpo casi desnudo. La tela apenas tenía una abertura para que pudiera penetrarme sin sentir mi piel. Y, cuando ya estaba adentro de mí, de su boca no manaban los resoplidos ni los aullidos de placer; una sola letanía se apoderaba de sus labios: "Dios mío, esto no es fornicio, esto es para hacer un siervo a tu servicio". Sus movimientos apenas duraban unos instantes y, en el momento en que su simiente me inundaba, abandonaba el lecho para ir a hincarse delante de la cruz que estaba en su cuarto. El miedo al Infierno estaba tatuado en su alma.

Los ruegos de sus letanías le fueron concedidos. Su hija llegó al mundo sin pena y ni gloria. Los hombres que conocían los libros de los augurios estaban muertos y en los cielos jamás apareció una señal que marcara su futuro. Ella era la enésima blanca a medias que nacía en estas tierras.

Jaramillo la miraba. En el fondo de su alma retumbaba el deseo de que hubiera sido un varón. Su nombre y la gloria de cargar el pendón en la fiesta que conmemoraba la derrota de los mexicas terminarían perdiéndose cuando fuera entregada a su marido.

A pesar de esto, algo la quería y por eso hablaba de juntar las monedas de plata para su dote. Las tierras que tenía y los esclavos que compraba también servirían para conseguirle un buen hombre, alguien con grandes apellidos y con sangre que borrara el pasado indio. Un noble venido a menos podría ser un buen candidato.

*

Nuestra casa estaba cerca de la de don Hernando. Yo sé que, antes de que se fuera para el otro lado del mar y se llevara a su hijo, el recuerdo de mi cuerpo lo perseguía y lo chamuscaba como las centellas que alumbran la noche. Las ganas de poseerme no se borraban de su alma. Poco importaba que no me quisiera o que sus ansias de sentir los blasones de los Ramírez de Arellano lo alejaran de mi humedad, él no podía soportar que otro tuviera lo suyo.

Cuando partió, la suerte de su esclava negra cambió para siempre. El conquistador tenía grandes problemas y nadie estaba dispuesto a tenderle la mano a una prieta con los años a cuestas. Las primeras hebras blancas que le brotaron en la pelambrera fueron vistas por todos. Alguna vez estuve tentada a pedirle a Jaramillo que la trajera a la casa, pero esas palabras jamás brotaron de mi boca. El recuerdo de sus jadeos me entumeció la lengua.

Un día desapareció sin que nadie la extrañara, sólo Dios sabe a dónde fue a dar. Algunos decían que terminó en un jacal cercano a la ciudad recién nacida y que ahí siguió hasta que el Descarnado se apiadó de ella; otros contaban que uno de los enemigos de don Hernando se la robó para cobrarse en su cuerpo las viejas afrentas, y unos más se conformaban con guardar un silencio culposo.

*

La vida continuaba sin sobresaltos y así hubiera seguido; pero, hace unas noches, soñé con un gigante descabezado y con el pecho rajado. Los augurios se cumplían y las maldiciones de los hombres búho se convertían en realidad. El hilo de mi vida estaba a punto de romperse y, ahora, sólo puedo dejarme ir mientras la lengua del Descarnado lame mi parte reseca para llevarme con él. Mi tiempo se acaba y un mundo muere conmigo.

Una nota para curiosos: la historia y la novela

Hace cinco años, la Malinche se asomó por primera vez en mis páginas. En esos días estaba escribiendo una novela sobre Moctezuma,[1] y no me quedó más remedio que tomar una decisión crucial: un personaje de su calibre no podía quedar apenas esbozado. A como diera lugar tenía que adentrarme en él para tratar de comprenderlo. Por esta razón, desde 2015, comencé a trabajar en este libro. Al principio, me sentía segurísimo de que su avance no se toparía con nubarrones, pues su historia estaba profundamente emparentada con aquella novela; sin embargo, a la hora de la verdad, el viaje resultó distinto. Las tormentas se hicieron presentes desde el inicio de la singladura. Lo que se auguraba como una escritura veloz se transformó en un viaje sobradamente accidentado.

Enfrentarse a la Malinche no era poca cosa: su historia está entretejida con el mito y las voces de fuego del nacionalismo que la transformaron en un adjetivo ignominioso. El momento en que encarnó a la mismísima chingada trastocó las miradas de una manera casi irremediable y, para colmo de males, se convirtió en un lugar común, en un tópico inexorable que se repite a la menor provocación. Para colmo de males, las obras que la muestran

---

1. *Vid.* José Luis Trueba Lara. *Moctezuma.* México, Océano, 2018.

como un ser romántico,[2] como la abnegada amante del conquistador[3] o que la defienden a capa y espada desde la perspectiva del feminismo[4] también eran parte de los escollos. Doña Marina no estaba en ninguna de esas páginas, en ellas sólo se mostraba el fantasma que invocaban las voces que utilizaban el pasado para justificar el presente y las ideas que animan a sus autores.

A pesar de esto, durante estos cinco años tuve la fortuna de encontrarme con algunos aliados que me ayudaron a mirarla desde una perspectiva que —hasta donde me fue posible— me alejó de los vórtices de lo sublime y lo grotesco que marcan su historia. Si en la novela dedicada a Moctezuma el libro de Michel Graulich[5] fue fundamental para construir al personaje, en ésta fue indispensable la obra de Camilla Townsend.[6] En buena medida, las páginas que tienes en tus manos son resultado de sus investigaciones: la idea de que era una sobreviviente, una mujer que andaba entre dos mundos me parecía mucho más acertada que las otras que había leído, aunque también tengo que reconocer que no pocas de sus afirmaciones han sido criticadas por otros historiadores, justo como sucede con Matthew Restall, quien no está nada —o casi nada— convencido de las ideas de Townsend.

Aunque aquel libro fue definitivo, no puedo pensar que fue el único que definió el rumbo de este trabajo: la obra coordinada por Margo Glantz[7] y los volúmenes que, bajo el amparo

2. *Vid.* p. e. Heriberto Frías. *Leyendas históricas mexicanas y otros relatos*. México, Porrúa, 1999.

3. *Vid.* p. e. Laura Esquivel. *Malinche*. México, Suma de Letras, 2006.

4. *Vid.* p. e. Fernanda Núñez Becerra. "Malinche", *Debate Feminista*, vol. 6, México, 1992 y, de la misma autora: *La Malinche: de la historia al mito*. México, Instituto Nacional de Antropología e Historia, 1998.

5. Michel Graulich. *Moctezuma. Apogeo y caída del imperio azteca*. México, Era / Instituto Nacional de Antropología e Historia, 2014.

6. Camilla Townsend. *Malintzin. Una mujer indígena en la Conquista de México*. México, Era, 2015.

7. Margo Glantz (coord.). *La Malinche, sus padres y sus hijos*. México, Taurus, 2013.

del 500 aniversario del encuentro de Cortés y Moctezuma, publicaron Matthew Restall[8] y Federico Navarrete[9] también fueron fundamentales en la construcción de la novela. En este caso tengo que reconocer que la suerte y el calendario cívico estuvieron de mi lado. Mientras escribía los últimos capítulos y corregía el manuscrito, esas obras fueron las acompañantes definitivas que me obligaron a repensar mucho de lo que creía. Sin ellas, lo que aquí se contó sería absolutamente distinto, pues la gran mayoría de los autores que se han ocupado de ella no han logrado su cometido.[10]

Además de estos libros hubo muchos otros que me acompañaron en mi navegación: en el caso del papel que las mujeres desempeñaron en la guerra contra los mexicas me fue utilísimo un espléndido trabajo de Blanca López de Mariscal,[11] al que se sumaron los ecos de una obra fundamental que fue dirigida por Georges Duby y Michelle Perrot.[12] Y, en lo que se refiere a las actitudes de los hombres que acompañaban a Cortés, un libro de Guillermo Turner fue mucho más que revelador gracias a su cuidadosísima lectura de las páginas de Bernal Díaz del Castillo y otros cronistas de la guerra contra Tenochtitlan.[13]

8. Matthew Restall. *Cuando Moctezuma conoció a Cortés. La verdad del encuentro que cambió la historia.* México, Taurus, 2019. Vale la pena señalar que, cuando leí una obra que se publicó hace algunos años y en la que también participó Restall (Michel Oudijk y Matthew Restall. *La conquista indígena de Mesoamérica. El caso de don Gonzalo Mazatzin Moctezuma.* México, Instituto Nacional de Antropología e Historia / Universidad de las Américas / Secretaría de Cultura del Estado de Puebla, 2008), no alcancé a mirar las consecuencias que tenía este esbelto volumen para la comprensión de la conquista indígena.

9. Federico Navarrete. *¿Quién conquistó México?* México, Debate, 2019.

10. *Vid.* p. e. Juan Miralles. *La Malinche.* México, Tusquets, 2014.

11. Blanca López de Mariscal. *La figura femenina en los narradores testigos de la conquista.* México, El Colegio de México / Consejo para la Cultura de Nuevo León, 2004.

12. Me refiero al tercer tomo de la *Historia de las mujeres. Del Renacimiento a la Edad Moderna.* Barcelona, Taurus, 2006.

13. Guillermo Turner. *Los soldados de la Conquista: herencias culturales.* México, El Tucán de Virginia / Instituto Nacional de Antropología e Historia, 2013.

Si bien es cierto que aquellos libros marcaron el rumbo de esta novela, también lo es que los traicioné en muchísimas ocasiones. Sus páginas eran una brújula, pero yo tenía que recorrer mi camino. La tentación del "huachicoleo literario" o de las "citas elevadas al cuadrado" no marcan mi chamba. Ya lo he escrito en varias ocasiones, y ahora vuelvo a repetirlo sin temor a ser reiterativo: en una novela histórica ocurre algo de lo que pasó, algo de lo que pudo pasar y algo de lo que al autor le vino en gana que sucediera. La ficción es un ingrediente definitivo en este libro. Por esta causa, es muy probable que Townsend, Restall y Navarrete —entre otros investigadores— seguramente levantarán la ceja ante mis páginas: soy un falsario que está parado sobre sus hombros, y mis palabras, en buena medida, son una compilación de recuerdos que se entrelazan gracias a los caprichos de mi imaginación. Así pues, para no variar, todo lo que se contó en esta novela es, al mismo tiempo, falso y verdadero. Si este libro fuera una investigación histórica, otro gallo le cantara.

Y exactamente lo mismo puede decirse sobre la elección de algunas de las palabras que se leen en sus párrafos, el usar mexicas en vez de aztecas, la presencia de algunos vocablos en náhuatl o de sus versiones castellanizadas —como ocurrió con los plurales— es una decisión que nada tiene que ver con la pureza lingüística. Esas voces, al igual que las maneras como se escribieron algunos de los nombres de los protagonistas, sólo pueden justificarse en medida que contribuían a la eufonía de la novela.

*

Además de aquellos libros definitivos, durante la escritura de los distintos capítulos recurrí a otras obras que me ayudaron a apuntalar la narración y darle algo cercano a la verosimilitud. En el primero de ellos —donde la Malinche habla sobre el fin de sus días— me resultaron fundamentales varios volúmenes:

su visión sobre la muerte *casi* está unida a los libros de Eduardo Matos Moctezuma[14] y Ximena Chávez Balderas;[15] la descripción del Inframundo como un lugar en el que los dioses se alimentan de comida repugnante no necesariamente refiere una mirada prehispánica, pues su perspectiva está ligada con las ideas de los nahuas que viven en Cuacuila, Puebla,[16] mientras que las referencias a los poderes de los colibrís y los cascabeles de las serpientes fueron tomadas de una obra dedicada a los amuletos.[17] Por su parte, la descripción del Infierno pertenece a uno de los evangelios apócrifos, el de san Pedro.[18] La tentación de recuperar sus imágenes no pudo ser contenida, esos horrores son un imán del que no puede escaparse. La idea de la lectura de los granos de maíz proviene de un libro de Ana Díaz Álvarez[19] y el destino que se marca en el significado de la hierba trenzada fue tomado de la obra de fray Bernardino de Sahagún.[20] En el caso de los hechiceros, una parte de lo que se cuenta proviene de un libro coordinado por Gerardo Lara Cisneros.[21]

Confieso que estas "fuentes" tan disímbolas quizá no sean tan adecuadas para definir a la Malinche: entre los indígenas

14. Eduardo Matos Moctezuma. *La muerte entre los mexicas*. México, Tusquets, 2010.

15. Ximena Chávez Balderas. *Rituales funerarios en el Templo Mayor de Tenochtitlan*. México, Instituto Nacional de Antropología e Historia, 2007.

16. Iván Pérez Téllez. *El Inframundo nahua a través de su narrativa*. México, Instituto Nacional de Antropología e Historia, 2014.

17. Alberto Ruy Sánchez *et al. Amuletos*. México, Artes de México, 2019.

18. *Vid.*, entre otras muchas versiones: Aurelio de Santos Otero (ed.). *Los Evangelios Apócrifos*. Madrid, Biblioteca de Autores Cristianos, 1985.

19. Ana Díaz Álvarez. *El maíz se sienta para platicar. Códices y formas de conocimiento nahua, más allá del mundo de los libros*. México, Bonilla Artigas / Universidad Iberoamericana, 2016.

20. Fray Bernardino de Sahagún. *Historia general de las cosas de Nueva España*. México, Porrúa, 1981.

21. Gerardo Lara Cisneros (coord.). *La idolatría de los indios y la extirpación de los españoles*. México, Universidad Nacional Autónoma de México / Colofón, 2016.

que vivieron en los tiempos de la conquista y los de hoy existe una gran distancia, y, de pilón, es poco probable que ella conociera las palabras de un Evangelio lejano de lo canónico, aunque tal vez —sólo tal vez— esas voces fueron escuchadas por la Malinche en los sermones de los sacerdotes que tenían una notoria debilidad por las más terribles descripciones infernales. Sin embargo, a la hora de narrar, todos estos materiales se fundieron y nada hice para evitarlo.

En las páginas dedicadas a la infancia y la juventud de la Malinche también utilicé otras fuentes: la discusión sobre las "mentiras" de Bernal Díaz del Castillo[22] era indispensable para llegar a buen puerto, mi personaje no podía ser una princesa caída en desgracia. El riesgo de transformarla en un ser marcado por el romanticismo y las novelas de caballerías no tenía espacio en mis páginas. Evidentemente, mi posición en contra de las "mentiras" de la *Historia verdadera*... no llega tan lejos como lo han querido algunos investigadores que le negaron a Bernal la autoría de su obra;[23] ellas, tal vez, están más cerca de algunas puntualizaciones que valen la pena de ser tomadas en cuenta.[24] En cambio, las descripciones sobre la esclavitud, los pochtecas, la guerra y los guerreros mexicas, así como las de los mayas y los orines sobre las huellas de los aztecas tienen muy distintos orígenes que deben ser mostrados.[25]

22. Bernal Díaz del Castillo. *Historia verdadera de la conquista de la Nueva España*. México, Academia Mexicana de la Lengua, 2014, 2 vols.

23. *Vid.* Christian Duverger. *Crónica de la eternidad. ¿Quién escribió la Historia verdadera de la conquista de la Nueva España?* México, Taurus, 2013.

24. *Vid.* p. e. Juan Miralles. *Y Bernal mintió. El lado oscuro de su Historia verdadera de la conquista de la Nueva España*. México, Taurus, 2008. Sobre todo, vale la pena mirar el capítulo 10.

25. En estricto orden de aparición me refiero —entre otros— a Andrés Reséndez. *La otra esclavitud. Historia oculta del esclavismo indígena*. México, Grano de Sal / Universidad Nacional Autónoma de México, 2019; Miguel León-Portilla. "Los dioses de los pochtecas", en *Mesoamérica. Grandes creaciones de una civilización originaria*. México, Arqueología Mexicana / Secretaría de Cultura / Instituto Nacional de Antropología e Historia, 2019;

En el capítulo donde se menciona por primera vez al *wáay*, el personaje más terrible del nahualismo maya, utilicé varias fuentes. Estos seres —de los que ya me he ocupado en otro de mis libros—[26] son fascinantes. A lo largo de esta novela sus principales características están unidas con los ensayos que se contienen en el segundo tomo de *Los sueños y los días*,[27] aunque en ellos también resuenan las historias que me contaban mi abuela y mi tía solterona cuando era niño. En las páginas donde narro los días que la Malinche pasó en Putunchán se entrelazan varios libros: la preparación del achiote —por ejemplo— fue tomada de la *Relación de las cosas de Yucatán* de fray Diego de Landa,[28] el uso de la ortiga para prevenir las enfermedades venéreas forma parte del *Chilam Balam de Ixil*[29] y el uso de los alucinógenos fue consultado en distintas obras.[30] En el caso de los abortos, seguí casi a pie juntillas un ensayo

Raquel María Díaz Gómez. "Religión, guerra y poder", en Silvia Limón Olvera (ed.). *La religión de los pueblos nahuas*. Madrid, Trotta, 2008; Pablo Escalante Gonzalbo. "La cortesía, los afectos y la sexualidad", en Pilar Gonzalbo Aizpuru (dir.). *Historia de la vida cotidiana en México. Mesoamérica y los ámbitos indígenas de la Nueva España*. México, Fondo de Cultura Económica / El Colegio de México, 2004. Además de estos libros, sobre estos temas pueden verse los siguientes números monográficos de la revista *Arqueología Mexicana*: *El tributo en la Mesoamérica prehispánica* (núm. 124), *Comercio y mercado* (núm. 122), *La guerra en Mesoamérica* (núm. 84) y *La navegación entre los mayas* (núm. 33).

26. *Vid.* José Luis Trueba Lara. *Gabinete de maravillas*. México, Lo que leo, 2018.

27. Miguel A. Bartolomé y Alicia M. Barabas (coords.). *Los sueños y los días. Chamanismo y nahualismo en el México actual. II Los pueblos mayas*. México, Instituto Nacional de Antropología e Historia, 2013.

28. Fray Diego de Landa. *Relación de las cosas de Yucatán*. Madrid, Dastin, 2002.

29. Laura Caso Barrera. *Chilam Balam de Ixil. Facsimilar y estudio de un libro maya inédito*. México, Artes de México / Instituto Nacional de Antropología e Historia / Consejo Nacional para la Cultura y las Artes, 2011.

30. *Vid.* p. e. Richard Evans Schultes y Albert Hofmann. *Plantas de los dioses. Orígenes del uso de alucinógenos*. México, Fondo de Cultura Económica, 2010, y Antonella Fagetti y Julio Glockner (coords.). *Plantas sagradas*. México, Artes de México, 2017.

de María de Jesús Rodríguez, aunque ese texto se refiere a los nahuas.[31] Esta mentira es una de las muchas que se ocultan en las "verdades" de la novela.

El encuentro de los restos del naufragio es otra de mis invenciones. Nada existe que pueda confirmar que este hecho ocurrió y que la Malinche lo atestiguó. Sin embargo, lo que de él se narra quizá no sea tan disparatado: el veleidoso carácter del Caribe y los nortes del Golfo provocaron muchos destrozos, y los restos de las naves en varias ocasiones llegaron a las costas de Mesoamérica.[32] Lo importante, por lo menos desde mi punto de vista, era mostrar que la presencia de las embarcaciones y los españoles no era del todo desconocida para los habitantes de la península de Yucatán y algunas partes del Golfo de México. La historia de Gonzalo Guerrero —quien ha merecido varias novelas—[33] siguió, casi sin desviarse, la versión de Bernal Díaz del Castillo.

Las curas que la Malinche intenta con Itzayana también tienen su origen en el *Chilam Balam de Ixil*, mientras que el castigo por la infidelidad fue tomado de la obra de fray Diego de Landa, aunque también se refiere en algunas de las *Relaciones histórico-geográficas de la Gobernación de Yucatán*.[34] Por su parte, el ritual que transforma a los hombres en jaguares está profundamente unido a un espléndido libro de Mercedes de la Garza,[35] y en más

31. María de Jesús Rodríguez. "Mujer y familia en la sociedad mexica", en Carmen Ramos Escandón (coord.). *Presencia y transparencia: la mujer en la historia de México*. México, El Colegio de México, 2006.

32. *Vid.* p. e. German Arciniegas. *Biografía del Caribe*. México, Porrúa, 2014.

33. *Vid.* p. e. Eugenio Aguirre. *Gonzalo Guerrero*. México, Planeta, 2012 (la primera edición de esta novela es bastante anterior) y Francis Pisani. *Huracán. Corazón del cielo*. México, Joaquín Mortiz, 1992.

34. Mercedes de la Garza *et al.* (coord.) *Relaciones histórico-geográficas de la Gobernación de Yucatán*. México, Universidad Nacional Autónoma de México, 1983, 2 vols.

35. Mercedes de la Garza. *Sueño y éxtasis. Visiones chamánicas de los nahuas y los mayas*. México, Fondo de Cultura Económica / Universidad Nacional Autónoma de México, 2012.

de una ocasión ya se ha asomado en mis libros. La razón de esta presencia es simple de explicar: por más que lo deseo, no puede borrarse de mi cabeza y me persigue de una manera inexorable.

Las batallas de Champotón y Cintla, así como el encuentro de la Malinche con Cortés, en buena medida siguen las historias de Bernal y Antonio de Solís;[36] sin embargo, la idea de que las mujeres abandonaron el pueblo —aunque algo puede tener de verdadera— es casi de mi invención, y en ella tuve que urdir una mentira: bien a bien no sabemos por qué razón la Malinche fue entregada a don Hernando, y las causas de su selección no son del todo claras; por eso no me quedó más remedio que soltarle la rienda a la imaginación. En este caso, obviamente, mi decisión estaba apegada a crear una novela y no a proponer una explicación definitiva.

En buena medida, los hechos sobre las naves, el desembarco en Veracruz, los males que aquejaron a los recién llegados y el encuentro con los enviados de Moctezuma siguen a algunas de las narraciones tradicionales. En sus palabras están los ecos de Cortés,[37] de Bernal y de Antonio de Solís, así como los de fray Diego Durán,[38] de Alonso de Zorita[39] y del libro perdido de Juan Cano.[40] Sin embargo, la descripción de la nao —con todo y sus ratas— está unida a dos libros de José Luis Martínez,[41] cuya biografía de Cortés también fue indispensable en

---

36. Antonio de Solís. *Historia de la conquista de México*. México, Porrúa, 1997.

37. Hernán Cortés. *Cartas de relación*. México, Porrúa, 1987.

38. Fray Diego Durán. *Historia de las Indias de Nueva España e islas de tierra firme*. México, Consejo Nacional para la Cultura y las Artes, 2002, 2 vols.

39. Alonso de Zorita. *Relación de la Nueva España*. México, Consejo Nacional para la Cultura y las Artes, 2011, 2 vols.

40. Rodrigo Martínez Baracs. *La perdida* Relación de la Nueva España y su conquista *de Juan Cano*. México, Instituto Nacional de Antropología e Historia, 2006.

41. Me refiero a *Cruzar el Atlántico*. México, Fondo de Cultura Económica, 2004, y *El mundo privado de los emigrantes en Indias*. México, Fondo de Cultura Económica, 2013.

esta novela;[42] por su parte, las descripciones caníbales, de los hombres extraños y de la sangre tatemada que no se mostraba en la piel de los indígenas provienen de una obra de Sofía Reding Blase.[43]

En la narración de los hechos que ocurrieron en el camino a Tlaxcala, en Cholula y durante la llegada a Tenochtitlan, están profundamente vinculadas varias de las obras que ya he mencionado —los casos donde utilicé los libros de Cortés, Bernal, Durán, Zorita y Sahagún son notorios—; sin embargo, a ellos se suman varios más de los que debo dejar constancia: las páginas de Alva Ixtlilxóchitl,[44] Muñoz Camargo,[45] Cervantes de Salazar[46] y López de Gómara[47] también tienen un eco en mi narración, y a ellas se sumó la investigación que sobre Cholula realizaron Patricia Plunket Nagoda y Gabriela Uruñuela Ladrón de Guevara.[48] Incluso, una de las obras de Fernando Benítez me ayudó a hablar sobre la ruta que siguieron Cortés y sus hombres.[49] Sin embargo, como seguramente ya es de sospecharse, en ninguno de estos casos seguí las historias a pie juntillas, sus narraciones se mezclaron sin que nada hiciera por separarlas y, por supuesto, le agregué todo lo que me pareció necesario para que la novela funcionara. Hace pocas páginas

42. José Luis Martínez. *Hernán Cortés*. México, Fondo de Cultura Económica, 1990.

43. Sofía Reding Blase. *La mirada caníbal. Testimonios del Nuevo Mundo (1492-1512)*. México, Universidad Nacional Autónoma de México, 2019.

44. Fernando de Alva Ixtlilxóchitl. *Obras históricas*. México, Universidad Nacional Autónoma de México, 1975.

45. Diego Muñoz Camargo. *Historia de Tlaxcala*. México, Oficina Tipográfica de la Secretaría de Fomento, 1892.

46. Francisco Cervantes de Salazar. *México en 1554*. México, Antigua Librería de Andrade y Morales, 1875.

47. Francisco López de Gómara. *Historia de la conquista de México*. México, Pedro Robredo, 1943, 2 vols.

48. Patricia Plunket Nagoda y Gabriela Uruñuela Ladrón de Guevara. *Cholula*. México, El Colegio de México / Fondo de Cultura Económica, 2018.

49. Fernando Benítez. *La ruta de Hernán Cortés*. México, Fondo de Cultura Económica, 1974.

ya lo había escrito, pero ahora no está nada mal que vuelva a repetirlo: éste no es un libro de historia, es un libro donde la historia ayuda a crear una novela.

La llegada a Tenochtitlan, la descripción de la ciudad y lo que sucedió hasta el momento en que Moctezuma fue capturado por los españoles también sigue algo de lo que puede leerse en las obras "clásicas" sobre estos hechos, aunque —para no variar la costumbre— me tomé todas las libertades que me parecieron necesarias. En esas páginas también se hicieron presentes otros autores y algunos acontecimientos que pueden ser discutibles: la muralla que rodea la zona sagrada de Tenochtitlan, por ejemplo, va en contra de lo que señala Eduardo Matos Moctezuma, aunque la Malinche hace suya una buena parte de su interpretación del Templo Mayor.[50] La idea de los olores de esta parte de la ciudad fue tomada de un ensayo de Fernando Escalante Gonzalbo.[51] Asimismo, como los presagios de la conquista ya ocupaban una buena cantidad de páginas en *Moctezuma,* en esta novela decidí apenas mencionarlos y ofrecer una perspectiva casi distinta de aquel libro.[52]

El tramo de la novela que va desde la huida de Tenochtitlan hasta la caída de la ciudad sigue a pie juntillas mucho de lo que se cuenta en los textos clásicos a los que ya me he referido; sin embargo, en muchas ocasiones trastoqué los hechos

50. Eduardo Matos Moctezuma. *Vida y muerte en el Templo Mayor.* México, Fondo de Cultura Económica, 2018 y *Tenochtitlan.* México, El Colegio de México / Fondo de Cultura Económica, 2011.

51. *Vid.* Fernando Escalante Gonzalbo (coord.). *Historia de la vida cotidiana en México.* México, Fondo de Cultura Económica / El Colegio de México, 2005, t. I.

52. Mientras revisaba el manuscrito, la revista *Arqueología Mexicana* publicó su edición especial núm. 89, la cual lleva por título *Los presagios de la conquista de México.* Confieso que mientras trabajaba en esas páginas tuve que contener la tentación de reescribirlas debido al valor que tienen los ensayos de Alfredo López Austin, Guilhem Olivier y Berenice Alcántara Rojas. Sin embargo, creo que, al final, tomé la decisión adecuada, la Malinche —tal vez— no tendría una opinión sobre esos sucesos.

reales en aras de fortalecer la novela. Evidentemente, una revisión casi cuidadosa revelaría todas las licencias que me tomé en estos acontecimientos: el orden en el que ocurrieron algunos de sus hechos fue trastocado y el impacto de la viruela a ratos se llevó a su extremo. Evidentemente, en esta sección, fue definitivo uno de los libros más importantes de Miguel León-Portilla.[53]

Sin temor a exagerar las cosas, creo que —tras la toma de Tenochtitlan— la información sobre la Malinche se ha difuminando hasta que se transforma en un fantasma. Los pocos datos que reuní sobre ella, algunos confiables y otros no tanto, provienen de la obra de Townsend y de una buena parte de los historiadores del pasado. Y lo mismo sucedió con algunos hechos que también trastoqué para crear esta novela, justo como sucede con la muerte de Catalina Xuárez, el papel que tenía el padre de Cortés o sus afanes para casarse con alguien que valiera la pena. En todos estos hechos me fue de gran utilidad la edición que María del Carmen Martínez Martínez hizo de la correspondencia de los progenitores del conquistador.[54]

*

En un proyecto como éste, ¡as deudas que se contraen son infinitas; sin embargo, algunas pesan más que otras. Por ello, dejo razón y cuenta de las principales personas que estuvieron a mi lado y que —de una u otra manera— me apoyaron hasta la conclusión del manuscrito: Margarita de Orellana, Tere Vergara y Alberto Ruy Sánchez siempre me obligan a observar lo que no había sido capaz de ver; mientras que Fernanda Familiar,

---

53. Miguel León-Portilla. *Visión de los vencidos. Relaciones indígenas de la Conquista*. México, Universidad Nacional Autónoma de México, 2008.
54. María del Carmen Martínez Martínez (ed.). *En el nombre del hijo. Cartas de Martín Cortés y Catalina Pizarro*. México, Universidad Nacional Autónoma de México, 2006.

en nuestros encuentros semanales, me da la oportunidad de pensar en voz alta y de reírnos por todo y de todo. Ellos son mis guardianes, mis cómplices, mis amigos entrañables. Evidentemente, el libro que está en tus manos tampoco existiría sin dos personas definitivas: Guadalupe Ordaz y Pablo Martínez Lozada. Ellos, sin duda alguna, no sólo tuvieron la paciencia del santo Job para esperar a que terminara un manuscrito cuya conclusión anuncié un montón de veces, pues, si algo brillante se lee en estas páginas, es obra de sus artes milagrosas.

No puedo terminar sin volver a repetir un hecho fundamental en mi vida y mis afanes: ninguna de estas palabras existiría sin la presencia de Paty y Demián. Ellos son la luz inmaculada, la brújula perfecta, la palabra precisa, la existencia que todo lo sana y la certeza de que la vida tiene sentido.

Enero de 2015-marzo de 2020

Esta obra se imprimió y encuadernó
en el mes de julio de 2020,
en los talleres de Impregráfica Digital, S.A. de C.V.,
Av. Coyoacán 100–D, Col. Del Valle Norte,
C.P. 03103, Benito Juárez, Ciudad de México.